THOMAS KIEHL

Das Jungblut-Serum

THOMAS KIEHL

Das Jungblut-Serum

Thriller

BEN
EVE
NTO

FSC
www.fsc.org
MIX
Papier aus verantwortungsvollen Quellen
FSC® C014138

Diese Geschichte ist frei erfunden. Tatsächlich existierende Personen und Firmen wurden verändert und/oder vom Autor ausgedacht, Geschehnisse anderen und/oder fiktiven Personen zugeordnet. Verbleibende Übereinstimmungen mit etwaigen realen Personen wären somit rein zufällig und sind nicht gewollt.

1. Auflage 2022

Medieninhaber, Verleger und Herausgeber:
Red Bull Media House GmbH
Oberst-Lepperdinger-Straße 11–15
5071 Wals bei Salzburg, Österreich

Satz: MEDIA DESIGN: RIZNER.AT
Gesetzt aus der Minion Pro, Futura
Umschlaggestaltung: Büro Jorge Schmidt, München
Umschlagmotiv: © plainpicture/C&P
Printed by Finidr, Czech Republic

ISBN: 978-3-7109-0143-0

Prolog

1610, Burg Čachtice
Wohnsitz der Gräfin Elisabeth Báthory-Nádasdy

Es war Dezember, kurz nach Weihnachten. Durch das kleine Burgfenster drang nur wenig Licht. Gräfin Báthory-Nádasdy stand mit zwei ihrer Diener vor einem großen Spiegel. Tränen flossen ihre fahlen Wangen herab, der geöffnete Mund wie ein stummer Schrei.

»Seht ihr, wie meine Haut welkt?«, flüsterte sie beinahe tonlos.

Sie war nackt. Doch sie fror trotz der Kälte nicht. Man sagte, sie gleiche einer Frau um die dreißig, dabei hatte sie die fünfzig bereits überschritten. Aber was kümmerte sie, was die Menschen sagten. Der Spiegel sprach eine ganz andere Sprache. Tiefe Falten begannen sich wie Ackerfurchen durch ihr Gesicht zu fräsen. Ihr Busen, zwei hängende Säcke. Und ihre Haut – schlaff wie die eines gekochten Huhns.

»Raus! Holt mir neue Mädchen! Möglichst jung müssen sie sein, hört ihr? Und dann bereitet mir ein neues Bad.«

Die Diener eilten davon, um nach dem zu suchen, wonach ihre Herrin verlangte. Die Alchemie hatte es der Gräfin angetan. Sie experimentierte viel, vor allem mit Blut, jungem Blut, für das sie die Mädchen und jungen Frauen töten ließ.

Als der königliche Stadthalter von dem Treiben auf der Burg erfuhr, war das Schicksal der Gräfin und ihrer Diener jedoch schnell besiegelt. Schuldig des Mordes an über hundert Frauen ließ man die Diener hinrichten. Die Gräfin mauerte man indes – aufgrund ihres Standes ohne Urteil – in einen Trakt der Burg ein. Sie verstarb drei Jahre später. Ihr Traum von der ewigen Jugend wird der Menschheit hingegen wohl für immer erhalten bleiben.

So (oder so ähnlich) muss es sich nach den Angaben von Historikern um das Jahr 1610 auf der Burg Čachtice in der heutigen Slowakei zugetragen haben. Die Grausamkeiten der Gräfin Elisabeth Báthory-Nádasdy, auch als »Blutgräfin« bekannt, wurden Ausgangspunkt von vielen Geschichten und sollen auch Bram Stoker zu seinem Werk *Dracula* mit inspiriert haben.

Die Zukunft hat bereits begonnen:

You must be at least 30 years old to receive this treatment. […] Our blood is obtained from licensed blood banks within the United States and is matched to your blood type. […] 1 liter: $5.500, 2 liters: $8.000.

Ambrosia Plasma[1]

1 Zuletzt abgerufen am 09.08.2021 unter www.ambrosiaplasma.com. In der Zwischenzeit wurde diese Website gelöscht. Existent ist am 21.06.2022 noch der Facebook-Auftritt unter »Ambrosia Plasma«.

1

Mittwoch, 21. Mai 2003
Auf einer Insel in der Ostsee, Nordschweden

In dem kleinen Büro von Bürgermeister Granqvist herrschte eine ausgelassene Stimmung. Granqvists Frau Wilma hatte für Gebäck, Kuchen und Kaffee gesorgt, die Gäste für den Champagner. Ein paar der einflussreicheren Bürger der Insel und deren Frauen hatte er eingeladen, darunter den ansässigen Bauunternehmer, den Pfarrer, diverse Bauern, den Leiter der Polizeidienststelle. Aus Deutschland war der komplette Vorstand des jungen Pharma-Start-ups angereist.

Granqvist war sich sicher, dass er mit dem Vertrag, den er soeben unterschrieben hatte, auf geniale Weise gleich mehrere Fliegen mit einer Klappe geschlagen hatte. Zum einen würde das Projekt einiges an Geld in die leere Stadtkasse spülen, was nach dem Konkurs des Sägewerks auf der Insel dringend nötig war. Zum anderen schien das, was die Herren des Pharmaunternehmens versprachen, wirklich bahnbrechend zu sein. Die Inselbewohner würden ihn, den Bürgermeister, noch Jahrzehnte dafür feiern, dass er ihnen diese einzigartige Möglichkeit geschenkt hatte. Sie durften, fast als erste Menschen der Welt, dieses Wundermittel testen. Versuche an Tieren waren zumindest sehr erfolgversprechend gewesen. Und auch die ersten Tests an Menschen machten Hoffnung. Es war fast zu gut, um wahr zu sein.

Natürlich hatte Granqvist in dem Vertrag darauf geachtet, dass niemand zu »seinem Glück gezwungen wurde«, wie er gern sagte. Die Teilnahme an der Langzeitstudie beruhte auf Freiwilligkeit. Aber er hatte auf der letzten Bürgerversammlung auch klargemacht, dass der Deal nur dann zustande kommen würde, wenn mindestens zweihundert Inselbewohner die ihnen vorgelegten Verträge unterschrieben.

Zum Glück vertrauten ihm die Einwohner der Insel, so dass die Mindestanzahl an Probanden schnell erreicht war; sicherlich auch deshalb, weil er mit gutem Beispiel vorangegangen war und sich selbst bereits die erste Spritze hatte setzen lassen.

Carsten Schmidt-Lüder, der Chief Executive Officer und Gründer des Pharma-Start-ups aus Deutschland, ein großer, hagerer Mann mit einer durchaus sympathischen Ausstrahlung, klopfte ihm anerkennend auf die Schulter. »Mr Granqvist«, begann er auf Englisch. »Ich glaube, Ihre Insel hat Ihnen viel zu verdanken. Sie können mir glauben, es gab Orte, die hätten für weniger Geld unterschrieben. Aber es geht uns schließlich um eine langjährige, vertrauensvolle Partnerschaft. Da ist es wichtig, Menschen wie Sie an Bord zu haben, Partner, die genauso an die Sache glauben wie wir. Es freut mich daher sehr, Sie auf unserer Seite zu wissen. Dafür möchte ich mich im Namen aller meiner Kollegen bei Ihnen bedanken.«

»Vielen Dank«, sagte Granqvist, sichtlich geschmeichelt und auch ein wenig berührt. Er nickte Schmidt-Lüder freundlich zu. Dann wandte er sich an die anwesende Gesellschaft. Er straffte stolz und zufrieden die Schultern, hielt eine kurze Rede, ebenfalls auf Englisch, damit sie auch die Gäste verstanden, die er mit den Worten enden ließ: »Und nun lasst uns gemeinsam auf diesen wunderbaren Moment und auf unsere

Zukunft anstoßen. Eine Zukunft, die für die meisten von uns noch sehr lang sein dürfte.« Er lachte. Es wurde geklatscht. Gläser stießen aneinander. Dann endlich ein erster Schluck von dem köstlichen Schampus.

2

Sechsundzwanzig Jahre später
Montag, 31. Juli 2029
Kemi-Tornio, Finnland

Dem Gespräch, das sie in dem Hotelzimmer in der Nähe des Flughafens von Kemi-Tornio führten, war ein E-Mail-Austausch vorausgegangen, in dem man das Problem nie wirklich beim Namen genannt hatte, weil auf beiden Seiten Bedenken bestanden, dass die E-Mails ihnen zu einem späteren Zeitpunkt auf die Füße fallen könnten.

»Was wollen diese Idioten denn noch, damit sie endlich Ruhe geben?«

»Beachte sie einfach nicht. Wir haben alles unter Kontrolle. Glaub mir.«

»Fällt mir ehrlich gesagt schwer. Was ist mit dieser Frau, die da in den sozialen Medien gegen uns wettert? Auf sämtlichen Plattformen! Das bekommen wir nicht unter den Teppich gekehrt. Zum Glück nimmt die keiner ernst. Aber wenn die Presse auf den Zug aufspringt und da eine Geschichte draus webt … Weißt du, was dann los ist?«

»Natürlich.«

»Natürlich. Das ist alles, was dir dazu einfällt?«

»Alles ist gut.«

»Wie, alles ist gut?«

»Das Problem hat sich von selbst gelöst.«

»Von selbst? Ihr habt doch nicht etwa Geld …«

»Nein, kein Geld.«

»Zum Glück. Geld wäre ein indirektes Schuldanerkenntnis gewesen. Zudem würde es nicht lange dauern, dann würde sie mehr wollen. Und nicht nur sie. Die halbe Insel, wenn sich herumspricht, dass sie damit durchgekommen ist.«

»Sie hat sich umgebracht.«

Für einen Moment sagte keiner etwas. Beide richteten ihren Blick betreten zu Boden.

»Verstehe. Ich hoffe, das führt zu keinen Schlagzeilen.«

»Es war Selbstmord. Für die Polizei gibt es keinen Zweifel.«

Einem tiefen Schnaufen folgte ein: »Wie auch immer. Vielleicht besser so.«

Erneute Stille.

»Wir können den Studien doch trauen, oder? Es gibt da keinen Zusammenhang? Da seid ihr absolut sicher?«

»Wie oft soll ich das noch sagen: Ein Präparat mit derartigen Folgen auf den Markt zu bringen, wäre allein wegen der drohenden Schadenersatzforderungen undenkbar.«

»Ich weiß. Es ist nur wirklich seltsam …«

»Was auch immer der Grund ist, es hat nichts mit *Insovital* zu tun. Ganz sicher. Wir haben unsere Hausaufgaben gemacht. Ich würde euch daher dringend bitten, dass auch ihr eure erledigt.«

3

Ein halbes Jahr später
Donnerstag, 25. Oktober 2029
In der Nähe von Haparanda, Nordschweden

Wie der Spaziergang über einen Friedhof an einem Sommertag, dachte Lena, während sie der Musik aus den Lautsprechern lauschte. Obwohl die Melodie eigentlich fröhlich war, hatte das Lied durch die dunkle, warme Stimme von Zarah Leander eine unterschwellig traurige Note.

Der alte Volvo rollte indessen ermüdend langsam über die schmale Landstraße. Die vorgeschriebene Höchstgeschwindigkeit von 80 km/h unterschritt Astrid konstant. Lena war niemand, der gerne raste. Trotzdem begann sie das Schneckentempo zu nerven.

Viel gesprochen hatten sie noch nicht, seitdem Astrid Lena auf dem kleinen finnischen Flughafen Kemi-Tornio nicht weit hinter der schwedischen Grenze abgeholt hatte. Lena sah auf die Uhr. Sie waren jetzt eine knappe Dreiviertelstunde unterwegs. Obwohl es noch nicht einmal vier Uhr war, war die Sonne bereits hinter dem Wald, der die Straße säumte, verschwunden. Die angrenzenden Bäume verloren ihre Farbe, und im Wald selbst herrschte bereits Dunkelheit.

An sich liebte Lena Wälder. Sie liebte Bäume, besonders die hohen und starken. Sie liebte die weichen Moosfelder, das pralle Grün der Farne, den Duft von feuchtem Laub und sauerstoffgeschwängerter Luft. Am Tag fühlte sich Wald für sie immer wie Heimat an. Nachts hingegen weckte er in ihr dasselbe ängstliche Gefühl, das sie überkam, wenn sie schnorchelnd im Meer schwamm und der Boden plötzlich nicht mehr zu sehen war. Je dunkler, desto schlimmer. Es war die Furcht davor, in etwas hineingesogen zu werden, aus dem sie nicht wieder herauskam.

Lena wandte ihren Blick ab und sah zu dem Traumfänger, der vom Rückspiegel baumelte. Sie hatte Traumfänger noch nie gemocht. Das spinnennetzartige Muster in der Mitte und die am Rand befestigten Federn erinnerten sie an die abstoßenden Devotionalien eines Voodoo-Doktors oder einer Hexe. Ihre Mutter hatte ihr als Kind ein besonders großes Exemplar ans Fenster gehängt. Anstatt böse Träume zu vertreiben, hatte er jedoch eher welche ausgelöst. Lena hatte ihn deshalb abgenommen, doch ihre Mutter hatte ihn immer wieder zurückgehängt. Er sei gut gegen die Gedanken, die sie sich mache, viel zu viele für so ein kleines Mädchen, behauptete sie. Sie liebte okkulten Schnickschnack. Jedem esoterischen Trend – egal ob Geisterbeschwörung, Trommelworkshops oder durch irgendwelche selbst ernannten Schamanen angeleitete Trancetänze – lief sie kritiklos hinterher. Hauptsache, man konnte die »Wahrheit« erspüren und musste sich nicht mühsam mit wissenschaftlichen Erklärungen auseinandersetzen, die ihre Mutter nicht verstand. Nachdem der Traumfänger bei Lena keine Wirkung zu haben schien, wurde ein Schlafkräuterkissen angeschafft und schließlich Bachblütentropfen, die ihre Mutter ihr jeden Tag in ein Glas Wasser tröpfelte, das sie dann austrinken musste.

Lena hatte sich geschworen, nie wie sie zu werden – nicht äußerlich und nicht innerlich. Keine buntgefärbten Wickelröcke, keine Ketten mit einem Stein, der ihrem Sternzeichen entsprach, kein selbstgestrickter Pullover aus Biowolle von schottischen Hochlandschafen. Dabei gab es Bequemeres als die Kostüme, in die sie sich bereits während des Studiums gezwängt hatte.

Wahrscheinlich war sie deshalb Naturwissenschaftlerin geworden, hatte Biologie studiert, das Verhalten von Ameisen und Wölfen analysiert und vor zwei Jahren den Job am »International Institute for Epigenetics« in Köln angenommen. Sie wollte Beweise finden, die wirklichen Gründe für das Verhalten von Tier und Mensch, anstatt wie ihre Mutter nach falschen Göttern und ihren Propheten zu suchen.

Ihre Mutter hatte sie dafür immer nur ausgelacht. Sie warf Lena vor, nicht zu verstehen, dass es noch mehr zwischen Erde und Himmel gab als seelenlose Moleküle.

»Deine ganze Forschung. Was soll das eigentlich?«, hatte sie Lena während ihrer Arbeit mit Ameisenstaaten einmal gefragt. »Meinst du wirklich, eine Frau, die sich mit Ameisen beschäftigt, findet mal einen Mann? Wenn ich einen Typen kennenlernen würde, der den ganzen Tag in einem Labor voller Ameisen sitzt … Ich glaube, es würde mir ständig überall kribbeln.«

Das musste gerade sie sagen, sie, die von Lenas Vater verlassen worden war, als Lena gerade sechs Jahre alt war. »Mama, wäre es dir lieber, ich würde in einer Fischfabrik arbeiten?«

»Na ja …« Ihre Mutter nahm Lenas rhetorische Fragen gerne ernst oder tat zumindest so, natürlich nur, um sie noch weiter auf die Palme zu bringen. »Eine heiße Dusche und gut. Aber Ameisen? Da entsteht was im Kopf. Das kann man nicht einfach wegwaschen.«

»Und wenn ich gar keinen Mann will?«

Ihre Mutter hatte nur dumm gelacht. »Schätzchen. Du willst einen. Glaub mir. Nur weil dein Vater ein Idiot ist, heißt das noch lange nicht, dass du auf einen verzichten könntest. Das steckt in unseren Genen. So wie du auch Kinder haben möchtest. Aber das solltest du als Biologin eigentlich besser wissen als ich.«

Astrid bog in einen Schotterweg ab. Kurz darauf erreichten sie einen kleinen Parkplatz, hinter dem zwischen vereinzelten Bäumen die Ostseeküste vor ihnen auftauchte. Die Landschaft erschien in der Abenddämmerung in unterschiedlichen Blau- und Grautönen. Auf dem Wasser war keine Welle zu sehen. Das Meer wirkte wie ein großer, dunkler See.

Astrid stellte den Motor aus und stieg aus. »Komm, das musst du sehen.«

Lena öffnete die Autotür. Die frische, kalte Abendluft kam ihr entgegen. Es roch nach Harz, Laub und ein wenig auch nach Meer. Sie folgte Astrid, die auf einem kleinen Pfad in Richtung Wasser hüpfte wie ein kleines Kind.

»Nice, oder?«, fragte Astrid ein wenig verträumt, als Lena bei ihr angekommen war. Sie hatte sich auf einen großen, flachen Stein gestellt und ließ ihren Blick über das Wasser schweifen. Lena gesellte sich neben sie auf den Stein. Die friedliche Abendstimmung inmitten dieser scheinbar fast unberührten Natur war wirklich atemberaubend.

»Ja, wunderschön«, gab ihr Lena recht. Seit sie wieder in der Großstadt wohnte, vermisste sie die Natur immer häufiger.

Auch sie ließ ihren Blick über das Meer und die Landschaft schweifen. Sie schaute zu Astrid, die ihre Augen geschlossen hatte und tief durchatmete. Als sie die Augen wieder öffnete, war da dieser Ausdruck in ihrem Gesicht, der Lena schon vor einer Woche aufgefallen war, als Astrid sie im Gerichtsgebäude in Köln angesprochen hatte. Sie schien auf etwas in weiter Ferne konzentriert, wie eine Sängerin in Ekstase, die vollkommen in ihrem Gesang aufging. Menschen bekamen in solchen Momenten eine ganz bestimmte Aura, die weit über ihre äußerliche Schönheit hinausging. Überhaupt gefiel ihr Astrid. Obwohl sie sich kaum kannten, spürte sie eine gewisse Vertrautheit und Nähe, ohne benennen zu können, woran das lag.

»Und trotzdem will ich weg von hier«, sagte Astrid plötzlich. Die Sanftheit war aus ihrem Gesicht verschwunden.

»Und warum?«

»Die Enge … Ich weiß auch nicht.« Sie sah zu Boden, dann zu einer kleinen bewaldeten Insel in nicht allzu weiter Ferne. »Wollen wir weiter?«

Lena kam es vor, als wollte Astrid nicht über den wirklichen Grund sprechen. Auch der plötzliche Aufbruch sprach dafür. Also hakte Lena nicht weiter nach. Dabei hätte sie es an diesem Ort durchaus noch ein wenig länger ausgehalten.

»Nur noch gute zehn Minuten«, sagte Astrid. »Dann sind wir da.« Sie lachte kurz auf. »In der Hölle.«

»So schlimm?«

Astrid verdrehte die Augen. »Quatsch. War nur ein Spaß.«

»Hölle klingt nicht gerade nach Spaß.«

»Ach.« Astrid strich sich ihre Haare aus dem Gesicht. »Es ist nur so: *Insovital* hat die Menschen verändert. Das sehe zumindest ich so. Aber urteile selbst.« Mit einem Satz war sie von dem Stein gesprungen. Sie drehte sich ein paarmal um sich selbst und rannte zurück in Richtung Wagen. »Komm, weiter. Du wirst schließlich erwartet.«

Sie stiegen ins Auto, und Astrid lenkte den Wagen zurück auf die Straße, von der sie abgebogen waren. Kurz danach erreichten sie über einen kleinen Damm die Insel, die sie vom Parkplatz aus gesehen hatten, der eine weitere dem Festland vorgelagerte Insel folgte. Von dieser führte schließlich eine lange Brücke auf eine weiter im Meer liegende größere Insel – das musste ihr Ziel sein.

Am Ende der Brücke wurde die Fahrbahn einspurig. Auf der linken Fahrspur befand sich eine abgegrenzte Baustelle. Im Licht von mehreren großen Scheinwerfern arbeiteten dort zwei Männer. Astrid reduzierte das Tempo. Während der eine Arbeiter damit beschäftigt war, Säcke mit Baumaterial zu stapeln, stemmte der andere eine schwere Eisenstange von einem Lastwagen.

Astrid fuhr jetzt so langsam, dass sie fast anhielt. Sie nickte in Richtung der Männer. »Wie alt schätzt du die?«, fragte sie Lena.

Lena sah sich die Männer genauer an. Den Falten nach zu urteilen, hätte sie sie um die sechzig geschätzt. Doch von der Art her, wie sie sich bewegten und das schwere Material schleppten, mussten sie deutlich jünger sein. Wahrscheinlich waren ihre Gesichter nur durch die harte Arbeit, die Sonne und die raue Meeresluft früh gealtert.

»Schwer zu sagen. Anfang fünfzig?«, riet sie.

»Sie sind beide fast siebzig.«

Lena konnte es kaum glauben, sie musste noch einmal genauer hinsehen. »Und das kommt von *Insovital*?«

Astrid nickte. »Das Mittel ist schon krass. Sonst würden es sicherlich nicht so viele freiwillig nehmen, noch immer. Anfangs waren es gerade mal zweihundert. Inzwischen nimmt es mehr als die halbe Insel. Unser Oberindianer, Ole Granqvist, der Bürgermeister, ist fünfundachtzig und denkt noch gar nicht an den Ruhestand, so fit fühlt er sich. An der gesunden

Ernährung liegt das zumindest nicht. Wir essen hier viel Fleisch und Kartoffeln, gerne fettig, wenig Gemüse.«

»Wirklich beeindruckend«, murmelte Lena.

Astrid beschleunigte leicht das Tempo, bremste aber gleich wieder ab, weil sich plötzlich ein großer, stämmiger Mann mitten in den Weg stellte. Mit hochgehobenen Händen gab er zu verstehen, dass sie anhalten mögen. Dann kam er zur Fahrerseite und beugte sich zum Fenster hinab. Astrid ließ die Scheibe runter.

Da sie Schwedisch miteinander sprachen, verstand Lena nichts von der Unterhaltung. Was sie allerdings trotzdem sofort begriff, war, dass es um sie ging. Der Mann begann irgendwann wild zu schimpfen und zeigte zurück in Richtung Festland, woraufhin ihm Astrid nur einen Vogel zeigte. Dann, ohne darauf Rücksicht zu nehmen, dass er noch mit ihr sprach, drückte sie auf den Knopf für den Fensterheber und fuhr los.

Lena drehte sich um und sah, wie der Mann zu einem riesigen Pick-up rannte, der am Ende der Baustelle geparkt war. Er riss die Fahrertür auf und sprang hinein.

»Wer war das?«, fragte Lena Astrid. Die Situation war ihr höchst unangenehm gewesen, zumal sie nicht verstanden hatte, worum es ging.

»Lars Åberg. Ein totaler Idiot.«

»Und was wollte er?«

»Wissen, wer du bist.«

»Und was hast du gesagt?«

»Dass ihn das nichts angeht.«

»Aber warum interessiert ihn das überhaupt? Und warum hält er uns an, wie in einer Polizeikontrolle?«

»Weil er ein Arschloch ist«, sagte Astrid. Lena bemerkte, wie sie in den Rückspiegel schaute. Ihr Blick verfinsterte sich.

Dann gab sie Gas. Lena drehte sich nochmals um und sah, wie der Pick-up von Åberg gerade auf der Brücke drehte. Astrid fuhr jetzt alles andere als gemütlich. Aber warum? Hatte sie Angst davor, dass dieser Typ sie verfolgen würde? Und wenn ja, weshalb?

Sie erreichten die Insel. Astrid blickte immer wieder in den Rückspiegel. Auch Lena beobachtete, wie der Pick-up weiter aufholte. Sie rasten um eine scharfe Kurve, und ihr Verfolger war für einen Moment nicht zu sehen, was Lena jedoch nicht wirklich beruhigte, denn er würde wohl sicher bald wieder hinter ihnen auftauchen.

»Was will er von uns?«, fragte Lena nervös.

Sie bekam keine Antwort. Astrid beschleunigte immer mehr. Sie waren zu schnell, um Schlaglöchern auszuweichen, und es gab einen dumpfen Schlag und einen Knall, der so laut war, dass Lena für einen Moment die Befürchtung hatte, eine der Achsen könnte gebrochen sein. Der gesamte Inhalt der Mittelkonsole flog durch die Luft.

»Halt an, verdammt noch mal! Du bringst uns ja um!«, schrie Lena panisch. Ihr Herz schlug ihr bis zum Hals. Ihre Hände waren feucht vor Schweiß. Was immer der Mann auch von ihnen wollte, es konnte nicht schlimmer sein, als mit dem alten Volvo vor dem nächsten Baum zu landen.

Astrid reagierte nicht, sondern brüllte nur: »Festhalten!« Eine Sekunde später direkt nach einer Kurve löschte sie die Scheinwerfer und bremste abrupt, riss das Steuer herum und schlitterte in einen kleinen Seitenweg. Für einen Moment hatte Lena das Gefühl, dass Astrid die Kontrolle über den Wagen verloren hatte. Doch das Gegenteil war der Fall. Schon setzte sie zu einer neuen scharfen Kurve an und beschleunigte noch einmal. Lena, die in der düsteren Umgebung kaum etwas ausmachen konnte, stieß einen spitzen Schrei aus. Dann erkannte sie, dass sie direkt auf eine riesige Lagerhalle zufuhren, die hier mitten im Wald stand. Hinter der Halle angekommen, brachte Astrid den Wagen endlich zum Stehen.

»Bist du denn total übergeschnappt!«, schimpfte Lena auf sie ein. »Du hättest uns umbringen können. Und was will der Typ überhaupt? Warum hat er uns verfolgt?«

Astrid antwortete nicht, sondern sprang aus dem Wagen, rannte bis an das Ende der Halle und spähte dort um die Ecke. Wenn der Mann sie tatsächlich verfolgte, wovon Lena fest ausging, und mitbekommen hatte, dass sie abgebogen waren, musste er jeden Moment auftauchen. Doch das tat er nicht. Lena wartete. Dann beschloss sie, Astrid, die immer noch am Ende der Lagerhalle stand, zu folgen.

»Er ist vorbeigefahren«, sagte Astrid, als Lena bei ihr ankam. Sie wirkte weniger erleichtert als vielmehr belustigt, fast triumphierend. Lena dahingegen steckten die halsbrecherischen Manöver von Astrid immer noch in den Gliedern.

»Schön, dass dich das so erheitert. Ich finde es eher weniger amüsant.«

»Sorry«, entschuldigte sich Astrid. »Aber das musste sein. Der ärgert sich jetzt bestimmt schwarz.« Sie hatte die letzten Worte kaum ausgesprochen, da waren Motorengeräusche zu hören, die sich näherten. Dann sah man die Lichtkegel von Scheinwerfern.

»Zurück!«, zischte Astrid.

Lena sprang zusammen mit Astrid zurück hinter die Halle. Von dort aus spähten sie um die Ecke. Sie sahen, wie der Wagen sein Tempo reduzierte, um kurz darauf auf dem Weg vor der Halle stehen zu bleiben. Sie hörte, wie eine Wagentür ins Schloss fiel. Durch die wenigen Bäume hindurch konnten sie beobachten, wie Åberg um seinen Wagen herumging und mit einer großen Taschenlampe in ihre Richtung leuchtete. In der anderen Hand trug er ein Gewehr.

Lena duckte sich instinktiv zu Boden. »Und jetzt?«, flüsterte sie Astrid panisch zu. »Der will doch nicht nur reden!«

Astrid hielt ihren Zeigefinger an die Lippen. Dann schaute sie noch einmal vorsichtig um die Ecke, zog ihren Kopf jedoch sofort wieder zurück.

Lena begann hektisch ihr Handy aus ihrem Mantel zu kramen. Als sie es herausgezogen hatte, schüttelte Astrid nur den Kopf. Doch Lena sah das anders. Sie begann die Ziffern für den Notruf einzugeben, auch wenn ihr im selben Augenblick klar wurde, dass jede Hilfe zu spät kommen würde. Verdammte Insel! Bis hier ein Polizist auftauchen würde, vergingen bestimmt Stunden. Was passierte eigentlich gerade? Und wo war sie hier nur gelandet? Sie musste an Astrids zuvor so beiläufig ausgesprochene Worte denken: »Dann sind wir da – in der Hölle.«

4

Sechs Tage zuvor
Freitag, 19. Oktober 2029
Köln

Im Gerichtssaal 225 des Kölner Landgerichts war es noch ruhiger geworden. Kein Rascheln mehr, kein Flüstern, nicht mal ein leises Räuspern. Alle Blicke waren auf Lena gerichtet. Sie sah zu dem vorsitzenden Richter auf, einem älteren, kleinen Mann mit einer schwarzen Lesebrille auf der Nase, der sie streng musterte. Sein Gesichtsausdruck war dem Thema, das hier verhandelt wurde, durchaus angemessen. Sein Blick gab ihr allerdings das Gefühl, als wäre sie die Angeklagte – dabei war sie nur die Sachverständige des Klägers, die vom Institut geschickt worden war, um diesen Termin wahrzunehmen.

»Frau Dr. Bondroit, wir kommen nun zu der entscheidenden Frage bezüglich der Behauptung des Klägers. Können Sie uns erklären, ob und, wenn ja, wie Traumata vererbt werden können?«

Lena wandte sich in Richtung des Beklagten. Den Kopf gesenkt, starrte er auf den Tisch. Lediglich als sie den Saal betreten hatte, hatte er kurz zu ihr aufgesehen, mit den glasigen Augen eines alten, gebrochenen Mannes und einem leeren Blick, der davon zeugte, dass der Mann sich bereits mit einem Fuß auf der anderen Seite des Styx befand. Abgesehen von seinem Vermögen machte er den Eindruck, dass es nichts gab, was man ihm noch nehmen könnte.

»Was wir an unserem Institut, aber auch Forscher an anderen Einrichtungen, immer wieder nachweisen konnten«, begann Lena, »ist, dass Traumata biochemische Veränderungen im Körper hervorrufen können. Das ist nicht weiter verwunderlich. Stellen Sie sich vor, Sie sind andauerndem Stress ausgesetzt. In Stresssituationen produzieren wir bestimmte Stoffe. Muss der Körper dies ständig tun, wird er sich anpassen, um dieser Aufgabe besser gerecht zu werden. Es ist am Ende wie bei einem Muskel, der größer wird, wenn wir ihn ständig benutzen. Nicht nur unser Gehirn lernt, sondern unser gesamter Körper. So entstehen dauerhafte Veränderungen in der Biochemie eines Menschen.«

»Verstanden. Das erklärt die biochemischen Veränderungen im Blut des Vaters des Klägers. Aber …«, der Richter hob seinen Finger, »… noch nicht beim Kläger selbst. Dazu müssten diese Veränderungen vererbt worden sein. Und eine Vererbung erfolgt doch über die Keimzellen – also über die DNA, die in Spermien und Eizellen enthalten ist. Aber die Keimzellen wurden nicht genetisch verändert. Oder verstehe ich da was falsch?«

»Das ist keineswegs falsch, es verhält sich nur etwas komplexer. In den Keimzellen ist der Bauplan für sämtliche Zellen enthalten, der über die DNA weitergegeben wird. Es stellt sich allerdings die Frage, ob sich biochemische Veränderungen in unserem Körper eben auch auf die Keimzellen auswirken können, und zwar dergestalt, dass diese Veränderungen auf die nächste Generation übertragen werden. Und das ist der Fall.«

»Über die DNA?«

»Im Fall von Traumatisierungen nicht.«

Der Richter schob erstaunt seine Augenbrauen nach oben. »Aber die Vererbung erfolgt doch über die Gene?«

»Richtig, aber nicht ausschließlich«, erklärte Lena. »Dürfte ich zum besseren Verständnis vielleicht ein wenig ausholen?«

»Ich bitte darum.«

Lena holte Luft. »Im 18. Jahrhundert gab es einen berühmten Biologen mit dem Namen Jean-Baptiste de Lamarck. Er erklärte die Evolution der Rassen mit Lernprozessen innerhalb des Körpers, die zu Anpassungen an spezifische Gegebenheiten der Umwelt führen. Den langen Hals einer Giraffe würde er damit begründen, dass sie ihn ständig strecken musste, um an die hohen Blätter eines Baumes zu gelangen. Lange Jahre hat man sich über diese Theorie lustig gemacht. Man folgte mehr der Theorie von Charles Darwin. Ihm zufolge entstanden Giraffen, weil es bestimmte Vorfahren dieser Gattung gab, deren Hälse, aufgrund einer genetischen Mutation, etwas länger waren. Diese Individuen hatten einen klaren Überlebensvorteil, weil sie auch an die Blätter herankamen, die an höheren Ästen wuchsen. Es war also wahrscheinlicher, dass Giraffen mit einem längeren Hals überlebten und besser genährt waren als die ohne. Und damit waren sie die Individuen, die sich am ehesten vermehren konnten und damit ihre Gene an die nächste Generation weitergaben.«

»Survival of the fittest, das ist uns wohl allen bekannt. Und jetzt hat man herausgefunden, dass diese Theorie falsch ist?«, fragte der Richter.

»Nein«, sagte Lena. »Aber man hat herausgefunden, dass Lamarck in gewisser Weise ebenfalls recht hatte. Wir wissen heute, dass sich auch unser Verhalten, unsere Erfahrungen und unsere Ernährung auf die Keimzellen auswirken können.

Nicht direkt auf die Gene, die sehr starr sind, sondern auf Strukturen und Elemente um die Gene herum, unter anderem sogenannte Histone und epigenetische Faktoren. Wir sprechen hier von der Epigenetik.«

. »Und wie funktioniert das genau?«, fragte der Richter interessiert nach.

Lena suchte nach einem passenden Bild, um weder den Richter noch die übrigen Personen im Saal mit unnötigen Fachbegriffen zu verwirren. »Sie müssen sich die Zellen wie kleine Fabriken vorstellen. Und die Gene sind innerhalb der Zellen die Steuerzentralen. Sie entscheiden darüber, was eine Zelle genau tut oder auch nicht. Das sind je nach Zellart sehr unterschiedliche Aufgaben. Beispielsweise können bestimmte Zellen dafür sorgen, dass ein Stoff produziert wird, der uns in Stress versetzt. Ob die Steuerzentralen die Produktion dieses Stoffs starten, hängt allerdings davon ab, dass bestimmte Knöpfe auf diesen Steuerzentralen gedrückt werden. Man spricht hier auch davon, dass die Steuerzentralen, also die Gene, aktiviert werden müssen. Dafür sind epigenetische Faktoren zuständig – eine Art Mitarbeiter, die die Steuerzentralen bedienen. Wenn diese Mitarbeiter beeinflusst werden, drücken sie unter Umständen die Knöpfe nicht mehr. Oder zu oft. So dass die Steuerzentrale einer Zelle die Produktion eines Stoffes sehr unterschiedlich ausführt, je nach Aktivierungsgrad durch diese epigenetischen Faktoren. Und diese Faktoren können vererbt werden.«

»Moment.« Der Richter überlegte kurz. »Lassen Sie mich das, was Sie gerade gesagt haben, noch einmal kurz mit meinen eigenen Worten zusammenfassen und auf unseren konkreten Fall anwenden. Ein wichtiger Mitarbeiter, der bestimmte Knöpfe drücken muss, ist in der Fabrik des Vaters des

Klägers ausgefallen. Und so fehlt dieser Mitarbeiter jetzt auch in der Fabrik seines Sohnes?«

»Ganz genau«, bestätigte Lena.

»Womit es aufgrund dieser neuen Erkenntnisse der Forschung als bewiesen angesehen werden kann, dass die Depressionen meines Mandanten auf die Traumatisierungen seines Vaters zurückzuführen sind«, stellte der Anwalt des Klägers zufrieden fest.

»Widerspruch«, meldete sich der Beklagtenanwalt zu Wort. Lena war ihm schon einmal in einem anderen Prozess begegnet. Er gehörte einer renommierten Anwaltskanzlei aus Frankfurt an, die vor allem auf Arzthaftungsfragen spezialisiert war. Er war ein blitzgescheiter Mann, mit dem man sicherlich einen unterhaltsamen Abend verbringen konnte, den man sich jedoch nur ungern als Gegner in einem Prozess wünschte. »Es *könnte* sein, dass es so gewesen ist. *Bewiesen* ist dieser Umstand damit noch lange nicht.«

»Natürlich ist er das!«, entrüstete sich der Kläger, woraufhin er einen bösen Blick des Richters erntete. Sein Anwalt legte ihm beruhigend die Hand auf den Arm. Der Kläger war ein junger Mann Anfang zwanzig. Sein Blick hatte etwas Gnadenloses und ließ weder einen Funken Empathie noch Mitgefühl durchscheinen. Doch war das verwunderlich, nach dem, was der Beklagte dessen Vater angetan hatte? Trotzdem musste Lena einmal mehr feststellen, dass für das Richtige zu kämpfen einen nicht automatisch zu einem sympathischen Menschen machte.

Der Beklagte hatte als junger Mann den Vater des Klägers im Alter von neun Jahren entführt, fünf Jahre lang in einem Kellerverlies gefangen gehalten und sexuell missbraucht. Am Ende hatte er ihn freigelassen. Der Beklagte hatte versucht, sich das Leben zu nehmen, was ihm allerdings misslungen war. Es folgte ein langer Prozess und die Verurteilung zu einer Haftstrafe mit anschließender Sicherungsverwahrung. Der Beklagte hatte bis zu seinem siebzigsten Lebensjahr hinter Gittern gesessen.

»Warum nicht bewiesen?«, fragte der Richter.

»Weil«, der Anwalt sah jetzt zu Lena, »und das wird uns die sachverständige Zeugin sicherlich bestätigen können, es mit der Epigenetik nicht ganz so einfach ist wie in dem gerade bemühten Bild. Epigenetische Veränderungen, wenn ich das mal so nennen darf, vererben sich im Gegensatz zu mutierten Genen nicht immer. Oder um bei ihrem Bild zu bleiben: Totgesagte Mitarbeiter können auferstehen.«

Der vorsitzende Richter sah zu Lena. »Stimmt das?«

Sie wog den Kopf hin und her. »Zum Teil. Wir verstehen die exakten Prozesse noch nicht bis ins letzte Detail. Aber es stimmt, dass ein traumatisierter Vater nicht nur traumatisierte Kinder zeugen kann. Hier spielt das Löschen von epigenetischen Informationen eine gewisse Rolle. Früher hat man angenommen, es gibt bei der Zeugung von neuem Leben generell ein ›Zurück auf Null‹. Doch das ist heute widerlegt. Es spricht daher in diesem Fall vieles dafür, dass epigenetische Veränderungen in den Zellen des Vaters an den Kläger vererbt wurden und dessen Depressionen hier ihren Ursprung haben.«

»Verstanden.« Der Richter nickte. »Dennoch die Frage an Sie: Für wie wahrscheinlich halten Sie es, dass die Depressionen des Klägers auf die seines Vaters zurückzuführen sind? Oder anders gefragt: Können Sie eine andere Erklärung zu einhundert Prozent ausschließen?«

Wieder fühlte sich Lena, als säße sie auf der Anklagebank. Sie spürte, wie sie ihre Finger in den gefalteten Händen gegeneinander presste. Konnte sie diese Frage überhaupt seriös beantworten?

»Entschuldigung.« Der Beklagtenvertreter wandte sich an sie, bevor sie antworten konnte. »Ich bin mir nicht sicher, ob die Gegenseite Sie über die folgenden unbestrittenen Tatsachen in Kenntnis gesetzt hat, die Sie jedoch vor der Beantwortung der Frage unbedingt kennen sollten. Der Urgroßvater des Klägers war über zehn Jahre in russischer Kriegsgefangenschaft. Könnte es daher nicht schon hier zu den im Blut nachweisbaren Veränderungen gekommen sein? Der Kläger hätte somit gar nicht nur die Biochemie seines Vaters, sondern bereits die seines Großvaters geerbt. Zudem wissen wir, dass der Kläger ein kleines Drogenproblem hatte. Auch hier stellt sich die Frage, ob nicht vielmehr die Designerdrogen, die er genommen hat, an der Veränderung seiner Epigenetik schuld sind?«

»Aber die Drogen habe ich doch nur genommen, weil es mir so schlecht ging!«, echauffierte sich der Kläger.

Auf den Zuhörerbänken wurde leise getuschelt.

»Ruhe!«, mahnte der Richter.

Der Anwalt hob beschwichtigend die Hände. »Verstehen Sie mich nicht falsch. Ich möchte nicht die Gräueltaten meines Mandanten rechtfertigen. Für die er im Übrigen bereits bestraft wurde und für die er seine Strafe verbüßt hat, wie ich an dieser Stelle anmerken möchte. Doch die nachweisbaren Unstimmigkeiten im Blutbild des Klägers könnten auch andere Gründe haben.«

Der Richter nickte. Er sah zu Lena. »Ich wiederhole noch einmal meine Frage. Für wie wahrscheinlich halten Sie es, dass die Depressionen des Klägers von seinem Vater und dessen Traumatisierung durch den Beklagten stammen? Ist dies in diesem Fall überhaupt beweisbar?«

Gefühlt war sie sich sehr sicher. Sie wusste allerdings, dass es dem Gericht nicht um Gefühle ging. Es war leider nicht auszuschließen, dass die Veränderungen tatsächlich einen anderen Ursprung hatten.

»Das kann ich nicht sagen«, sagte Lena. »Beantworten kann ich Ihnen nur die Frage, ob Traumata und damit verbundene Krankheiten vererbt werden können. Das ist der Fall. Und so kann es auch in diesem Fall gewesen sein. Meiner Ansicht nach spricht vieles dafür, dass es so war. Aber die Einwände des Beklagtenvertreters sind durchaus berechtigt.«

Der Richter runzelte die Stirn. Lena sah zur Klägerbank, auf der es unruhig geworden war. Der Kläger flüsterte seinem Anwalt aufgeregt etwas ins Ohr. Auf der Beklagtenseite gab es entgegen ihrer Erwartung keine weitere Reaktion. Sie hätte mit einem siegessicheren Lächeln zumindest des Anwalts gerechnet, doch er und sein Mandant verzogen keine Miene.

Der vorsitzende Richter sah auf die Uhr. »Ich möchte an dieser Stelle noch einmal einen Vergleich anregen. Da durchaus einige Gründe für die Vererbung sprechen ...« Er sah zu dem Beklagtenvertreter, der nur den Kopf schüttelte. »Auf keinen Fall?«, fragte der Richter noch einmal nach.

»Nein. Wir wollen ein Urteil.«

»Also gut.« Der vorsitzende Richter sah zu seinen Kollegen. »Ich erkläre die Sitzung damit für geschlossen. Die Urteilsverkündung erfolgt in zwei Wochen zur gleichen Zeit im selben Saal.«

5

Noch im Gerichtsgebäude wurde Lena von einer jungen Frau eingeholt. »Hier!«, sagte sie auf Englisch. Sie drückte Lena eine kleine Styroporschachtel in die Hand und sah sie mit ihren schmalen blauen Augen erwartungsvoll an.

Die Frau war vielleicht Anfang zwanzig. Sie war groß, fast einen Kopf größer als Lena, und sehr schlank, wirkte aber nicht androgyn, sondern hatte durchaus weibliche Formen. Sie trug einen olivfarbenen Parka mit einem »Fridays for Future«-Button auf der Brust. Unter dem offenen Parka blitzte eine Kette mit einem Anahata-Symbol hervor, eine Chakra-Kette, wie Lena von ihrer Mutter wusste. Ihre kritischen Augen drückten eine gewisse Scheu, vor allem aber Neugierde aus.

Ohne darüber nachzudenken, was sich in der Schachtel befinden könnte, öffnete Lena diese sofort wie ein Geschenk, das ihr gerade von einer Kollegin überreicht worden war. Im selben Augenblick wunderte sie sich über sich selbst. Wie kam es, dass sie dieser Frau so bedenkenlos vertraute? Wahrscheinlich war ihr Verhalten jedoch weniger über ihr Vertrauen der Fremden gegenüber zu erklären als über ihre kaum zu bremsende Neugierde.

In der Schachtel befand sich etwas Kühlmaterial und eine Ampulle mit einer orangenen Flüssigkeit.

Die Frau war Lena schon zuvor im Gerichtssaal aufgefallen, wo sie in der letzten Reihe auf der Zuschauerbank neben einigen eifrig mitschreibenden Journalisten gesessen hatte.

Der Prozess, von der Presse immer nur der »Trauma-Prozess« genannt, hatte für einiges Aufsehen gesorgt. Wenn Lena die Lage richtig einschätzte, würde das zu erwartende Urteil das ebenfalls tun, ein Urteil, das sie, obwohl sie keine Sympathie für den Kläger empfand, nicht wirklich befriedigte.

»Ms Bondroit, Sie arbeiten doch für das International Institute for Epigenetics«, sagte die Frau. Ihr Englisch hatte einen nordischen Akzent. Lena tippte auf Norwegen oder Schweden.

»Richtig. Und wer sind Sie?«

»Ich wäre Ihnen sehr dankbar, wenn Sie den Inhalt dieser Ampulle auf Substanzen untersuchen könnten, die möglicherweise Eizellen schädigen können? Gegen Bezahlung natürlich.«

Lena trat einen Schritt zurück und ging ein wenig auf Abstand. Das ging ihr jetzt doch zu weit. Sie mit einem derartigen Anliegen im Gericht regelrecht zu überfallen, noch dazu, ohne sich überhaupt vorzustellen, empfand sie als unpassend. Daran änderte leider auch der Umstand nichts, dass ihr die junge Frau durchaus sympathisch erschien. Wäre sie Lena in einem Seminar oder auf einer Party begegnet, dann hätte Lena sie bestimmt näher kennenlernen wollen. Sie hatte etwas Besonderes an sich, wirkte nicht null-acht-fünfzehn, gerade ihr Blick machte sie interessant – neugierig und wach, und gleichzeitig lag ein Schatten darin. »Nehmen Sie es mir nicht übel, aber ich würde es für das Beste halten, wenn Sie sich mit dieser Bitte direkt ans Institut wenden.«

Die junge Frau sah betreten zu Boden. »Aber …«, druckste sie herum.

»Ja?«, half Lena nach.

»Da war ich heute morgen schon.«

»Und?«, fragte Lena, obwohl sie ahnte, was man ihr dort gesagt hatte.

»Der Mann, mit dem ich sprach, meinte, dass man mir nicht helfen könne und ich mich an ein Labor wenden solle.«

Dieselbe Absage hätte Lena ihr wahrscheinlich auch erteilt. Das Institut lehnte es vom Grundsatz her eher ab, Proben von Privatpersonen zu analysieren. Auch nicht für Geld.

»Ich habe dort nach Ihnen gefragt. Da sagte man mir, dass Sie heute bei Gericht sind. Ich dachte, ich versuche einfach noch mal mein Glück. Wenn ich Sie direkt frage, vielleicht … Ich habe einfach gehofft, dass Sie …«, erklärte die Frau weiter und begann, etwas hilflos mit den Armen zu rudern.

»Ich?«, fragte Lena verwundert. »Warum wollten Sie ausgerechnet zu mir?«

»Na ja. Weil wir Sie doch aus der Presse kennen. Sie werden immer wieder im Zusammenhang mit Fällen zitiert, in denen Sie für Opfer vor Gericht stehen.«

»Verstehe«, sagte Lena. In der Tat war es in der Regel sie, die das Institut vor Gericht vertrat, auch wenn die Gutachten eher in Teamarbeit erstellt wurden. Einige ihrer Kollegen waren zwar brillante Wissenschaftler, hatten aber wenig Talent, sich und damit das Institut in offiziellen Zusammenhängen angemessen zu repräsentieren. Und so fiel die Wahl recht häufig auf Lena.

»Hören Sie, es ist wirklich wichtig«, bat die Fremde und holte tief Luft. Sie sah auf die Uhr.

Irgendwie tat sie Lena leid. Zudem erweckte sie in ihr fast mütterliche Gefühle. »Darf ich fragen, wie Sie überhaupt darauf kommen, dass diese Substanz«, Lena schüttelte das Kästchen mit der Ampulle, das sie immer noch in der Hand hielt, »Eizellen schädigen könnte?«

Die Frau seufzte. »Weil ich keine Kinder bekommen kann. Ich bin unfruchtbar.«

Lena war verblüfft über die Offenheit. Sie verstand jetzt auch, warum die junge Frau beinahe etwas Verzweifeltes an sich hatte. »Das tut mir leid«, sagte sie.

Für einen Moment sagten sie beide nichts. Die Frau sah zur Seite, den Blick auf etwas in der Ferne gerichtet, das es gar nicht gab. Sie wirkte abwesend, wie in einer anderen Welt.

»Ist es ein Präparat, das Sie einnehmen müssen?«, fragte Lena nach.

Die Frau schüttelte den Kopf. Jetzt war sie wieder voll da. »Nicht ich, meine Mutter. Und ich glaube, meine Unfruchtbarkeit ist vererbt. Ich möchte wissen, ob meine Eizellen durch epigenetische Veränderungen bei meiner Mutter geschädigt wurden.«

»Ach so?« Das erklärte zumindest, warum sie auf Lena und das Institut gekommen war. Ihr Anliegen war speziell, aber Sie schien sich auszukennen und zu wissen, wonach sie suchte: nach Spezialisten, die sich mit der Vererbung von epigenetischen Faktoren auskannten. Es schien sich um eine Art Contergan-Fall zu handeln, nur dass es hier um ihre Fruchtbarkeit ging. »Und wofür nimmt ihre Mutter das Präparat?« Ob sie wollte oder nicht, der Fall begann Lena zu interessieren.

»Um ewig jung zu bleiben«, sagte die Frau.

Einmal mehr war Lena verblüfft über eine Antwort, die sie so nicht erwartet hätte. Die Frau sah erneut auf die Uhr.

»Sie haben es eilig?«

»Ehrlich gesagt …« Die Frau verdrehte die Augen. »Ms Bondroit, wenn Sie mir nicht helfen können, würde ich wenigstens gern meinen Rückflug bekommen.«

»Rückflug?«

»Nach Schweden. In gut zwei Stunden.«

»Sie sind extra aus Schweden angereist, um mir diese Ampulle zu überreichen?«, fragte Lena überrascht.

»Wir wollten sicherstellen, dass die Ampulle heil bei Ihnen ankommt.«

»Wir?«, fragte Lena.

Die junge Frau sah erneut auf die Uhr. Sie begann wie ein kleines Kind, das auf die Toilette musste, von einem Bein aufs andere zu tänzeln. »Es gibt noch jede Menge anderer Frauen auf der Insel, die ebenfalls unfruchtbar sind und deren Mütter dieses Mittel genommen haben. Die Geschichte ist ein wenig länger. Aber …«

»Sie müssen los«, vervollständigte Lena den Satz, während ihr etliche Fragen in den Kopf schossen. Sie sah auf die Schachtel in ihrer Hand. Auch wenn das Institut diese Art von Anfragen normalerweise nicht annahm, hatte Lena das Bedürfnis, bei dieser Frau eine Ausnahme zu machen. Sie war extra aus Schweden angereist, hatte sich nicht abschütteln lassen. Sie hatte Biss. Das gefiel Lena. Zudem klang der Fall nicht uninteressant. »Passen Sie auf. Sie lassen mir jetzt einfach die Ampulle da und geben mir Ihren Namen und Ihre Nummer. Wir telefonieren dann noch einmal in Ruhe. Ich werde sehen, ob ich etwas für Sie tun kann.«

»Wirklich? Das ist super! Danke!« Die Frau begann über beide Wagen zu strahlen. »Vielen Dank!« Sie griff in die Tasche, die sie bei sich trug, und entnahm ihr eine Visitenkarte, die sie Lena übergab.

»Apotek – Ägare: Ebba Langholm«, las Lena laut vor. »Respekt. Sie sind die jüngste Apothekerin, die ich je kennengelernt habe.«

Die Frau verdrehte beschämt ihre Augen. »Ist nicht meine Karte. Sie gehört einer Freundin. Es wäre toll, wenn Sie direkt sie anrufen könnten. Ebba kennt sich besser mit den Hintergründen aus.« Die junge Frau zog sich die Kappe ihres schwarzen Kapuzenpullis über den Kopf, den sie unter dem Parka trug, und hielt Lena ihre Hand hin. »Ich bin übrigens Astrid.«

»Freut mich, Lena«, sagte sie. Sie hatte es immer schon seltsam empfunden, in englischer Sprache mit Ms Bondroit angesprochen zu werden.

Ihre Blicke trafen sich. Es war ein intensiver Blickkontakt, keine flüchtige Begegnung, eher so, als wollte jede von ihnen ergründen, was für ein Mensch die andere war. Dabei hatte Lena das Gefühl, dass sie das gar nicht nötig hatte. Vielleicht lag es an der Offenheit, mit der Astrid intime Details über sich verraten hatte. Denn obwohl sich Lena sicher war, Astrid noch nie begegnet zu sein, hatte sie das Gefühl, sie bereits zu kennen.

6

Tagebuch, 19.10.2029

Die Reise war toll. Ich bin Ebba und Loke sehr dankbar dafür, dass sie mich ausgewählt haben, nach Deutschland zu fliegen. Ebba fehlte die Zeit wegen ihrer Apotheke. Und Loke wäre sicherlich der Falsche gewesen. Da hatte Ebba schon recht. Zum Glück gab es keine weitere Freiwillige.

Es war toll, mal von hier wegzukommen, Köln, der Dom, die vielen Boutiquen. So viele unterschiedliche Menschen. Sehr cool. Und die hippen Bars und Restaurants … Schade, dass ich nicht länger bleiben konnte.

Lena gefällt mir. Sie ist klein und zierlich, aber sie wirkt, als könnte sie nichts aus der Bahn werfen. Das liegt an ihrem Blick, ihren wachen Augen, bei denen man das Gefühl hat, dass ihnen nichts entgeht. Ihre Haare trägt sie nach hinten gebunden, was sie ein wenig streng wirken lässt. Aber auch das gefällt mir. Nur ihr Style ist nicht so meins. Das dunkle Kostüm, darunter eine rosa Bluse, die Schuhe mit den hohen Absätzen, der scharlachrote Lippenstift. Bieder irgendwie, zugeknöpft. Dabei ist sie gar nicht so, wenn man mit ihr spricht. Biologinnen habe ich mir immer ganz anders vorgestellt. Vielleicht liegt das auch nur daran, dass sie bei Gericht war.

Auf alle Fälle wirkt sie wie jemand, der immer alles im Griff hat. Wahrscheinlich ihr ganzes Leben schon. Ihren Beruf, ihre Beziehung. Ob sie Familie hat? Einen Mann? Kinder? Wie alt sie wohl ist? Sie sieht aus wie Anfang vierzig. Aber was weiß ich schon.

Wenn sie etwas sagt, dann sagt sie das mit dem Bewusstsein, dass jedes Wort richtig ist. Sie muss nie lange überlegen. Im Gerichtssaal hat sie kein einziges Mal gestottert, sondern gesprochen wie eine Nachrichtensprecherin, gleichmäßig, überlegt, klar. Ich hätte ihr ewig zuhören können.

Ich habe mich vor ihr wie ein dummes Mädchen gefühlt. Bin ich ja eigentlich auch. Vom Land, von einer Insel am hinterletzten Rand der Welt. Verloren in der großen Stadt. Ohne eine Ahnung davon, worum sich die Welt wirklich dreht.

Sie hingegen weiß das genau. Sie durchschaut einen.

Sie forscht zur Epigenetik, aber ich habe über sie gelesen, dass sie aus der Verhaltensforschung kommt. Verhaltensforscher wissen, was man denkt. Das glaube ich zumindest. Es ist wie bei Polizisten, die einem ansehen, dass man etwas verbrochen hat. Oder wie bei Müttern, die immer ahnen, wenn einen etwas bedrückt.

Ich wäre gern wie sie.

Ob sie mir angemerkt hat, dass mir die ganze Angelegenheit eigentlich gar nicht so wichtig ist? Hat sie meine Mitleidsmasche am Ende sogar durchschaut?

Ich hoffe nicht.

Ihr letzter Blick. Er wirkte emotional, irgendwie berührt. Ich weiß auch nicht. Irgendwie hatte ich das Gefühl, dass es zwischen uns klick gemacht hat. Seelenverwandtschaft. Vielleicht eine Begegnung in einem vorigen Leben. Oder vielleicht …

7

Seit zwei Jahren arbeitete Lena für das »International Institute for Epigenetics« im Westen von Köln. Das unabhängige Institut, das seine Finanzierung einer großen Stiftung verdankte, war in Europa eines der anerkanntesten seiner Art. Es bestand aus einem interdisziplinären, internationalen Team aus Biologen mit unterschiedlichsten Forschungsinteressen, Humanmedizinern, Chemikern, verschiedenen hochspezialisierten Laborkräften. Ziel des Instituts war die Erforschung der Epigenetik, einer noch recht jungen Disziplin.

Noch um die Jahrtausendwende war es der Forschung primär darum gegangen, den Gencode des Menschen zu entschlüsseln. Nachdem man jedoch feststellte, dass die klassische Genetik nur einen Teil der vererbbaren Merkmale und Krankheiten erklären konnte, entstanden immer mehr Institute und Forschungseinrichtungen, die begannen, sich mit der Epigenetik zu beschäftigten, also mit den Faktoren, die über die Gene hinaus bestimmten, wie sich eine Zelle verhielt, und die ebenfalls vererbt werden konnten.

Lena hatte dieser Bereich der Biologie schon immer sehr interessiert. Schließlich kam auch die klassische Verhaltensforschung nicht mehr daran vorbei, ihre Thesen und Ergebnisse auf ihre biochemischen Reaktionen und Auswirkungen hin zu überprüfen. Erst dieses Gesamtbild rundete neue Erkenntnisse ab. Zudem war eine der großen Fragen der Verhaltensforschung die, welche Verhaltensweisen vererbt und welche erlernt wurden.

Dass gerade sie als eine Abteilungsleiterin in das renommierte Team aufgenommen worden war, hatte sie ihrem guten Ruf und ihren bisherigen Forschungsarbeiten zu verdanken, in denen sie immer wieder unter Beweis gestellt hatte, dass sie nicht nur genau, sondern sehr genau hinsah und auch nach Erklärungen fernab des gängigen Forschungsstands suchte.

Wie jeden Morgen galt auch an diesem Montag ihr erster Besuch der kleinen Kaffeeküche mit dem exquisiten Kaffeevollautomaten, einem riesigen Ungetüm, das einem jeden erdenklichen Kaffeewunsch erfüllen konnte.

»Moin, Chef! Deine Pünktlichkeit macht mir Angst.« Dennis, Lenas übereifrige rechte Hand und ihr Stellvertreter, hatte sich von hinten an sie herangeschlichen. Er war ein hervorragender Molekularbiologe und ihr Brückenkopf zu den Medizinern, einen Trakt weiter.

»Wenn der Tag nicht damit beginnt, ein quengelndes Kind für die Schule zu motivieren und ihm dann auch noch das vergessene Heft hinterherzufahren, dann ist das mit der Pünktlichkeit plötzlich gar kein Problem mehr.« Lenas Lebensgefährte Michael war zusammen mit ihrem Sohn Jean über die Herbstferien zu Michaels Eltern ins Allgäu gefahren. Eine willkommene Pause in einem stets überladenen Alltag, in dem man so viele Bälle zu jonglieren hatte, dass immer mindestens einer auf dem Boden landete. Lena genoss die private Auszeit.

Dennis lachte. Er war solo, zumindest wusste Lena nichts von einer festen Beziehung.

Als Dennis' Kaffee ebenfalls fertig war, verzogen sich beide in ihre Büros. Lena durchforstete zunächst ihr Postfach. Dann beschloss sie, die Frau anzurufen, deren Visitenkarte ihr die junge Schwedin im Gericht in die Hand gedrückt hatte.

Es brauchte etwas Zeit, bis der Klingelton ertönte und sich Ebba Langholm meldete.

»Lena Bondroit vom Institut für Epigenetik«, stellte sich Lena auf Englisch vor.

»Oh! Hi Lena! Toll, dass Sie sich melden.« Ebba Langholm sprach zum Glück ausgezeichnet Englisch, und Lena empfand es als angenehm, dass sie sie direkt mit dem Vornamen ansprach. Sie hatte kaum einen Akzent. Nach dem Austausch von ein paar Freundlichkeiten kam sie direkt auf den Punkt. »Astrid hat mir erzählt, dass Sie unter Umständen dazu bereit wären, uns zu helfen.«

»In der Tat«, sagte Lena. »Ich wäre allerdings für ein paar Hintergrundinformationen dankbar. Mein Zusammentreffen mit Astrid endete eher abrupt, vielleicht hat sie davon erzählt.«

Langholm musste lachen. »Das hat sie. Sie hätte fast den Flieger verpasst. Eigentlich hatten wir genug Zeit eingeplant. Sie ist ja schon am Mittwochabend angereist. Aber am Donnerstag war wohl Ihr Institut geschlossen. Und am Freitag hat es mit einem Treffen dann leider nicht gleich geklappt. Entschuldigen Sie, dass sie Sie dann einfach im Gericht abgefangen hat. Aber sie wollte sich nicht geschlagen geben.«

In der Tat hatte das Institut wegen eines gemeinsamen Teamevents am Donnerstag geschlossen gehabt. Was Lena allerdings wunderte, war, warum man sie nicht vorher telefonisch kontaktiert hatte.

»Warum haben Sie nicht angerufen und einen Termin vereinbart?«

»Haben wir«, sagte Langholm. »Der Mann am Telefon sagte uns aber, dass wir am besten persönlich vorsprechen sollten. Das hat Astrid dann versucht, wurde jedoch abgewimmelt. Ich bin froh, dass sie für uns nach Deutschland gereist

ist. Ich wäre wahrscheinlich unverrichteter Dinge wieder nach Hause geflogen. Aber Astrid ist jemand, der nicht so schnell aufgibt.«

Lena ärgerte sich über die Auskunft des Instituts. Irgendein Trottel hatte falsche Erwartungen geweckt, die sogar dazu geführt hatten, dass jemand aus dem Ausland angereist war. Das war nicht gerade der Ruf, den man im Institut pflegte.

Hoffentlich war es niemand aus ihrer Abteilung gewesen.

»Astrid hat mir erzählt, dass Sie vermuten, dass das Mittel an ihrer Unfruchtbarkeit schuld sein könnte. Und anscheinend nicht nur bei ihr. Sie berichtete von weiteren Frauen, mit einer ähnlichen Diagnose. Habe ich das richtig verstanden?«

Langholm atmete tief durch. »Leider ja.« Sie erzählte, dass die Ampulle, die Astrid Lena übergeben hatte, von der deutschen Pharmafirma Rehabitex stammte. Rehabitex hatte bereits in den 1990er-Jahren mit dem Test eines Wirkstoffs mit dem Namen *Insovital* begonnen, der Alterungserscheinungen aufhalten sollte. Zur Erprobung des Wirkstoffs suchte man in einem sehr frühen Stadium weltweit nach Probanden. Wie Rehabitex genau auf die kleine schwedische Insel in der Ostsee nahe der finnischen Grenze gekommen war, wusste Langholm nicht, nur, dass die Firma dem Bürgermeister im Jahr 2003 für die Vermittlung von Teilnehmern für eine breit angelegte Langzeitstudie wohl ein Angebot machte, dass dieser nicht ablehnen konnte. Die Insel war damals sehr verarmt. Der Hauptarbeitgeber, ein riesiges Sägewerk, hatte gerade Konkurs angemeldet.

Zunächst verabreichte man den Wirkstoff nur ausgewählten älteren Menschen ab sechzig. Die Ergebnisse waren beeindruckend: Unterschiedlichste Altersleiden verschwanden innerhalb von wenigen Monaten, und viele Probanden fühlten sich bereits nach kurzer Zeit so fit, als wären sie viele Jahre jünger. So war es nicht verwunderlich, dass immer mehr Inselbewohner an dem Versuch teilnehmen wollten. Man beschloss daher im Jahr 2005, die Altersgrenze auf dreißig zu senken, mit ähnlichen Effekten. Besonders die Auswirkungen auf die sportliche Leistungsfähigkeit waren enorm. Zusätzlich meinte Rehabitex beobachten zu können, dass sich der Wirkstoff positiv auf die Gehirntätigkeit auswirkte.

Warum das Präparat nicht sofort auf den Markt kam, verstand niemand. Angeblich gab es Probleme mit der Produktion in größeren Mengen. Aber auch an der Darreichungsform und genauen Formel wurde immer weiter gearbeitet. Zudem wollte man die Ergebnisse der Langzeitstudie abwarten, um Erbschäden auszuschließen.

»Und dann«, setzte Langholm nach einer kurzen Pause nach, »stellte sich vor rund eineinhalb Jahren heraus, dass auf der Insel auffällig viele Töchter der Probandinnen unfruchtbar waren.«

»Das müssen aber alles noch sehr junge Frauen sein, oder? Die nach 2005 geboren wurden?«, fragte Lena nach. Denn ging man von einer vererbten Schädigung aus, dann musste es sich um die Töchter von Frauen handeln, die in der zweiten Runde angefangen hatten, das Präparat zu nehmen.

»Ganz genau«, bestätigte Langholm. »Zuerst war auf diesen möglichen Zusammenhang ein Inselbewohner namens Loke Henriksson gestoßen. Er und seine sehr junge Freundin Maja wollten Kinder bekommen, was jedoch nicht klappte. Loke machte von Anfang an *Insovital* dafür verantwortlich. Er kommt ursprünglich nicht von der Insel und stand der Langzeitstudie und dem Mittel von Anfang an kritisch gegenüber. Hinter der Hand wurde er zunächst ausgelacht. Alle meinten, er bräuchte einen Sündenbock für seine ›eingeschlafenen Spermien‹, so hieß es oft. Dann stellte sich jedoch in einer Untersuchung heraus, dass es an ihr lag – allerdings ließ sich keine organische Begründung dafür finden. Loke begann sich mit immer mehr Inselbewohnern darüber zu unterhalten. Und fand heraus, dass nicht nur sein und Majas Kinderwunsch unerfüllt blieb. Das Thema ging schließlich wie ein Lauffeuer über die Insel, und irgendwann haben sich dann viele von den jungen Frauen testen lassen. Das Ergebnis war sehr häufig leider dasselbe. Die Eizellen von zwei von drei Frauen unter fünfundzwanzig sind, aus welchen Gründen auch immer, nicht in der Lage, befruchtet zu werden. Alles Frauen, deren Mütter *Insovital* genommen haben.«

»Das ist massiv«, sagte Lena. Das Ausmaß war ihr, nachdem ihr Astrid im Gerichtsgebäude davon erzählt hatte, gar nicht bewusst gewesen. »Und was sagt Rehabitex dazu? Die wurden doch sicherlich sofort informiert.«

»Natürlich. Und man kann den Verantwortlichen nicht vorwerfen, dass sie das Problem nicht ernst genommen hätten. Es wurden Spezialisten geschickt, um die Frauen zu untersuchen. Die Firmenführung war sehr beunruhigt, da bereits mehrere Zulassungsverfahren liefen.« Langholm stocke.

»Und?«, fragte Lena, obwohl sie schon ahnte, was Langholm noch sagen wollte. Es musste schließlich einen Grund geben, warum man bei ihr beziehungsweise dem Institut angeklopft hatte.

»Alle Untersuchungen ergaben, dass *Insovital* nicht an der Unfruchtbarkeit der jungen Frauen schuld sein kann, sondern es einen anderen Auslöser geben muss. Das teilte man den Frauen schriftlich mit. Damit war die Sache für Rehabitex vom Tisch. Für die betroffenen Frauen verständlicherweise nicht. Zumal keine organischen Ursachen gefunden werden konnten. Es wurden sogar Wasserproben entnommen und auf Gifte untersucht – leider erfolglos. Viele der Frauen leiden sehr darunter, haben Depressionen entwickelt. Sie fühlen sich betrogen und als Opfer einer großen Intrige. Es sieht danach aus, dass Rehabitex da etwas unter den Teppich kehren möchte, auch weil sie für weitere Nachfragen in dieser Sache nicht mehr zur Verfügung stehen.«

Was Langholm berichtete, machte Lena betroffen und drückte ihre eigentlich gute Stimmung. Sie musste an Överkalix denken, ein kleines Dorf in Nordschweden, in dem bis zum Jahr 1995 eine Studie zu epigenetischen Folgen durchgeführt wurde. Lena nannte sie gern die »Mutter aller Studien«. Sie war vor allem deshalb für die Forschung der Epigenetik so entscheidend gewesen, da physiologische Auswirkungen von Umweltfaktoren bezogen auf eine genetisch sehr homogene Bevölkerung hatten analysiert werden können. Das lag daran, dass das Dorf sehr abgeschieden lag und die Fluktuation gering war. Die Einwohner heirateten im Wesentlichen untereinander. Für die Untersuchung von umweltbedingten Erbveränderungen war dies von entscheidender Bedeutung. Im Labor mit Tieren ließ sich ein homogener Genpool einfach konstruieren. Um eine ähnliche »Versuchsanordnung« bei Menschen herzustellen, und das unter natürlichen Bedingungen, brauchte es hingegen einen Glücksfall wie Överkalix.

Lena verstand daher auch, warum Rehabitex sich die Insel im Norden von Schweden für ihre Langzeitstudie ausgesucht hatte. Die Laborsituation einer solchen Insel war Gold wert.

»Und Sie wollen jetzt eine weitere Meinung?«, fragte Lena.

»Ehrlich gesagt sind Sie und das Institut, für das Sie arbeiten, unsere letzte Hoffnung. Wir haben recherchiert. Viele der

Frauen glauben, dass die Untersuchungen von Rehabitex zu oberflächlich waren, oder unterstellen der Firma sogar niedere Beweggründe. Sie meinen vor allem, dass sich die Untersuchungen nur auf genetisch bedingte Schädigungen bezogen. Die Disziplin der Epigenetik ist hingegen ein neues Feld. Vielleicht, so die Hoffnung, gibt es auf dieser Ebene eine Erklärung. Und das Institut, für das Sie arbeiten, gilt als eines der besten der Welt.«

Lena fühlte sich geschmeichelt. Sie hielt es jedoch für eher unwahrscheinlich, dass Rehabitex nicht auch epigenetische Schädigungen in Betracht gezogen und analysiert hatte. Dennoch machte es sicherlich Sinn, noch einmal unabhängig auf das Präparat zu sehen, zumal bei Analysen von Firmen wie Rehabitex immer auch wirtschaftliche Aspekte eine Rolle spielten.

»Also gut, Ebba. Schon allein, weil Ihre Freundin Astrid den langen Weg auf sich genommen hat, werde ich das Präparat analysieren lassen. Aber …« Lena dachte direkt einen Schritt weiter. Ihr war klar geworden, dass die Insel ein zweites Överkalix war. Und das präsentierte man ihr gerade auf dem Silbertablett. Diesen Fisch durfte sie sich auf keinen Fall von der Angel reißen lassen. »Ich hätte da, quasi im Gegenzug, auch eine Bitte«, setzte sie fort.

»Und die wäre?«

Lena überlegte, wie sie ihr Vorhaben am geschicktesten eintüten könnte, ohne dass sie Ängste erweckte, sie würde das Schicksal der Frauen für ihre wissenschaftlichen Zwecke und mögliche Veröffentlichungen ausnutzen. »Ich bin der Ansicht, dass es durchaus sinnvoll sein könnte, sich nicht nur auf die Untersuchung des Wirkstoffs zu konzentrieren. Eine erneute Analyse des Blutes, vielleicht auch der Keimzellen der geschädigten Frauen, wäre sicherlich hilfreich.«

»Verstehe …«, sagte Langholm. »Und wie genau sollte das vonstattengehen?« Wirklich angebissen schien sie noch nicht zu haben.

»Was würden Sie davon halten, wenn zusätzlich zur Untersuchung des Präparats jemand vom Institut auf Ihre Insel kommen würde, um ein paar Blutproben zu nehmen?«

Für einen Augenblick war es still in der Leitung. Lena hatte sogar das Gefühl, dass sie unterbrochen war. Dann meldete sich Ebba Langholm wieder zu Wort. »Das ist doch ein riesiger Aufwand«, sagte sie. Sie klang über den Vorschlag weniger erfreut, als Lena es sich erhofft hatte. »Ich fürchte, das können wir uns nicht leisten. Die Frauen finanzieren das momentan alles privat, und verstehen Sie mich nicht falsch, aber wir sind hier nicht gerade mit dem größten Reichtum gesegnet.«

»Wir würden natürlich die Kosten übernehmen«, schob Lena schnell hinterher, um diese Bedenken direkt auszuräumen. Allerdings hielt sie es für angebracht, jetzt auch mit offenen Karten zu spielen. »Sie müssen wissen, wenn wir später über die Ergebnisse in einem wissenschaftlichen Magazin berichten dürften, wäre es in gewisser Weise eine Win-win-Situation.«

»Ich weiß nicht …« Langholm biss leider immer noch nicht an. »Dieser ganze Aufwand. Das würden Sie wirklich für uns tun wollen?«

»Auf jeden Fall. Ich bestehe sogar darauf.«

Nachdem sie aufgelegt hatte, holte Lena sofort die Ampulle aus dem Kühlschrank und überbrachte sie Dennis. Aufgeregt erzählte sie ihm von dem Fall und bat ihn, das Mittel so schnell wie möglich zu analysieren. Auch er musste zugeben, dass sie da auf eine äußerst vielversprechende Testsituation gestoßen waren. Die Tierversuche, die sie durchführten, in allen Ehren, aber Publikationen, die nicht nur indirekte Schlüsse von der Vererbungen epigenetischer Faktoren auf den Menschen zuließen, sondern direkte Aussagen ermöglichten, waren eindeutige Glücksgriffe für die Forschung.

8

»Interessante Substanz hast du da bekommen.«

Dennis empfing Lena direkt in ihrem Büro. Es war zwei Tage her, dass sie ihm die Ampulle überreicht hatte. Sie nahm einen Schluck von ihrem Kaffee. »Fertig analysiert?«

»Klar!« Dennis klopfte sich selbst auf die Schultern. Er startete wie immer, wenn er etwas erzählte, mit einem detailgenauen Bericht darüber, welche Analysen er durchgeführt hatte. Lena hatte schon häufig versucht, ihn vorsichtig darauf aufmerksam zu machen, dass man auf diese Weise nicht unbedingt jeden Zuhörer bei der Stange hielt, doch ihr Rat wurde geflissentlich ignoriert.

»Zusammenfassend lässt sich daher sagen«, kam er nach mehreren Minuten endlich auf den Punkt, »dass das Präparat unter anderem veränderte Blutproteine enthält.«

»Blutproteine?« Lena stellte ihre Kaffeetasse zur Seite, die sie während seiner Ausführungen bereits geleert hatte. »Von welchem Lebewesen?«

»Humanes Blut.«

Lena schlug sich auf den Oberschenkel. »Echtes?«

»Nein. Reproduziertes, leicht modifiziertes und hochprozentiges.« Dennis sah sie gespannt an. »Klingelt da etwas?«

Natürlich klingelte da etwas. »Junges Blut«, sagte Lena aufgeregt.

Dennis kniff ein Auge zusammen. »Ich sehe schon, die Chefin hat verstanden.«

»Junges Blut!«, zischte Lena erneut durch ihre Zähne. Es war nur eine Frage der Zeit gewesen, bis jemand einen Wirkstoff entwickeln würde, um damit Handel im großen Stil zu betreiben. Schließlich gab es für die Menschheit kaum einen größeren Traum als den vom langen und gesunden Leben. Schon vor vielen Jahren hatte man herausgefunden, dass bestimmte in Kinderblut enthaltene Proteine »verjüngende« Wirkung haben könnten. Rehabitex setzte wohl auf den großen Jackpot.

»Aber wäre das Präparat in der Lage, Keimzellen zu schädigen?«

Dennis schüttelte den Kopf. »Eher nicht.«

Lena sah das ähnlich. Sie hatte noch nie gehört, dass bestimmte im Blut enthaltene Proteine dazu in der Lage wären, Eizellen, die ja bereits seit Geburt im Körper der Frau angelegt sind, zu schädigen. Ausschließen konnte man es nicht, denn auch diese Eizellen mussten erst heranreifen. Es war jedoch sehr unwahrscheinlich. »Zumindest nicht die enthaltenen Proteine«, überlegte sie laut. »Aber wie steht es um Konservierungs- oder sonstige Inhaltsstoffe?«

Dennis schüttelte den Kopf. »Habe ich natürlich auch analysiert. Aber da habe ich nichts Bedenkliches gefunden. Ich tippe eher auf eine andere Ursache. Vielleicht ein Umweltgift, das die Frauen zu sich genommen haben.«

Lena winkte ab. »Wurde wohl schon untersucht, zumindest wurden Wasserproben genommen. Außerdem hätten ein solches Umweltgift wohl alle Frauen und Töchter auf der Insel zu sich genommen, auch die, die nicht an der *Insovital*-Studie teilgenommen haben. Die scheinen aber nicht unfruchtbar zu sein. Das müsste man natürlich noch mal genauer klären.« Das war das Schöne an diesem Fall. Sie hatten immer eine sehr aussagekräftige Vergleichsgruppe.

»Stimmt«, gab ihr Dennis recht. »Was machen wir jetzt damit?«

»Natürlich die wirkliche Ursache herausfinden«, sagte Lena enthusiastisch. Nach dem Telefonat mit Ebba Langholm hatte sie schon mit anderen Kollegen über den Fall gesprochen. Die waren alle ähnlich angefixt. »Wir sollten einen der Mediziner schicken.«

»Sofort?«, fragte Dennis.

»Es wäre ungünstig, wenn noch andere Institute davon erfahren.«

»Die Mediziner sind wegen der Konferenz in Vancouver nächste Woche total unter Wasser.«

Dennis hatte recht. »Und du?«

»Bitte nicht!« Dennis hob abwehrend die Hände. »Ich hasse fliegen. Außerdem hab ich den Arsch voll Arbeit. Da muss die Chefin wohl selbst ran!« Er wackelte mit den Augenbrauen. »Du warst der Erstkontakt. Die wollen dich! Die wollen die große Dr. Lena Bondroit.«

Obwohl sie wusste, dass Dennis sie nur ärgern wollte – abgeneigt war Lena nicht. Und da sich ihre Jungs gerade im Allgäu herumtrieben, war auch der Zeitpunkt günstig. »Dir ist schon bewusst, dass dann die spätere Veröffentlichung allein meinen Namen tragen wird?«, stichelte sie zurück.

Dennis zeigte ihr lachend einen Vogel. »Ist klar.«

»Okay, du bekommst eine Fußnote. Wenn du mir bitte noch deine Ergebnisse der Analyse per Mail schickst«, setzte sie mit einem Augenzwinkern hinterher.

Dennis salutierte. »Für eine Fußnote mache ich alles.«

Nachdem Dennis verschwunden war, rief Lena erneut Ebba Langholm an und besprach mit ihr das weitere Vorgehen.

Langholm hielt den Aufwand zunächst immer noch für übertrieben, stimmte der Idee von Lena jedoch am Ende zu. Freundlich, wie die Schweden waren, bot sie Lena an, für sie das Hotel zu reservieren, vor allem aber auch aus ihrem Apothekenbestand das nötige Entnahmematerial und eine Transportbox zur Verfügung zu stellen, was Lena dankend annahm. Auch versprach Langholm ihr, dass jemand Lena vom nächstgelegenen Flughafen abholen würde, in Kemi-Tornio, direkt hinter der schwedisch-finnischen Grenze.

Nachdem sie aufgelegt hatte, spürte Lena eine angenehme Erregung. Der Fall war ein absoluter Glücksgriff. Mögliche epigenetische Veränderungen bei einer genetisch recht homogenen Gruppe von Menschen in dieser Größenordnung – etwas Besseres konnte einem als Wissenschaftler nicht passieren. Sie war sich sicher, dass, was immer auch bei ihren Untersuchungen herauskommen würde, bahnbrechend sein würde. Ein neues »Överkalix«. Und sie war von Anfang an dabei.

9

Donnerstag, 25. Oktober 2029
Auf einer Insel in der Ostsee, Nordschweden

Sie standen beide dicht an die Wand der alten Lagerhalle gedrückt. Die Dunkelheit hatte sich inzwischen so dicht über den Wald gelegt, dass die Bäume nur noch schemenhaft auszumachen war. Lenas Herz raste immer noch wie verrückt. Sie zeigte erneut auf ihr Handy. Die europäisch einheitliche Notrufnummer 112 war bereits eingetippt. Sie musste nur noch auf die Ruftaste drücken. Es wäre ein sinnloser Akt der Verzweiflung, aber was sollten sie sonst tun? In den Wald rennen und sich verstecken? Das alles hing davon ab, welche Gefahr von Åberg ausging. Und das konnte Lena nicht einschätzen.

Astrid schüttelte abermals den Kopf.

Plötzlich vernahm Lena eine Stimme. Auch Astrid spitzte die Ohren. Åberg schien zu telefonieren. Kurz darauf fiel eine Wagentür ins Schloss. Es folgte das Aufheulen eines Motors.

Astrid wartete noch einen Moment, bis die Geräusche des sich entfernenden Wagens nicht mehr zu hören waren. Dann lugte sie vorsichtig um die Ecke.

»Er ist weg«, flüsterte sie an Lena gewandt. Dann lief sie los, ein paar Schritte den Weg entlang. Ihr Körper wirkte angespannt, so als würde sie der Ruhe nicht trauen. Sie bog vom Weg ab und war nicht mehr zu sehen. Kurz darauf kam sie zu ihr zurückgerannt. Lena meinte selbst in der Dunkelheit erkennen zu können, wie Astrids Lippen ein Lächeln umspielte. »Das war knapp«, sagte sie belustigt, als wäre das alles nur ein Spiel gewesen.

»Knapp?« Lena traute dem Frieden nicht. »Das ist doch ein Trick.« Es wäre ein Wunder, wenn Åberg mit seiner Taschenlampe nicht die Spuren von Astrids Wagen im Kies gesehen hätte, die ihre abruptes Lenkmanöver hinterlassen haben musste. Warum war er nicht bis hinter die Halle gekommen? So kurz vor dem Ziel sein Vorhaben, was immer es auch gewesen war, abzubrechen, machte einfach keinen Sinn.

»Glaub ich nicht.« Astrid schien zufrieden.

Lena konnte nicht glauben, dass Astrid die Situation nicht durchschaute. »Der wusste doch genau, dass wir hier sind. Da bin ich mir sicher. Die Frage ist nur, warum er nicht hinter die Halle gekommen ist. Hast du verstanden, was er am Telefon gesagt hat?«

Astrid schüttelte den Kopf.

»Aber du weißt, warum er uns gefolgt ist?«, fragte Lena. Ihr Herz hatte sich ein wenig beruhig. Innerlich erregt war sie immer noch. Das hier war alles andere als lustig. Es macht sie wütend, dass Astrid die Lage nicht wirklich ernst zu nehmen schien. »Was wird hier gespielt?«

Ohne ihr zu antworten, ging Astrid weiter zu ihrem Auto. »Komm! Wir fahren jetzt zu Ebba.«

Lena bewegte sich keinen Zentimeter. »Genau das werden wir nicht tun.« Sie schnappte wütend nach Luft. »Ich habe dich etwas gefragt!«

»Ach, der Åberg« Astrid machte eine abwehrende Handbewegung. »Er liebt es, anderen Menschen Angst einzujagen. Es geht ihm nur um die Verträge. Komm!«

»Verträge?« Von Verträgen war bisher noch nie die Rede gewesen. »Welche Verträge?«

»Die mit Rehabitex.«

»Und was ist mit diesen Verträgen?« Es ärgerte Lena, dass sie Astrid jedes Wort einzeln aus der Nase ziehen musste. Sie war ihr schließlich eine Erklärung schuldig, nachdem sie extra hierhergekommen war, um ihr und den anderen Frauen zu helfen.

»Rehabitex stellt die Versorgung der Insel mit *Insovital* ein, wenn sich Probanden nicht vertragstreu verhalten.«

»Und die Analyse von *Insovital* ohne vorherige Absprache wäre wahrscheinlich genau so ein Vertragsbruch?«, riet Lena. Sie war stinksauer, hatte Lust, alles abzubrechen und sich von Astrid sofort wieder zurück zum Flughafen bringen zu lassen. Warum hatte man sie nicht vollumfänglich über diese wichtigen Details aufgeklärt? Andererseits ärgerte sie sich auch über ihre eigene Dummheit. Natürlich musste ein Vertrag zu einer Langzeitstudie so eine Klausel enthalten, um die Zusammensetzung des Wirkstoffes geheimhalten zu können. Wissenschaftsspionage war eine Sache, sich nicht vertraglich gegen eine Fremdanalyse abzusichern, wäre eine ganz andere. Das hätte Lena auch selbst bedenken können. Aber sie war so eingenommen von der Chance gewesen, die sich hier für ihre eigenen Studien bot, dass sie nicht einmal nachgefragt hatte.

»Vielleicht«, Astrid zuckte unbeholfen mit den Schultern. »Zumindest wollte Åberg, dass du die Insel sofort wieder verlässt.«

»Woher weiß er überhaupt den Grund für meinen Besuch und dass ich Wissenschaftlerin bin?«

Astrid wog ihren Kopf hin und her »Eigentlich konnte er das nicht wissen.«

»*Eigentlich*?«

»Na ja. Das hier ist eine Insel.«

Lena ließ sich gegen die Wand der Halle kippen, hob den Kopf und sah in den dunklen Himmel hinauf. In was war sie da hineingeraten? Nachdem sie gesehen hatte, was für positive Effekte *Insovital* auf ältere Bürger zu haben schien, verstand sie sehr wohl, dass es sich hier sicherlich kein Proband mit Rehabitex verscherzen wollte. Doch dass es auf der Insel Menschen wie diesen Åberg zu geben schien, die eine unabhängige Wissenschaftlerin nicht nur hier nicht haben wollten, sondern so weit gingen und sie regelrecht verfolgten, fand sie schon sehr befremdlich. Die Fahrt saß ihr immer noch in den Knochen. Und dann das Gewehr in Åbergs Hand, mit dem er den Wagen verlassen hatte. Das war eine völlig andere Hausnummer.

»Was denkst du?«, fragte Astrid. Sie wirkte aufgrund von Lenas Reaktion ein wenig verunsichert, gar nicht mehr belustigt über ihre Aktion.

»Ich überlege, ob es nicht das Beste wäre, wenn ich sofort wieder abreise«, sagte Lena. Und das meinte sie genau so, wie sie es gesagt hatte. Dieser Fall war vielleicht in der Theorie ein Glücksgriff, quasi ein Siebener im Lotto. In der Realität entblößte er nur leider seine wahre Gestalt. Ihr Leben würde sie dafür sicherlich nicht riskieren.

»Aber du wolltest doch …«

»Moment!«, unterbrach Lena Astrid. »Ihr habt mich über die vollständige Situation im Dunkeln gelassen. Ich bin davon ausgegangen, dass auf der Insel Einigkeit darüber besteht, den Hintergrund für die Unfruchtbarkeiten erfahren zu wollen. Doch das scheint nicht der Fall zu sein. Ganz im Gegenteil. Ich verstehe jetzt, warum Ebba so zögerlich war, aber sie hätte mir sagen müssen, worauf ich mich da einlasse.«

»Es tut mir leid«, nuschelte Astrid. Sie sah schuldbewusst zu Boden. »Ich wusste nicht, dass dir das Ebba nicht erzählt hat. Bitte geh nicht!«

Eigentlich wollte das Lena auch nicht. Sie hatte gehofft, den Frauen helfen zu können und mit ihren eigenen Untersuchungen womöglich neue Erkenntnisse für die epigenetische Forschung zu erlangen. Und nun das. Aber so interessant der Fall auch war, sie hatte einen Mann und einen Sohn, sie trug Verantwortung, sie liebte ihr Leben.

»Wenn du jetzt fährst, werden sie mir die Schuld in die Schuhe schieben«, sagte Astrid kleinlaut. Sie kam jetzt ganz dicht an sie heran, ergriff Lenas Hände wie ein kleines Kind, das um etwas bat. »Bitte!«

Lena entzog ihr ihre Hände. »Warum, denkst du, ist dieser Mann weitergefahren? Ehrlich!«

Astrid zuckte mit den Schultern. »Ich denke, er hat eingesehen, dass er es übertrieben hat. Ziemlich wahrscheinlich hatte es auch mit dem Telefonat zu tun. Ich weiß es nicht.«

»Und was, denkst du, hätte er gemacht, wenn er nicht weitergefahren wäre?«

»Gefordert, dass du abreist«, sagte Astrid. »Wie schon auf der Brücke.«

»Und uns dabei mit seinem Gewehr bedroht?«

»Gewehr?« Astrid schüttelte wild den Kopf. »Das war kein Gewehr. Das war eine Metallstange oder so. Er wollte uns nur Angst einjagen. So ist er. Mehr nicht.«

Mehr nicht? Selbst wenn Astrid recht hatte und es kein Gewehr gewesen war: In der Welt, in der Lena lebte, jagte niemand anderen Menschen mit einer Metallstange in der Hand Angst ein, nur weil ihm etwas nicht passte. Man redete miteinander, versuchte eine Lösung zu finden.

»Bitte, fahr nicht!« Astrid griff erneut nach Lenas Händen, ließ sie dann aber sofort wieder los. »Du bist extra gekommen! Lass uns wenigstens mit Ebba sprechen.«

Lena überlegte. Heute gab es ohnehin keinen Rückflug mehr. »Also gut«, lenkte sie ein. »Ich werde Ebba noch die Ergebnisse unserer Analyse von *Insovital* bringen. Aber dann würde ich es für gut erachten, wenn ihr das unter euch auf der Insel klärt, bevor ich euch weiter helfe. Wenn dann allen klar ist, dass ich nicht gegen sie, sondern für euch arbeite, können wir weitere Analysen angehen.« Das war ein Kompromiss, so hoffte Lena, der ihnen allen zugutekäme. Denn den Fall komplett aufzugeben, wäre einfach zu schade gewesen.

Astrid wirkte erleichtert und zeigte auf ihr Auto. »Dann lass uns weiter. Du wirst schließlich schon erwartet.«

10

Ihm machte auf der Insel keiner etwas vor. Erst recht nicht die kleine Nyström. Hatte er es sich doch gedacht, dass Astrid etwas im Schilde führte, als sie vom Festland zurückkam. Sie verließ die Insel eigentlich nie. Und dann brachte sie auch noch eine Fremde mit? Das roch förmlich nach Ärger. Dahinter steckten natürlich Loke und Ebba, diese Schlampe. Jede Wette, dass es sich bei der adrett gekleideten Frau in Astrids Auto um irgendeine Spezialistin handelte, die ihnen bei ihrem Feldzug gegen Rehabitex helfen sollte.

Würden die beiden denn nie Ruhe geben? Hatten sie immer noch nicht begriffen, dass ein paar unfruchtbare Frauen nicht das wirkliche Problem der Insel waren? Hier ging es für viele Menschen um sehr viel mehr, nämlich um nichts Geringeres als ihr Leben. Aber egal, was die dreckige Bande von Verschwörungstheoretikern auch vorhatte, er würde es zu verhindern wissen.

Natürlich war das mit den Unfruchtbarkeiten eine tragische Angelegenheit. Und dass sich die Tochter der Pålssons das Leben genommen hatte, war auch nicht schön. Doch alles immer auf *Insovital* zu schieben, war nicht die Lösung. Das Management von Rehabitex hatte das Präparat schließlich nicht nur ein paar Monate pro forma getestet und es dann ohne jegliches Verantwortungsgefühl auf den Markt geworfen, um die goldene Kuh zu melken. Sie hatten sich dafür fast dreißig Jahr Zeit gelassen, eine Langzeitstudie angestoßen. Gewissenhaft wollten sie vorgehen, um sicherzustellen, dass ihr Präparat eben keine unerwünschten Nebenwirkungen hatte. So hatten sie es versprochen, und so hatten sie es auch gemacht. Da war er sich sicher.

Zugegeben, dass *Insovital* nicht schon früher auf den Markt gekommen war, hatte auch andere Gründe. Aber in der Zwischenzeit hatten auch die europäische und schwedische Zulassungsbehörde grünes Licht gegeben. Alle waren sich also einig und sicher, dass die Unfruchtbarkeit der jungen Frauen nicht mit dem Mittel in Zusammenhang stehen konnte. Irgendwann mussten Loke und seine Anhänger das doch einsehen! Sich immer wieder mit Rehabitex anzulegen war zumindest der falsche Weg und dazu noch brandgefährlich. Jeder auf der Insel wusste, was es für die älteren Bewohner und die, die bestimmte Krankheiten hatten, bedeuten würde, wenn man das Präparat absetzen musste.

Granqvist nahm ihm das alles ein wenig zu gelassen. »Lass sie doch eine Expertin auf die Insel holen«, hatte er gesagt. »Sie wird nichts finden.«

»Bist du dir da so sicher?«, hatte er gefragt.

»Und wenn doch, dann ist das nicht unser, sondern das Problem von Rehabitex.«

»Nicht unser Problem?« Åberg war innerlich fast explodiert. »Sie werden uns den Hahn zudrehen. Dir auch, Ole!«

»Wir haben uns vertragstreu verhalten. Wir leben in einem freien Land. Ich kann Loke und seiner Bande nicht verbieten, dass die Frauen sich untersuchen lassen.«

Manchmal fragte sich Åberg, ob es wirklich gut war, Ole noch als Bürgermeister zu haben. Früher war er eindeutig flinker im Köpfchen gewesen. »Denk doch mal nach, Ole! Wenn diese Expertin auch nur irgendwelche Spekulationen in den Raum stellt, dann gibt das einen riesigen Skandal. Schnell werden Fakten mit Mythen vermischt. Du kennst doch die Presse. Ich sehe schon die Headline: ›Die Insel der unfruchtbaren Frauen.‹ Und was ist dann mit uns? Du weißt ganz genau, was für Sanktionsstrafen im Raum stehen, wenn die uns wegen Vertragsbruch belangen. Wobei uns das dann vermutlich egal sein kann, weil uns das im Jenseits trifft. Die von Rehabitex können ihren Laden nämlich dichtmachen, wenn die Presse einen Shitstorm lostritt. Ich brauche dir wohl am wenigsten erklären, was uns ohne *Insovital* blüht?«

Dann war er doch still geworden, der so besonnene Bürgermeister, der immer meinte, alles in der Hand zu haben. Er in seinem Alter wäre einer der ersten, der in den Sand beißen würde. Erst recht bei seinen Vorerkrankungen. Es würde keine drei Monate bis zum Herzinfarkt oder Gehirnschlag dauern. Sämtliche Organe würden nach dem Absetzen einem beschleunigten Alterungsprozess unterliegen, dessen Folgen sich noch gar nicht abschätzen ließen. Es würde wahrscheinlich kein Jahr vergehen, dann wäre er tot. Davon ging zumindest Åberg aus.

»Okay. Du hast ja recht. Dann behalt die Gruppe und diese Expertin im Auge. Die Presse brauchen wir wirklich nicht. Aber mach keine Dummheiten, Lars, hörst du?«

Nein, Astrid und die Wissenschaftlerin zu bedrohen wäre wahrscheinlich wirklich kontraproduktiv, das verstand auch er. Ihm würde etwas Besseres einfallen. Dazu musste er allerdings herausfinden, wo sie die Frau untergebracht hatten. Hoffentlich auf der Insel. Denn dann gab es nur eine Adresse: Das schäbige Hotel von Kristina Falk.

11

Auf der weiteren Fahrt kam es zum Glück zu keinen erneuten Vorfällen. Nach ein paar Kilometern auf der Landstraße, die über die Insel führte, lenkte Astrid ihren Volvo auf einen kleinen Feldweg. Nach ein paar hundert Metern erreichten sie ein größeres Bauernhaus, in dem Licht brannte. Astrid steuerte den Wagen jedoch nicht auf das Haus zu, sondern auf eine in der Nähe stehende Scheune, vor der bereits einige weitere Autos geparkt waren. Dort brachte sie dann ihren Volvo zum Stehen.

»Hier treffen wir Ebba.«

»Hier?«, fragte Lena ungläubig. »In dieser Scheune?« Die Scheune wirkte nicht sonderlich einladend, die umliegende Gegend auch nicht, vor allem in der Dunkelheit. Wäre sie allein unterwegs, hätte sie gedreht und schnell das Weite gesucht. Sie sah zum Bauernhaus. Das Licht ging aus. Kurz darauf ging es in einem anderen Raum wieder an.

Astrid zog den Schlüssel aus dem Zünder. »Ebba hatte die Idee, die betroffenen Frauen direkt mit einzuladen. Es gibt nicht so viele große Räume auf der Insel, wo man sich mit vielen treffen kann. Erst recht keine, wo wir nicht auffallen würden. Der Gemeindesaal fiel zu diesem Zweck jedenfalls aus.« Sie öffnete die Wagentür. »Sollen wir?«

Ihr würde wohl nichts anderes übrig bleiben. Lena folgte Astrid zur Scheune. Unter dem großen Tor drang ein wenig Licht hervor. Astrid drückte den verrosteten Riegel herunter und dann die Tür auf. Die Scheune war voller Menschen, die auf viereckigen Strohballen saßen – fast ausschließlich junge Frauen.

Nachdem sie hinter Astrid die Scheune betreten hatte, kam Lena ein stämmiger Mann mit Vollbart und schulterlangen Haaren entgegen, die perfekte Besetzung für jeden Wikingerfilm. Seine Bewegungen glichen der einer großen Meerechse, die sich müde aus dem Wasser quälte, von der man allerdings ahnte, dass sie auch anders konnte. Seine Augen saßen im Schatten zweier ausgeprägter Stirnballen, was ihm ein eher grimmiges Aussehen verlieh. Außerdem schien er sich nicht gerade um einen freundlichen Blick zu bemühen.

Zu ihm gesellte sich eine Frau etwa in Lenas Alter, die sie vom Aussehen her an eine alte Freundin aus Studienzeiten erinnerte. Im Gegensatz zu dem Mann, hieß sie Lena sofort freundlich willkommen. Die Frau hatte ihre langen, dunkelbraunen Haare zu einem dicken Zopf geflochten, der ihr über die linke Schulter hing. Sie trug eine enge Jeans, dazu eine Fleecejacke. Ihr Gesicht wirkte intelligent und ehrlich, wobei dem etwas zu breiten Grinsen eine gewisse Anspannung zu entnehmen war.

Obwohl Lena nicht gern vom Äußeren aufs Innere schloss, fiel es ihr schwer, diesen Impuls zu unterdrücken. Während ihr die Frau, wahrscheinlich aufgrund des sogenannten Haloeffekts – der einen bei äußerlich ähnlichen Personen auf ähnliche Eigenschaften schließen lässt –, sofort sympathisch war, löste der Mann keine positiven Gefühle in ihr aus. Er wirkte nicht böswillig, aber auch nicht besonders einladend. Bei seiner Betrachtung schossen Lena nur Dinge durch den Kopf, denen sie nichts abgewinnen konnte, wie donnernde Motorräder, Unmengen an Alkohol und Pokerrunden mit

Freunden, bei denen es weniger um das Spiel selbst, als um die kernigen Männersprüche ging.

»Ich bin Ebba«, stellte sich die Frau vor. »Wir haben am Telefon gesprochen.« Sie zeigte auf den Mann. »Und das hier ist Loke. Er ist quasi der Vater dieser Initiative. Darf ich Lena sagen? Wir duzen uns hier in Schweden eh alle. Sogar den König. Liegt wahrscheinlich am Breitengrad. Je kühler das Klima, umso größer das Bedürfnis nach persönlicher Nähe und Wärme.« Sie lachte.

»Gern«, stimme Lena zu und fühlte sich in Ebbas Gesellschaft unmittelbar gut aufgehoben.

Der grimmige Blick des Manns mit dem Vollbart wurde freundlicher, wenn er auch seine missmutige Art nicht ganz loswurde. »*Hej, välkommen.*«

Lena sah zu den weiteren Anwesenden, überwiegend Frauen. Auf ein paar Strohballen saßen aber auch Pärchen.

»Wir haben die Betroffenen direkt zu diesem Treffen mit eingeladen«, erklärte Ebba. »Ich hoffe, das ist für dich okay. Aber ich denke, sie haben ein Recht darauf, alles aus erster Hand zu erfahren.«

Lena hätte das Vorgehen durchaus für eine gute Idee gehalten, hätte man sie darüber schon direkt am Telefon unterrichtet. Und wäre sie nicht völlig blind in einen Konflikt hineingezogen worden, der sie bereits bei ihrer Ankunft in Angst und Schrecken versetzte. Andererseits erinnerten Lena die rund dreißig Frauen daran, dass sie gekommen war, um zu helfen, und es für ihre Anwesenheit einen guten Grund gab.

»Das ist in Ordnung. Allerdings würde ich dich hinterher gern unter vier Augen sprechen.«

Ebba wirkte sofort besorgt. »Natürlich. Was ist denn los?«, fragte sie verunsichert. Sie sah zu Astrid.

Die nahm Ebba und Loke etwas zur Seite. Sie sprach mit ihnen auf Schwedisch, so dass Lena nicht verstand, was sie sagte. Nur dass der Name Åberg recht häufig fiel, das hörte sie heraus.

Ebba sah mit jedem Wort, das Astrid sagte, unglücklicher aus, Loke eher wütend. Am Ende von Astrids Ausführungen zog Ebba Lena zu sich heran. »Es tut mir so leid.« Sie sagte das in einem leiseren Tonfall, so dass es die übrigen Anwesenden nicht unbedingt hören konnten. »So etwas hätte nicht passieren dürfen. Und das wird Konsequenzen haben.«

»Es ist passiert und lässt sich nicht rückgängig machen«, sagte Lena kühl. »Und bevor das hier auf der Insel nicht geklärt ist, wird es von meiner Seite aus keine weiteren Untersuchungen geben. Aber lass uns das später besprechen.« Sie wollte jetzt den Frauen die Ergebnisse der Analyse des Serums mitteilen. Dazu war sie schließlich da. »Spricht hier jeder Englisch?«

Ebba stellte die Frage auf Schwedisch in den Raum. Die meisten nickten. »Wenn es dennoch Nachfragen gibt, kann ich gerne übersetzen.«

Ebba führte Lena zu ein paar Stühlen, die neben einem alten Trecker standen. Dort bat sie sie, sich zu setzen. Dann richtete sie sich erneut an die anwesenden Frauen. »Das ist Dr. Lena Bondroit, eine Biologin von einer der anerkanntesten epigenetischen Forschungseinrichtungen in Europa«, erklärte sie auf Englisch, so dass auch Lena sie verstand. »Loke und ich hatten euch davon erzählt. Ich denke, mit dieser Frau haben wir jemanden an der Seite, der uns helfen kann.«

Es wurde geklatscht.

»Und!« Loke, der sich neben ihnen vor dem Traktor aufgebaut hatte, hob seine Hände. Es kehrte sofort wieder Ruhe ein. »Und«, wiederholte er, »jetzt haben wir endlich jemanden auf unserer Seite, der uns bei unserem Kampf gegen das ausbeuterische System der Pharmaindustrie unterstützen wird. Lena ist sehr gerichtserfahren. Den feinen Herren werden wir es zeigen. Dem kompletten korrupten Pack!«

»Korruptes Pack?«, fragte Lena leise an Ebba gewandt. Den Auftritt von Loke empfand sie als eher befremdlich.

»Er meint die Zulassungsbehörden«, erklärte ihr Ebba. »Die haben grünes Licht für *Insovital* gegeben.«

»Und sich damit entlarvt«, merkte Loke an, der mitbekommen hatte, was sie gesagt hatte. »Mir kann hier niemand was erzählen. Etliche unfruchtbare Frauen. Die einzige Gemeinsamkeit: Ihre Mütter haben sich dieses Zeug gespritzt. Mit der Zulassung von *Insovital* haben sie sich verraten.«

Es gab zustimmende Rufe. Die meisten Anwesenden nickten. Vereinzelt wurde auch geklatscht.

»Aber nun zu den Ergebnissen«, sagte Loke. Er gab Lena mit einer ausladenden Geste zu verstehen, dass die Zuhörer nun ihr gehörten.

Lena wandte sich zunächst Ebba, dann den Frauen zu. Sie machte sich keine Illusionen darüber, dass das, was sie erzählen würde, niemandem gefallen dürfte. Der Schuldige für die Unfruchtbarkeit war in dieser Scheune bereits identifiziert. Rehabitex. Es ging den Anwesenden, allen voran Loke, wie es schien, nur noch darum, der Firma die Tat nachzuweisen.

»Einen schönen guten Abend.« Lena holte tief Luft. »Wie Ebba euch gerade schon gesagt hat, arbeite ich für das International Institute for Epigenetics. Sie hat euch sicherlich auch schon über das Aufgabengebiet des Instituts informiert. Astrid kam vor rund einer Woche auf mich beziehungsweise das Institut zu. Sie übergab mir eine Ampulle mit einer Flüssigkeit, genauer gesagt einem medizinischen Präparat, das wohl den Namen *Insovital* tragen wird. Was wir am Institut überprüft haben, ist, ob sich in dieser Flüssigkeit Substanzen befinden, von denen man weiß, dass sie genetische oder epigenetische Schäden insbesondere in Keimzellen hervorrufen können.« Lena musste schlucken. »Ich weiß, dass ihr vielleicht mit einem anderen Ergebnis gerechnet habt. Aber die Analyse meines Instituts kann leider nur das bestätigen, was euch Rehabitex, und anscheinend auch die Zulassungsbehörden, bereits gesagt haben. *Insovital* scheint nicht an eurer Unfruchtbarkeit schuld zu sein. Für die Schädigungen muss es einen anderen Grund geben. Und diesen Grund würde ich gerne zusammen mit eurer Hilfe herausfinden. Dazu ist allerdings …«

Lena wurde durch einige Zwischenrufe unterbrochen.

»Bullshit«, hörte sie heraus oder auch: »Lügnerin«.

Einige Frauen standen einfach auf und gingen in Richtung Ausgang, die Frustration stand ihnen deutlich ins Gesicht geschrieben. Eine Frau, die mit ihrem Mann gekommen war, brach in Tränen aus. Ein anderer Mann, der mit seiner Frau in der ersten Reihe saß, spuckte vor Lena auf den Boden.

Dann gab es plötzlich einen lauten Knall. Es war augenblicklich wieder still. Loke hatte mit aller Kraft mit seiner Faust gegen eines der Schutzbleche des Traktors geschlagen.

»Und da bist du dir hundertprozentig sicher?«, fragte er an Lena gewandt, nachdem es wieder ruhig geworden war.

Lena war keine Freundin absoluter Aussagen. Das war sie noch nie gewesen und würde sie auch nie werden. Zu häufig hatte sich die Menschheit schon getäuscht. »Der Wirkstoff, der mir zur Verfügung gestellt wurde, besteht zu einem großen Teil aus Proteinen. Es würde allen bisherigen Forschungen widersprechen, wenn diese Proteine dazu in der Lage wären, eure Eizellen zu schädigen. Und auch die in dem Serum enthaltenen Konservierungsstoffe sind dazu nicht in der Lage.«

Erneut schlug Loke auf das Schutzblech. »Schwachsinn!«, blaffte er sie an. Einige der Frauen buhten Lena aus, weitere standen auf und gingen. Lena fragte sich, warum alle so feindselig reagierten und niemand von ihr wissen wollte, was denn aus epigenetischer Sicht für die Unfruchtbarkeiten ursächlich gewesen sein könnte, dafür war sie schließlich da. Stattdessen gab es nur Aufruhr und Ärger. Wollten die Frauen nicht den Grund für ihr Problem herausfinden? Ging es wirklich nur noch darum, Beweise gegen Rehabitex zu finden?

»War es das jetzt?«, fragte eine Frau laut in den Raum.

Loke kam langsam auf Lena zu. Seine Faust hatte er noch geballt. Seine tiefliegenden Augen funkelten sie wütend an. In ihr aufkommende Fluchtimpulse bekam sie nur unter Kontrolle, weil der Raum voller Menschen und damit Zeugen war und sich Ebba sofort schützend vor sie stellte.

»Ihr Wissenschaftler meint immer, ihr wisst alles«, brüllte er sie an. »Ihr guckt durch eure Mikroskope und denkt, ihr könnt die Welt erklären. Ihr glaubt in eurer gnadenlosen Arroganz, alle Zusammenhänge verstanden zu haben. Aber das stimmt nicht.« Er tippte sich gegen seinen riesigen Schädel. »Manchmal braucht man einfach nur ein wenig gesunden Menschenverstand, um zu verstehen, was passiert ist. Es gibt da im Körper Kräfte, die ihr noch gar nicht durchschaut!«

Kräfte? Hätte er jetzt noch mit der telepathischen Übertragung von Krankheiten oder homöopathischen Medikamenten angefangen, hätte er sich bestimmt gut mit ihrer Mutter verstanden. Das Problem war nur, dass man mit Menschen, die mit irgendwelchen geheimen Kräften argumentierten, nur schwer ein weiterführendes Gespräch führen konnte. Man verließ den Bereich der logischen Argumentation und betrat das Zimmer des Glaubens.

»Mensch, Loke«, fauchte Ebba ihn an. »Nimm dich zusammen!« Ihr war die ganze Situation sichtlich unangenehm. »Lena kann doch nichts dafür, dass *Insovital* nichts mit der Unfruchtbarkeit zu tun hat!«

»Und was ist dann der Grund?«, fragte Loke nicht minder aggressiv. Jetzt waren wieder alle Blicke auf Lena gerichtet.

»Dafür habe ich noch keine Erklärung«, sagte Lena. »Aber ich hatte vor, das zusammen mit euch herauszufinden …«

»Was willst du da denn noch herausfinden?«, unterbrach sie eine Frau. »Die Ärzte haben nichts gefunden, das Grundwasser ist nicht verseucht. Bleibt doch nur eine Erklärung!«

»Genau«, schrie eine andere. »Der Fall ist so dermaßen klar. Loke hat es doch schon gesagt. Alle unsere Mütter haben *Insovital* genommen! Und wir sind betroffen. Niemand sonst!«

Immer mehr Frauen standen auf. Sie riefen ihr Worte auf Schwedisch entgegen, die bestimmt alles andere als nett waren. »Diese Behörden und Institute. Ihr steckt doch alle unter einer Decke. Wer schmiert euch eigentlich?«, fragte eine Frau aufgebracht. Fast niemand der Anwesenden saß mehr. Anstatt Dankbarkeit dafür zu zeigen, dass sie sich des Falls angenommen hatte, schlug Lena der blanke Hass entgegen.

»Geschmiert?« Lena schnappte fassungslos nach Luft. Sie sah Hilfe suchend zu Ebba, die komplett überfordert wirkte. Nach einem Augenblick fing sie sich wieder.

»Moment!«, rief sie laut. Sie schien eine gewisse Autorität zu haben, denn es wurde wieder still. »Leute, so funktioniert das nicht. Wir haben Lena zusammen ausgewählt, weil wir sie und das Institut, für das sie arbeitet, für seriös und glaubhaft hielten. Und ich für meinen Teil tue das immer noch. Ich verstehe euren Frust. Aber vielleicht müssen wir einfach einsehen, dass wir an der falschen Stelle gesucht haben.«

»Schwachsinn!«, brüllte Loke. Er ging zu einer hübschen rothaarigen jungen Frau in der ersten Reihe, eine der wenigen, die noch saßen. »Komm, Maja. Wir verschwinden. Das hier ist die reine Farce und alles nur Teil des Plans.«

»Was für ein Plan?« Lena sah zunächst zu Ebba, dann zu Loke. Sie bekam keine Antwort. Loke betrachtete sie mit seinen tiefliegenden Augen wie ein Tier aus einer Höhle heraus, das auf einen günstigen Moment wartete, um auf sie loszuspringen und sie zu zerfleischen. »Du hast mich enttäuscht«, zischte er sie an.

Kurz darauf war die Scheune leer, bis auf Ebba und sie selbst.

12

Wie jeden Donnerstag traf sich Granqvist auch an diesem Abend mit drei Freunden zum Kartenspielen. Sie waren bei Barg Åberg verabredet, dem Cousin von Lars Åberg, mit dem er gerade telefoniert hatte. Das Gespräch ging Granqvist immer noch durch den Kopf, zumal er auf dem Weg zu Barg an dem kleinen Inselfriedhof vorbeimarschieren musste. Dort war vor rund drei Monaten die Tochter der Pålssons begraben worden.

Fricke Pålsson war schon immer ein seltsames Kind gewesen. Die Schule hatte sie mit Ach und Krach geschafft. Sie war recht zurückgezogen und hatte wie die meisten der jungen Leute auf der Insel viel zu viel Zeit vor dem Computer und mit ihrem Handy verbracht. Man hörte das von einigen Eltern. Was war nur mit der Jugend los? Er war als junger Bursche immer unterwegs gewesen, wandern, fischen, zelten. Von den Jungen hier bekam man kaum jemanden zu Gesicht.

Fricke war ein eher melancholisches Mädchen gewesen. Sie hatte wenig gelacht und wenn sie sprach, dann schien sie nur die negativen Seiten des Lebens zu sehen. Loke Henriksson schob ihren Hang zur Schwermut auf ihre Unfruchtbarkeit. Er meinte, nachdem sie davon erfahren hatte, sei sie depressiv geworden. Dabei war genau das Gegenteil der Fall. Die Unfruchtbarkeit hatte ungeahnte Energien in ihr geweckt. Nachdem sie sich der Gruppe um Loke angeschlossen hatte, schien sie endlich einen Sinn im Leben gefunden zu haben.

Und der bestand leider darin, gegen Rehabitex zu rebellieren. Sie stichelte in den sozialen Medien, schrieb der Firmenführung lange Briefe.

Zum Glück nahm sie niemand wirklich ernst. Vielleicht hätte sie mit ihren Beiträgen sonst noch einen Skandal ausgelöst. Dennoch dauerte es nicht lange, bis Carsten Schmidt-Lüder bei ihm anrief. Mit dem Chief Executive Officer von Rehabitex verband Granqvist durch die lange Zusammenarbeit fast schon so etwas wie Freundschaft. Das war Granqvists Stärke, Menschen das Gefühl zu geben, dass er sie auch persönlich schätzte, obwohl das nicht immer unbedingt der Fall war. Carsten hatte gefragt, was denn da los sei auf der Insel. Die Vorbereitung des Börsengangs lief bereits auf Hochtouren. Da konnte er schlechte Presse – auch in den sozialen Medien – nicht gebrauchen.

Granqvist hatte ihm versprochen, dass er sich um die kleine Pålsson kümmern würde. Und das hatte er dann auch getan.

Er blieb stehen und blickte über die niedrige, weiße Steinmauer hinweg. Auf dem Grab von Fricke gab es immer noch keinen Stein, nur ein schlichtes Kreuz.

Fricke Pålsson
17.03.2009 –12.07.2029

Granqvist hatte alles richtig machen wollen. Andere Bürgermeister verewigten sich, indem sie ihren Bürgern große Opernhäuser, schicke Promenaden oder überdachte Einkaufszentren schenkten. Diese Möglichkeiten hatte er auf der Insel nicht. Dafür hatte er den Inselbewohnern damals noch etwas viel Wertvolleres geschenkt: Lebenszeit. Und dieser Ansicht war er eigentlich immer noch.

Nur manchmal, in Momenten wie diesen, war er sich nicht sicher, ob es sich wirklich um ein Geschenk gehandelt hatte oder, wie Loke Henriksson gern betonte, um einen Fluch. Aber egal, wie dem auch war: Es gab kein Zurück.

13

Da stand sie, in einer fast leeren, schlecht beleuchteten Scheune, gefühlt am Ende der Welt. Ihr war kalt. Die Angst davor, dass Lokes Wut noch einmal aufflammen und er zurückkommen könnte, steckte ihr noch in den Gliedern. Was gerade passiert war, hatte sie immer noch nicht ganz begriffen. Diese Dynamik, die sich innerhalb von wenigen Sekunden entwickelt hatte – es war alles viel zu schnell gegangen. Nur eines war ihr klar: Wo auch immer sie hier reingeraten war, es war noch komplizierter, als sie nach Åbergs Verfolgungsjagd gedacht hatte.

Noch am Morgen hatte sie die Reise nach Schweden voller Enthusiasmus angetreten. Nach dem Vorgespräch mit Ebba hatte sie damit gerechnet, dass man sie mit offenen Armen empfangen würde und dankbar dafür sein würde, dass sie den Frauen helfen wollte. Und dann das!

Sie sah zu Ebba, die ihrem Blick auswich.

»Von was für einem Plan war die Rede?«, wiederholte Lena die Frage, die sie als Letztes gestellt hatte.

Ebba holte tief Luft. »Einige der Frauen glauben, dass sie die Versuchskaninchen für etwas viel Größeres sind.«

»Und zwar?«

»Ein Projekt der führenden Industrienationen zur Eindämmung des Bevölkerungswachstums.«

»Bitte?« Es wurde immer besser. Es reichte nicht, dass es auf der Insel Menschen gab, die so von *Insovital* abhängig waren, dass ihnen jedes Mittel recht zu sein schien, potenzielle Gefährder zu vertreiben. Jetzt war sie auch noch an eine Gruppe Verschwörungstheoretiker geraten.

»Das ist natürlich kompletter Blödsinn«, urteilte Ebba. »Loke hat damit angefangen. Er hat nach Majas Diagnose begonnen, wie ein Verrückter zu recherchieren. Er brauchte eine Erklärung dafür. Und da ist er im Internet auf Foren gestoßen, in denen offizielle Papiere verbreitet werden, zumindest Ausschnitte davon, in die dann die wüstesten Pläne der Staatengemeinschaften hineininterpretiert werden. Loke fand da Aussagen zum Thema Bevölkerungswachstum. Aus denen leitete er dann die große Verschwörung ab.«

Lena konnte nur mit dem Kopf schütteln. Querdenker gab es wohl überall, Hauptsache, die ausgewählten Fakten passen irgendwie zu der Theorie, die man sich zusammenspinnt. »Als wenn man so etwas unter dem Deckmantel einer Langzeitstudie auf einer kleinen Insel in Schweden machen würde.«

Ebba zuckte mit den Schultern. »Mir musst du nichts erklären. Allerdings ist es schon seltsam, dass so viele junge Frauen auf der Insel unfruchtbar sind und dass es in der Mehrheit diejenigen sind, deren Mütter *Insovital* genommen haben. Auch der zeitliche Zusammenhang mit der Langzeitstudie legt nahe, dass das Mittel etwas damit zu tun haben könnte. Ich bin keine Verschwörungstheoretikerin, aber bis hierher konnte ich Lokes Thesen durchaus folgen und deswegen war ich auch bereit, ihm zu helfen. Doch er sah immer direkt etwas viel Größeres. Nachdem dann auch die europäische und schwedische Zulassungsbehörde geurteilt haben, dass *Insovital* nicht unfruchtbar machen könne, war für Loke sofort klar, dass Rehabitex nur der verlängerte Arm der Regierungen ist. Nicht alle Frauen, die heute Abend anwesend waren, glauben an die große Verschwörung. Doch dass sie als Versuchskaninchen missbraucht wurden, davon sind die meisten fest überzeugt.«

»Und das stimmt ja in gewisser Weise auch«, merkte Lena an. »Sie nehmen an einer Langzeitstudie teil. Wenn auch nur indirekt über eine mögliche Vererbung.«

»Natürlich«, gab ihr Ebba recht. »Deswegen wollten wir ja auch deine Einschätzung als Expertin. Nachdem es offenbar keine klassische medizinische Erklärung gibt, war unsere Hoffnung, dass die Unfruchtbarkeit eine epigenetische Ursache haben könnte.« Sie seufzte. »Das Schlimmste ist die Unwissenheit. Die Frauen möchten wissen, was mit ihnen los ist. Und dann bist du bereit, das Mittel zu analysieren und sogar hierherzukommen, eine Forscherin von einem der anerkanntesten Institute Europas, und bietest deine Hilfe an. Ich kann immer noch nicht glauben, was gerade passiert ist.«

»Ich ehrlich gesagt auch nicht«, sagte Lena frustriert. »Am liebsten würde ich sofort abreisen.«

Ebba überlegte. »Einen Flug wirst du heute wohl nicht mehr bekommen. Du hast den Flughafen in Kemi-Tornio ja selbst gesehen, der ist kleiner als ein ordentlicher Supermarkt.« Sie zog die Augenbrauen nach oben. »Aber ich bringe dich gern gleich morgen früh dorthin. Und heute Nacht könntest du bei mir übernachten? Ich habe ein schönes Gästezimmer. Denn ehrlich gesagt – das Inselhotel, in dem ich ein Zimmer für dich reserviert habe, ist etwas heruntergekommen.«

Die Nacht allein in einem schmuddeligen Hotelzimmer zu verbringen, wenn sie schon auf der Insel bleiben musste, war alles andere als eine angenehme Vorstellung, erst recht vor dem Hintergrund der letzten Ereignisse. »Danke, das ist nett.

Das Angebot nehme ich gern an.« Lena warf Ebba einen dankbaren Blick zu, die sich auch darüber zu freuen schien.

»Na dann!«

Sie verließen die Scheune. Draußen stand Lenas kleiner Reisekoffer. Astrid musste zum Glück daran gedacht haben, ihn auszuladen, bevor sie gefahren war. Dass auch sie einfach verschwunden war, ohne sich zu verabschieden, kränkte Lena. Zumal sie es gewesen war, die Lena extra in Deutschland aufgesucht hatte. Sie hatte sie gemocht. Und sie hatte das Gefühl gehabt, dass die Sympathie auf Gegenseitigkeit beruhte. Jetzt war sie sich da nicht mehr so sicher.

14

Tagebuch, 25.10.2029

Die Fahrt mit Lena war schön, zumindest bis der verrückte Åberg hinter uns her ist. Ich glaube, sie mag meine Musik. Sie hat dazu nichts gesagt. Aber ich meinte, es spüren zu können. Sie war ganz still, hat nicht einmal versucht, ein Gespräch zu führen.

Sie riecht gut. Nicht nach Parfüm, sondern nach einer dezent duftenden Hautcreme. Irgendwas mit Vanille und Rosen. Ich wollte sie fragen, was sie benutzt, habe es mich dann aber doch nicht getraut.

Schade, dass sie morgen schon abreisen möchte. Ich hätte sie gerne Großvater vorgestellt. Er mag fremde Menschen. Er sagt, sie bringen Überraschungen ins Leben, und er liebt Überraschungen. Ich auch. Und fremde Menschen hinterlassen kleine Puzzleteile. Großvater sagt immer: Nur mit Hilfe dieser Teile kann man sein eigenes Puzzle lösen.

Es ist nicht richtig, was heute Abend in der Scheune passiert ist. Man hätte Lena mehr Zeit geben müssen, sie nicht direkt verurteilen dürfen. Das hat die Ohnmacht aus uns gemacht. Man fühlt sich besser, wenn man sie andere spüren lässt.

Ich glaube Loke nicht. Lena ist niemand, der sich kaufen lässt. Er muss immer sofort übertreiben. Schade, eigentlich ist er ein lieber Kerl. Doch wenn er rotsieht, brennen die Sicherungen bei ihm durch.

Es war schlimm, Lena so sprachlos dastehen zu sehen. Sie wirkte plötzlich ganz anders. Verwundbar. Verletzt.

Aber ich bin auch aufgestanden und gegangen.

Ich will das alles nicht mehr. Kinder. Wozu? Um sie in diese trostlose Welt zu setzen? Damit ich jemanden habe, der mich besucht, wenn ich alt und klapprig bin?

Ich würde am liebsten hinter all dem einen Punkt machen. Doch dafür müssen die anderen auch einen Punkt machen. Das ist auf einer Insel so.

In der Scheune habe ich mich gefragt, was das Ganze eigentlich soll. Die anderen sind so unentspannt geworden. Es gibt keine Mitte mehr auf der Insel. Entweder man ist für Insovital und Rehabitex oder dagegen. Das hat schon ganze Familien zerstört.

Ebba ist die einzige, der es in der letzten Zeit gelungen ist, ein wenig Ruhe in den Haufen zu bringen. Heute nicht.

Als ich neulich Loke besucht habe, hat mir Maja im Vertrauen erzählt, dass es ihr ähnlich geht wie mir. Sie will zwar Kinder, sehr sogar. Aber sie will auch, dass es vorbei ist. Loke und die anderen halten sie in der Vergangenheit fest, hat sie zu mir gesagt. Und Loke will Rache. Er will Blut sehen. Erst dann würde er Ruhe geben.

15

Ebbas Haus befand sich etwas abseits der Hauptstraße in der Nähe der Küste. Es handelte sich um ein typisches schwedisches Holzhaus, gelb gestrichen, mit weißen Sprossenfenstern. Über eine große Veranda, auf der eine Hollywoodschaukel und zwei Korbstühle standen, kam man direkt ins Wohnzimmer. Die holzvertäfelten Wände und die Decke waren weiß lackiert. Auch sonst dominierten helle oder sandige Farben, so dass der Wohnraum insgesamt sehr freundlich und einladend wirkte. Er war geschmackvoll eingerichtet und hatte einige hübsche Accessoires, ohne damit überfrachtet zu sein.

Ebba bat Lena, an einem Tisch im Shabby-Chic-Look Platz zu nehmen. Sie entzündete ein paar Kerzen, die den Raum in ein angenehm warmes Licht hüllten. Lena holte ihren Laptop, um ihren Flug umzubuchen.

»Auf dass du dieses Treffen schnell abhaken kannst«, sagte Ebba und überreichte Lena kurz darauf ein Glas Rotwein, das sie aus der angrenzenden offenen Küche geholt hatte. »Es tut mir wirklich leid, was da gerade passiert ist. Mein Fehler. Wir hätten uns wahrscheinlich doch besser zunächst allein getroffen.« Sie nahm einen Schluck, stellte ihr Weinglas ab und verschwand erneut hinter der Theke, die den Wohnbereich von der Küche abtrennte. »Ich dachte nur …« Sie begann im Kühlschrank zu kramen. Kurz darauf stellte sie etwas Käse, Wurst und Oliven vor Lena auf den Tisch. »Ach was. Ich hätte es besser wissen müssen.« Sie schnitt Brot auf, das sie ebenfalls auf den Tisch stellte.

Lena klappte ihren Laptop zu und stellte ihn weg. Ursprünglich hatte sie erst am übernächsten Tag wieder zurückfliegen wollen, aber unter den Umständen würde sie nicht länger auf der Insel bleiben als nötig. Der erste Flug ging um kurz vor acht am nächsten Morgen. Ebba versprach, sie zum Flughafen zu fahren.

Während des Essens erzählte Ebba, wie es zu der Zusammenarbeit zwischen ihr, Loke und den Frauen gekommen war. Rehabitex hatte sich zunächst sehr intensiv mit den Bedenken von Loke auseinandergesetzt. Doch irgendwann stellten sie den Kontakt ein, was Lena ehrlicherweise jetzt, da sie Loke und seine Art kennengelernt hatte, verstehen konnte. Er wollte sich dann an die Zulassungsbehörden wenden. Im Zuge dieses Vorhabens bat er Ebba um Hilfe, die sich als Apothekerin besser mit derartigem Schriftverkehr auskannte. Ebba, der die ganze Geschichte auch seltsam vorkam, war dazu gerne bereit und übernahm die Korrespondenz.

»Und was hat die Zulassungsbehörde geschrieben?«, fragte Lena interessiert.

Ebba stand auf. »Einen Moment«, bat sie. Kurz darauf kam sie mit einem dicken Aktenordner zurück, den sie vor Lena auf den Tisch legte. Sie stellte sich neben sie und blätterte zu einem Brief mit einem angehängten mehrseitigen Protokoll. »Das ist das, was uns die Zulassungsbehörde auf unsere Anfrage hin geschickt hat.«

Lena überflog den Brief und das angehängte Protokoll, eine Zusammenfassung der durchgeführten Analysen. Demnach hatte eine sehr umfangreiche Untersuchung stattgefunden, in der tatsächlich auch sogenannte Biomarker der unterschiedlichen Generationen verglichen worden waren.

»Man kann der Behörde zumindest nicht vorwerfen, oberflächlich gearbeitet zu haben«, murmelte Lena, während sie die Ergebnisse durchging. Sie kannte sich nicht mit allen Werten aus, die angegeben waren. Doch dass es sich um eine gründliche Analyse handelte, konnte man sofort erkennen. Neben den für eine Schwangerschaft wichtigen Indikatoren, wie zum Beispiel bestimmte Hormonwerte, waren auch andere Faktoren, die aus epigenetischer Sicht von Bedeutung waren, untersucht worden.

»Gibt es eine genaue Erklärung für die Unfruchtbarkeit?«, fragte Lena Ebba.

»Nein, tatsächlich nicht«, sagte Ebba. »Die Eizellen scheinen geschädigt, aber was genau an ihnen geschädigt ist, weiß man nicht. Es gibt keine einfache medizinische Erklärung. Sie lassen sich nicht mehr befruchten.«

Ebba stand auf. Sie ging zu einer kleinen Kommode, auf der eine hübsche Holzschatulle und ein Buddhakopf standen. Aus der obersten Schublade zauberte sie eine Schachtel Zigaretten hervor. »Auch eine? Ich brauche das nach dem Essen immer. Eine echte.«

Lena lehnte ab. Sie hatte noch nie geraucht. Vor vielen Jahren hatte sie mal eine Zigarette probiert – und sie nach ein paar Zügen wieder weggeworfen.

»Möchtest du trotzdem mit rauskommen auf die Veranda? Ich mag zwar Zigaretten, aber nicht den Geruch von kaltem Rauch im Haus.«

Sie zogen sich beide ihre Mäntel und Schuhe an und machten es sich in den mit weichen Schafsfellen ausgekleideten Korbstühlen bequem. Ebba zündete ein Windlicht an, das etwas Licht spendete. Wenn man genau hinhörte, konnte man das Geräusch von Wellen hören, die auf die Küste schlugen. Das Meer konnte nicht weit entfernt sein.

»Du lebst hier ganz allein?«, fragte Lena, die keine Lust mehr hatte, weiter über die Unfruchtbarkeiten der Frauen oder die unschönen Geschehnisse des heutigen Tages zu sprechen. Sie fühlte sich wieder besser und bei Ebba gut aufgehoben, was vielleicht auch an dem Rotwein lag, der seine entspannende Wirkung zu entfalten begann. Ebba war ihr durchaus sympathisch. Gerne wollte sie ein wenig mehr über sie erfahren. Denn dass eine Frau an diesem sicherlich schönen, jedoch sehr einsamen Ort allein lebte, kam ihr durchaus bemerkenswert vor.

»Warum fragst du?« Ebba hatte eine angenehm warme Stimme. Das fiel Lena erst hier in der Dunkelheit auf. Sie sah in dem schummrigen, unruhigen Licht der Kerze, wie Ebba den Kopf in den Nacken gelegt hatte und mit geschlossenen Augen genüsslich den Rauch ausblies.

»Na ja, als Frau hier mitten in der Natur … Das nächste Haus scheint weit entfernt, und auf einer Insel, auf der bestimmt nicht viel los ist. Die Winter sind bestimmt hart.« Sie überlegte. »Hat es dich nie in die Stadt gezogen? Ich könnte mir dich gut in einer Großstadt vorstellen.«

Ebba nahm einen weiteren tiefen Zug. Lena konnte ihre Reaktion aufgrund des wenigen Lichts nur erahnen, doch sie meinte wahrzunehmen, dass sie Lenas Frage amüsierte. »Ich dachte schon, du spielst darauf an, dass ich solo bin.«

Lena musste lachen. »Auch eine gute Frage. Hätte ich so direkt aber wohl nicht gestellt.«

Jetzt, wo Ebba es selbst angesprochen hatte, wunderte sie aber auch das. Ebba war eine attraktive Frau, die zumindest auf ihr Äußeres bezogen keine Schwierigkeit haben dürfte, einen Mann zu finden.

»Mir ging es tatsächlich um dein Leben auf der Insel. Ich habe selbst eine Zeit lang auf dem Land gelebt. Ich hatte eine sehr romantische Vorstellung davon. Allerdings hätte ich es ohne meinen Mann und meinen Sohn dort kein Jahr ausgehalten. Ich brauche nicht viele Menschen um mich, aber ich bin kein besonders großer Freund von einsamen Gegenden. Sie erdrücken mich. Die Gedanken, die ich mir dann mache. Ich brauche immer jemanden, mit dem ich die teilen kann. Außerdem habe ich einen Hang dazu, mich schnell in Horrorfantasien hineinzusteigern. Du weißt schon: Irgendein Verrückter schleicht mit einer Axt ums Haus …« Ebba lachte und auch Lena musste selbst drüber lachen. »Tatsächlich aber habe ich festgestellt, dass mich Menschen mehr inspirieren als die reine Natur.«

»Geht mir ähnlich«, antwortete Ebba. »Ehrlich gesagt …« Sie zog an ihrer Zigarette. »Ich bin das Leben auf der Insel leid. Schweden auch. Am liebsten würde ich noch morgen meine Koffer packen und auswandern. Nach Thailand. Panama. Brasilien. Irgendwo, wo die Sonne ständig scheint, es warm ist und die Menschen mit einem Dauergrinsen auf den Lippen herumlaufen, obwohl sie in kleinen Hütten wohnen.«

»Und was hält dich davon ab? Vom Auswandern, meine ich.«

Ebba stieß einen Seufzer aus. »Angst, denke ich.«

»Angst? Wovor?«

»Dass nach kurzer Zeit alles wieder so ist wie zuvor. Probleme lassen sich nicht mit einem Umzug vom Körper waschen. Sie sind wie Tätowierungen. Da braucht es schon einen anderen Eingriff.«

Ebba mochte recht haben. Doch ein Umzug würde zumindest den Blick auf die Dinge verändern. »Meinst du nicht, dass eine andere Umgebung auch neue Impulse geben kann?«

»Vielleicht.« Ebba überlegte. »Aber ich habe mir hier mit meiner Apotheke etwas aufgebaut. Da gibt es auch finanzielle Aspekte. Und ich bin alt genug, um begriffen zu haben, dass man Entscheidungen nicht einfach so rückgängig machen kann. Ob man möchte oder nicht: Das Leben ist eine Einbahnstraße. Umdrehen geht nicht. Man kann neu abbiegen. Doch wenn man eine Abbiegung verpasst hat, dann hat man sie für immer verpasst. Die nächste Straße ist eben nicht dieselbe wie die fünfzig Meter zuvor. Verstehst du, was ich meine?«

Natürlich verstand Lena. Die Zeit lief unaufhaltsam weiter. Es war etwas anderes, ob man eine Entscheidung mit zwanzig, dreißig oder sechzig traf. Doch sie konnte Ebba trotzdem nicht ganz zustimmen. »Ich glaube, es geht gar nicht zwingend nur um die verpassten Abbiegungen. Es geht auch darum, die nächste nicht wieder zu verpassen.«

Ebba stand von ihrem Stuhl auf, drückte die Zigarette auf den Holzbohlen aus und schmiss den Filter in ein auf dem Boden stehendes leeres Gurkenglas. Dann verschwand sie im Haus. Als sie wiederkam, hatte sie die zwei Rotweingläser neu gefüllt. Eines überreichte sie Lena. Mit dem anderen setzte sie sich zurück in ihren Korbstuhl. Sie prosteten sich zu.

»Deine Fragen tun gut. Ich habe mich schon lange nicht mehr über solche Dinge unterhalten.«

Lena fühlte sich geschmeichelt.

»Und du hast recht«, sagte Ebba weiter. »Natürlich geht es auch darum, nicht die nächste Abbiegung zu verpassen. Die Frage ist allerdings, zu welchem Zeitpunkt man abbiegt, um nicht aus der Kurve zu treiben.« Lena hörte, wie Ebba die Luft anhielt, so, als hätte sie etwas auf dem Herzen, das herauswollte, aber nicht durfte. Erst nach einer Weile und mit einer neuen Zigarette in der Hand sprach sie weiter. »Ich komme ursprünglich nicht von der Insel. Ich bin vor einigen Jahren hierhergezogen, weil man mir für die Apotheke ein Angebot gemacht hat, das ich mir leisten konnte. Eine eigene Apotheke war schon seit dem Studium mein Traum. Und der Plan ging noch weiter. Ich träumte davon, hier einen Mann kennenzulernen, eine Familie zu gründen. Nach ein paar rastlosen Jahren wollte ich endlich ankommen … Aber die große Liebe lässt sich leider nicht planen. Vielleicht war ich da auch ein wenig zu naiv. Die Auswahl auf einer Insel ist nicht sonderlich groß.« Sie lachte kurz auf. »Auf jeden Fall hatte ich mit den Männern bisher nur Pech.«

Lena hatte plötzlich den Eindruck, dass Ebba mehr mit der Dunkelheit als mit ihr sprach. Wer weiß, ob sie sich bei Tageslicht auch so schnell private Dinge erzählt hätten. Aber hier auf der Veranda, in den gemütlichen Korbstühlen mit einem Glas Wein in der Hand hatte auch Lena das Gefühl, dass man mit Ebba über intimste Geheimnisse wie mit einer alten Freundin sprechen konnte.

»Ich habe da einfach kein gutes Händchen«, seufzte Ebba und nahm einen tiefen Zug. »Ich habe häufig darüber nachgedacht, einfach die Koffer zu packen. Doch ich hatte die Apotheke am Bein. Und ich habe lange an der Hoffnung auf eigene Kinder festgehalten. Das ist jetzt aber auch durch. Ich bin schließlich fünfundvierzig.«

Sie sagten beide für eine Weile nichts. Lena meinte jetzt besser zu verstehen, was Ebba mit der verpassten Ausfahrt gemeint hatte. Und ihr gefiel ihre Offenheit. Sie merkte, wie ihr solche Gespräche gefehlt hatten. Obwohl sie jetzt schon seit zwei Jahren in Köln wohnte, hatte sie immer noch keine Freundin gefunden, mit der sie über Gott und die Welt und auch mal über ernste Themen quatschen konnte.

»Wollen wir wieder rein?«, fragte Lena, ihr wurde langsam kalt.

»Ich bin gleich fertig«, sagte Ebba und nahm noch einen Zug von ihrer Zigarette.

Lena lauschte in die Nacht. Das leise Rauschen des Meeres. Ein Ast, der knackte. Wahrscheinlich ein Tier, das in der Nähe durch das Unterholz strich. Die kühle, frische Luft. Genau das war es, was sie in der Großstadt immer vermisste.

»Und du? Ist bei dir alles nach Plan verlaufen?«, fragte Ebba. Sie war aufgestanden.

Diese Frage hatte sich Lena in der letzten Zeit eher selten gestellt, was eigentlich ein gutes Zeichen war. In ihrem Fall war es aber vor allem ein Zeichen dafür, dass sie es mal wieder mit dem Arbeiten übertrieb und ihr schlichtweg die Zeit dafür fehlte, sich zu viele Gedanken zu machen. »Ich denke, im Großen und Ganzen schon. Ich liebe meinen Job. Die Forschung, Geheimnissen auf die Spur kommen, Menschen beraten und vielleicht sogar helfen. Das bereitet mir viel Freude.«

»Und deine Familie?«

Lena musste an Jean denken. Weniger an Michael, das ging ihr häufig so und verunsicherte sie jedes Mal, weil sie das Gefühl hatte, dass es ihr etwas über ihre Beziehung mit ihm verriet. »Ich habe einen fünfjährigen Sohn, Jean.«

»Und dein Mann?«, fragte Ebba.

Lena schwieg.

»Entschuldige, dass ich so direkt nachfrage. Es klang vorhin so, als ob alles okay wäre bei euch.«

»Doch, schon.« Michael war toll. Er war intelligent, einfühlsam. Er orientierte sein Handeln immer am Wohl der Familie. Seine Verlässlichkeit, das hatte sie immer schon an ihm bewundert, deswegen hatte sie sich auch für eine Familie mit ihm entschieden und einen Sohn mit ihm bekommen. Nur das zwischen ihnen, das hatte sich ab einem bestimmten Zeitpunkt nicht weiterentwickelt.

»Aber?«, hakte Ebba nach.

»Er ist wirklich toll, kümmert sich großartig um unseren Sohn. Er ist mir zuliebe mit nach Köln umgezogen.«

Ebba entfuhr ein kurzer Lacher. »Ich verstehe«, sagte sie. »Er ist *zu* nett.«

So grässlich das in Lenas Ohren klang, wenn es jemand anderes aussprach, aber Ebba hatte wahrscheinlich recht. »Vielleicht«, sagte Lena, ob ihrer eigenen Offenheit ein wenig überrascht. »Lange Beziehungen sind, wie ich finde, ein schwieriges Thema.« Sie fühlte sich mit Michael oft wie ein Klavier, bei dem nicht alle Oktaven bespielt wurden. Sie glaubte nicht einmal daran, dass es Männer gab, die das beherrschten. Aber das änderte nichts an der Tatsache, dass einige Tasten gierig danach schrien, gedrückt zu werden.

»Ich wünschte, ich hätte mal wieder eine Beziehung. Auch wenn nicht immer alles einfach ist, aber …« Ebba seufzte leise. »Auch wenn das bestimmt anders klang gerade, ich finde *nett* gar nicht so schlimm, im Gegenteil. Ich persönlich gerate leider immer an die andere Sorte.«

Lena musste an ihren Seitensprung vor rund vier Jahren denken, ihn hätte man wohl zur Sorte »harte Jungs« gezählt. Es war eine einmalige Sache geblieben. Trotzdem ging ihr die Nacht noch häufig im Kopf um.

»Es kommt auf das Böse an«, sagte Ebba jetzt etwas kryptisch und wirkte plötzlich sehr nachdenklich. »Bei Gewalt hört der Spaß bei mir auf.« Dann drückte sie auch diesen Stummel im Gurkenglas aus und öffnete die Verandatür. »Komm, ich zeige dir jetzt dein Zimmer.«

16

Ebba hatte Lena in einem kleinen, nett hergerichteten Gästezimmer untergebracht. Neben einem weißen Holzbett mit einer dicken Daunendecke, die sie sich bis unter das Kinn gezogen hatte, stand ein gemütlich wirkender Ohrensessel und dahinter ein großes Regal voller Bücher. Da sie die Vorhänge vor dem Sprossenfenster nicht zugezogen hatte, konnte sie vom Bett aus ein paar vereinzelte Sterne am Nachthimmel sehen, wo die Wolken auseinanderklafften. Sie musste an ihre beiden Männer denken. Mit Michael hatte sie noch kurz telefoniert. Er war gut gelaunt gewesen und hatte berichtet, dass die Stimmung im Allgäu hervorragend sei. Er selbst hatte einen alten Freund besucht, da Jean mit seinem Opa angeln gewesen war. Jean liebte Angeln, auch wenn die Fische nie in der Pfanne, sondern immer wieder im Wasser landeten. Vielleicht war es aber auch gerade das, was ihm so viel Freude bereitete: das Schenken von Freiheit und Leben.

Ihre Gedanken schweiften ab zu dem Treffen in der Scheune und zur Frage, warum es so voller Ärger und Frust geendet hatte? Ebba hatte die Schuld bei sich gesucht, doch dem konnte Lena nicht zustimmen. Eigentlich war die Idee, die Frauen direkt mit zu dem Treffen einzuladen, gerade vor dem Hintergrund des vorhandenen Misstrauens sehr gut. Ebba, die ja um die Verschwörungstheorien wusste, hatte sicherlich gehofft, dass eine neutrale, vertrauenswürdige Einschätzung die Wogen glätten und die Frauen beruhigen würde. Wenn man ihr etwas vorwerfen wollte, dann dass sie Lena die Dynamik, die durch *Insovital* auf der Insel entstanden war, verschwiegen hatte. Aber hätte sie an Ebbas Stelle nicht vielleicht ähnlich gehandelt?

»Und dann sind wir da – in der Hölle«, hatte Astrid gesagt. Diese Worte bekamen für Lena jetzt eine konkrete Bedeutung. Die Insel war in zwei Lager gespalten. Das eine wollte sicherstellen, dass die Insel weiterhin mit *Insovital* versorgt wurde. Hier wollte man einen Verstoß gegen die Auflagen von Rehabitex unbedingt vermeiden. Das andere Lager war hingegen an der Aufklärung der Unfruchtbarkeit interessiert. Rehabitex und die Verträge waren ihnen egal. Hier herrschte eine wahnsinnige Wut auf das Unternehmen, denn aus durchaus verständlichen Gründen suchte man die Ursache für die Unfruchtbarkeiten genau in dem Präparat, das vor allem für die älteren Menschen inzwischen überlebenswichtig war.

Hätten die Frauen ihr doch nur ein wenig mehr Zeit gegeben! Vielleicht wäre es Lena dann gelungen, sie davon zu überzeugen, dass es Sinn machte, nach weiteren Ursachen zu forschen. Es fiel ihr schwer, dieses Ziel einfach abzuschreiben.

Während sie weiter über das Treffen nachdachte, entwickelten ihre Gedanken immer mehr eine Eigendynamik, ihr Atem wurde ruhiger, Bilder liefen vor ihrem inneren Auge ab, und sie begann zu träumen.

Sie stand jetzt wieder in der Scheune. Anstatt auf Strohballen saßen die Frauen an Tischen. Allesamt hatten sie Lena den Rücken zugewandt, alberten und lachten. Keine schenkte Lena auch nur einen Hauch von Aufmerksamkeit. »Ruhe!«, rief Lena in ein Megaphon, das sie seltsamerweise in der Hand hielt. Es hatte sie schon immer wütend gemacht, wenn Menschen ihr nicht zuhörten. Da war sie wie ihr Großonkel, Jean

Bondroit, dem man nachsagte, mit einer geladenen Pistole auf Personen gezeigt zu haben, wenn sie ihm nicht die nötige Aufmerksamkeit entgegenbrachten.

Endlich verstummten die Frauen und drehten sich zu ihr um. Lena spürte sofort, dass etwas nicht stimmte, ohne zu erkennen, was es war. Sie betrachtete die Frauen genauer, und dann, nach einer gefühlten Ewigkeit, als sich eine der Frauen erhob und seltsam zu fiepen begann, erkannte sie endlich den Grund: Die Frauen hatten Mäuseköpfe.

Lena schreckte aus dem Traum auf. Erneut meinte sie, ein Fiepen wahrzunehmen, und lauschte in den dunklen Raum. Der Wind war zu hören, wie er um das Haus pfiff. Dann ein leises Quietschen der Bohlen.

»Ebba?«

Keine Antwort. Da sie in der Dunkelheit nichts erkennen konnte, lauschte sie erneut, doch da war nur das Pochen ihres Pulses in den Schläfen. Gerade wollte sie wieder die Augen schließen, da vernahm sie ein Knarren direkt neben ihrem Bett.

»Ebba?«

Sie griff nach ihrem Handy. Doch bevor sie es zu fassen bekam, nahm sie einen seltsamen süßlichen Geruch wahr. Eine starke Hand drückte ihr ein Tuch vor Mund und Nase. Vor Schreck atmete Lena tief ein. Ein großer Fehler, wie sich bald herausstellte. Noch kurz versuchte sie sich mit aller Kraft aufzurichten, langte nach den Armen, die sie aufs Bett drückten. Doch ihre Kräfte begannen bereits zu schwinden.

17

Als Lena am nächsten Morgen um halb fünf vom Wecker ihres Handys aus dem Schlaf gerissen wurde, fühlte sie sich so benommen wie nach einem schweren Rausch. Zudem hatte sie so starke Kopfschmerzen, dass sie meinte, ihr Kopf würde explodieren. Wieder einschlafen, war ihr erster Gedanke. Sie ahnte jedoch, dass sie den Wecker nicht ohne Grund gestellt hatte.

Erst nachdem sie die Augen geöffnet hatte, wurde ihr klar, dass sie gar nicht in ihrem Bett in Köln lag. Sie sah sich um, versuchte herauszufinden, wo sie war. Äußerst schemenhaft kamen die Erinnerungen an den Vortag wieder hoch: Ihr Auftritt in der Scheune. Man hatte sie bezichtigt, von einem Pharmaunternehmen bestochen worden zu sein. Es war schrecklich gewesen. Dann erinnerte sie sich an die Verfolgungsjagd und den Mann von der Brücke.

Lena stemmte sich in eine aufrechte Lage, was die Kopfschmerzen deutlich verstärkte. Sie erinnerte sich jetzt auch an ihren Rückflug, den sie am Abend noch umgebucht hatte. Wenn der nicht gewesen wäre, hätte sie sich sofort wieder hingelegt.

Erst realisierte sie gar nicht, was sie sah. Dann traf es sie wie ein Schlag. Der Koffer, den sie am gestrigen Abend noch geschlossen in die Ecke gestellt hatte, lag da wie eine Muschel, die man aufgebrochen und ausgeweidet hatte. Der Inhalt war komplett auf den Holzbohlen verteilt.

Was war passiert?

Der Schock über das Chaos half ihr dabei, endlich richtig wach zu werden. Ihr Gehirn kam in Fahrt. Sie erinnerte sich, wie sie nachts aufgewacht war, weil sie Geräusche gehört hatte. Und dann? Der süßliche Geruch. Man musste sie betäubt haben. Das erklärte auch den durchsuchten Koffer.

Lena ahnte sofort, was fehlte. Trotzdem hoffte sie, dass sie sich irrte. Sie sprang auf und durchsuchte die Seitentasche ihres Koffers. Vergeblich.

Da klopfte es an ihrer Tür.

»Ja!«, rief sie genervt.

Die Tür öffnete sich einen Spalt, und Ebba steckte ihren Kopf ins Zimmer. »Wenn du noch duschen möchtest – ich habe dir ein Handtuch ins Badezimmer gelegt.«

Duschen? Sie hatte gerade andere Probleme.

»Suchst du was?« Ebba blickte auf die auf dem Boden verstreute Wäsche. Dann drückte sie die Tür ganz auf.

»Jemand war hier«, sagte Lena verzweifelt. »Man hat mich betäubt, meine Sachen durchsucht. Mein Laptop wurde gestohlen!«

»Wie bitte?« Ebba schien nicht zu verstehen.

»Bestimmt jemand von diesen Verrückten gestern.« Lena war sofort klar, was passiert sein musste. Nur die Anwesenden in der Scheune wussten von ihrem Aufenthalt auf der Insel. Und natürlich der Mann von der Brücke, aber woher sollte der wissen, wo Lena untergekommen war. Sie tippte daher auf jemanden von dem Treffen. »Sie wollen Beweise dafür, dass ich mit Rehabitex zusammenarbeite. Oder für die Regierung.« Lena hätte heulen können vor Wut. Gerade ihr Laptop mit den geheimen Forschungsdaten. Sie richtete sich auf. »Loke!« Natürlich konnte es jeder sein, aber Loke war der Erste, der

Lena in den Sinn kam. Diesem aggressiven Fanatiker traute sie so eine Tat am ehesten zu.

»Loke?« Ebba schluckte. »Er ist ein Hitzkopf, und er hat sein Temperament manchmal nicht ganz unter Kontrolle. Aber ganz ehrlich …« Sie schüttelte den Kopf. »So etwas traue ich ihm nicht zu.«

»Und wem sonst?« Es ärgerte sie ein wenig, dass Ebba Loke in Schutz nahm. Sie hatte doch selbst mitbekommen, wie er sie in der Scheune behandelt hatte.

Ebba überlegte. »Ich weiß es wirklich nicht.«

»Auf dem Laptop waren neben den Analysen zu *Insovital* noch ein paar weitere hochsensible Daten, um während der Reise arbeiten zu können«, sagte Lena frustriert. »Verdammt!«

»Fuck«, rutschte es Ebba heraus. »Aber der Zugang zu den Daten ist doch bestimmt gesichert?«

»Grundsätzlich schon. Ich habe allerdings ein paar der Dokumente offline gespeichert. Sie sind zwar passwortgeschützt, aber jeder weiß, dass das nur bedingt sicher ist.« Lena hielt inne und bekam einen erneuten Schreck. Sie durchsuchte das Zimmer nach ihrer Handtasche. Zum Glück. Wenigstens die war noch da, wenn auch ausgeschüttet in der Nähe des Ohrensessels. Sie begann sie nach ihrem Handy zu durchsuchen, das nicht bei den anderen Sachen auf dem Boden lag. Dann fiel ihr ein, dass sie es sich als Wecker neben das Bett gelegt hatte. Sie atmete auf. Wenigstens ihr Smartphone war noch da. Der Täter hatte es nur auf ihren Laptop abgesehen.

Sie sah zu Ebba, die mitleidsvoll zu ihr herüberblickte. Warum hatte sie den Einbruch eigentlich noch nicht bemerkt? Es musste doch sicherlich Spuren geben, ein zerbrochenes Fenster, eine aufgehebelte Tür? »Wie ist der Täter eigentlich in dein Haus gekommen?«

»Durch die Verandatür, nehme ich an.«

»Ist sie kaputt?«

»Nein. Die ist nie abgeschlossen. Eigentlich nur, wenn ich länger nicht zu Hause bin.«

»Wie bitte?« Lena war fassungslos. Ebba lebte hier als Frau allein und schloss nicht ab? »Und wer weiß davon?«

Ebba zuckte mit den Schultern. »Jeder, vermute ich. Kaum einer schließt hier seine Haustür ab.« Als sie Lenas entsetztes Gesicht sah, hob sie erklärend die Hände. »Also, das ist ganz üblich, die meisten auf der Insel handhaben das ähnlich. Vor allem im Herbst und Winter, wenn hier nichts los ist. Meine Verandatür wäre davon abgesehen auch kein wirkliches Hindernis.« Ebba sah auf die Uhr. »Ich möchte nicht drängeln. Aber wenn du deinen Flug noch bekommen möchtest, sollten wir uns beeilen.«

Lena sah ebenfalls auf ihre Uhr. Ebba hatte recht, es war bereits nach fünf. In spätestens einer halben Stunde mussten sie los, wenn Lena ihren Flug noch bekommen wollte. Doch zuerst musste sie den Diebstahl melden, allein aus Haftungsgründen, wenn sie sich auch kaum Hoffnung machte, ihren Laptop wieder zurückzubekommen. Zudem wollte sie denjenigen, der das getan hatte, auf keinen Fall ungeschoren davonkommen lassen. »Gibt es eine Polizeiwache auf der Insel?«

»Eine sehr kleine mit zwei Schlafmützen hinter der Theke. Die ist aber noch zu, da können wir jetzt leider nichts tun. Ich kann das aber später gern für dich übernehmen, du brauchst sicherlich was für die Versicherung.«

Lena war irritiert. Besonders schlimm schien Ebba die ganze Angelegenheit nicht zu finden. Selbst wenn ein gestohlener Laptop nicht die größte Katastrophe der Welt war, aber Einbruch und Körperverletzung – das wollte und konnte Lena nicht einfach so abtun. Sie würde Anzeige erstatten, und wenn es nicht hier vor Ort ging, dann würde sie es eben nachträglich der Polizei melden. Vielleicht war es am besten, erst einmal so schnell wie möglich von hier zu verschwinden.

Ebba trat in den Flur zurück und lächelte Lena aufmunternd an. »Kaffee steht auf dem Tisch, Brot und Marmelade auch. Viel Zeit zum Frühstücken haben wir allerdings nicht mehr. Gibt es sonst noch etwas, das ich für dich tun kann?«

»Eine Kopfschmerztablette«, sagte Lena, um sich dann sofort zu korrigieren. »Besser zwei. Ich kann nicht glauben, dass ihr eure Häuser nicht absperrt!« Dann atmete sie tief durch. Sie musste sich beruhigen. Ebba wollte ihr schließlich nur helfen, sie sollte ihren Ärger nicht an ihr auslassen.

Da nach dem Packen nur noch wenig Zeit blieb, schmierte sich Lena ein Brot für den Weg. Die Kopfschmerztabletten spülte sie mit etwas Kaffee herunter. Dann verließ sie mit Ebba zusammen das Haus.

Wenige Meter vom Wagen entfernt blieb Ebba abrupt stehen. »Das ist jetzt nicht wahr!«, stöhnte sie. Ebba hatte es als Erste gesehen. Lena begriff es erst, als Ebba mit den Fingern auf ihren Wagen zeigte.

18

»Steckt wahrscheinlich dieselbe Person dahinter, die meinen Laptop gestohlen hat«, sagte Lena. Beide Vorderreifen von Ebbas Auto waren platt.

Auf den Diebstahl hatte Ebba noch relativ ruhig reagiert. Das war zumindest Lenas Eindruck gewesen. Mit den zerstochenen Reifen schien jedoch auch bei ihr eine Grenze überschritten. Sie ging aufgeregt um ihr Auto herum, fluchte immer wieder, suchte nach weiteren Schäden.

»So etwas habe ich hier noch nie erlebt«, schimpfte sie wütend.

»Vielleicht aus Rache? Weil du dich nicht gegen mich gestellt hast?«, mutmaßte Lena.

Ebba schien nicht wirklich zuzuhören. Sie sah nervös in der Dunkelheit hin und her, als könnte der Täter sich noch irgendwo herumtreiben.

Lena beschlich ein ungutes Gefühl. Ihre Angst vom Vortag kam wieder zurück. Wenn der Einbruch und die zerstochenen Reifen auf das Konto der Gruppe um Loke gingen, dann hingen sie nicht mehr nur blind einer Verschwörungstheorie nach, sondern hatten sich radikalisiert. War man nicht für sie, war man gegen sie.

»Und jetzt?«, fragte Lena. Die Zeit bis zu ihrem Abflug lief ihr davon. »Wie lange braucht ein Taxi oder Fahrdienst hierher?« Den Flug wollte sie auf keinen Fall verpassen. Jetzt noch weniger als zuvor. Das, was hier passierte, nahm ein unüberschaubares Ausmaß an.

»Vergiss es.« Ebba sah hektisch auf ihre Uhr, dann wieder auf die platten Reifen. »Die müssten vom Festland aus der nächsten größeren Stadt kommen.«

»Und Astrid?«, fragte Lena. »Könnte die mich nicht bringen?«

»Die wird noch schlafen und wohnt am anderen Ende der Insel. Das würde wohl auch zu lange dauern.« Ebba überlegte. »Aber Loke. Er wohnt am nächsten. Und er ist immer früh wach.«

»Loke?« Also derjenige, den sie am ehesten im Verdacht hatte, sie betäubt und bestohlen zu haben? Lena hatte sich wohl verhört. »Auf keinen Fall!«

Ebba sah sie an. »Weil du glaubst, dass er es war?«

»Wer sonst?«

»Ich glaube das nicht. Warum sollte er das denn tun? Was hat er davon, meine Reifen zu zerstechen?«

Lena fragte sich, warum sie sich da so sicher war. Jetzt nahm sie ihn schon zum zweiten Mal in Schutz.

»Ich lege für Loke meine Hand ins Feuer. Aber ich verstehe, dass du ihm nicht mehr traust«, sagte Ebba. Sie zog ihr Handy aus der Tasche. »Ich versuche es bei Astrid. Vielleicht haben wir Glück.« Sie wählte eine Nummer. »Handy ist aus.«

Lena sah Ebba dabei zu, wie sie ihr Smartphone nach weiteren möglichen Fahrern durchforstete. Kostbare Minuten verstrichen.

Lena wollte auf keinen Fall den Flug verpassen. Sollte sie doch mit Loke fahren? Ebba vertraute Loke. Außerdem sollte es in seinem Interesse sein, wenn Lena nicht mehr hier war. Wenn sie recht überlegte, hatte sie von ihm wahrscheinlich sogar am wenigsten zu befürchten. Sie musste zugeben, es machte wenig Sinn, dass er Ebbas Reifen zerstochen haben sollte. Und selbst wenn er es gewesen war, der sie in ihrem Zimmer überfallen hatte – er hatte jetzt, was er wollte. Er würde vermutlich sogar froh sein, sie so schnell wie möglich von der Insel zu wissen. Zudem wäre es schon ausgesprochen dreist, ihr etwas anzutun, wenn Ebba wusste, dass sie bei ihm im Auto saß.

»Dann eben Loke«, sagte Lena.

»Sicher?«, fragte Ebba.

»Nein.« Lena haderte mit sich selbst. »Aber ich fürchte, mir bleibt nichts anderes übrig.«

»Er wird dir nichts tun, versprochen.« Ebba drückte auf ihrem Handy herum. Loke nahm sofort ab. Nach einem kurzen Gespräch wandte sie sich wieder an Lena.

»Er ist gleich hier.«

Zum Glück mussten sie nicht lange warten, bis in der Ferne die Scheinwerfer eines sich nähernden Wagens auftauchten. Kurz darauf hielt vor ihnen ein Pick-up. Loke sprang aus dem Wagen. Er trug einen grauen Pullover mit einer blauen Daunenweste darüber und eine schwarze Kappe. Seine langen Haare hatte er zu einem Zopf zusammengebunden, der hinten aus der Kappe baumelte.

»Die Damen wünschen ein Taxi?«, fragte er freundlich und grinste, als ob sie alte Freunde wären. Gegenüber dem Vorabend wirkte er wie ausgetauscht. Dass er sie betäubt und beraubt haben sollte, kam Lena jetzt tatsächlich abwegig vor. Sie musste sich sogar eingestehen, dass er, sofern man auf eher kernige Männer vom Land stand, durchaus etwas hatte. Sein Lächeln war spitzbübisch und hatte eine einnehmende Art. Und für Frauen, die eine breite Brust zum Anlehnen suchten und auf Typen standen, die eine natürliche Autorität ausstrahlten, war er quasi der ideale Partner.

»Das wäre sehr nett«, sagte Lena und beäugte ihn misstrauisch. Er kam ihr vor wie Dr. Jekyll und Mr. Hyde, seine freundliche und hilfsbereite Art mochte so gar nicht zu dem aufbrausenden und wütenden Berserker aus der Scheune passen. Sie fragte sich daher, warum er nun so freundlich war. Vielleicht ein über Nacht gewachsenes schlechtes Gewissen? Weil er tatsächlich den Laptop gestohlen und herausgefunden hatte, dass Lena nicht gelogen hatte? Und jetzt fühlte er sich schuldig?

Bevor Loke zu ihnen herüberkam, sah er sich im Scheinwerferlicht seines Wagens die platten Reifen an.

»Zwei ordentliche Schlitze«, kommentierte er. »Gute drei Zentimeter lang. An der einen Seite ausgefranst. Ich tippe auf ein Tauchermesser.«

»Willst du uns mit deiner Spürnase imponieren?«, fragte Ebba. »Oder weißt du das so genau, weil du selbst dahintersteckst?«

»Ha, ha, ha.« Loke richtete sich auf. Dass er es gar nicht für nötig erachtete, sich zu verteidigen, bedeutete vielleicht, dass er nichts zu verheimlichen hatte. Oder er war ein großartiger Schauspieler, was wiederum nicht zu seiner impulsiven Art passen würde. Lena begann, etwas mehr Vertrauen zu fassen. Sie zwang sich, nicht alles dreimal hin und her zu denken und immer wieder zu hinterfragen. Loke würde sie jetzt zum Flughafen bringen, und damit wäre das Kapitel Inselabenteuer endlich erledigt.

Sie überreichte ihm ihren kleinen Koffer. Dann verabschiedete sie sich von Ebba. »Vielen Dank für den netten Abend. Ich melde mich.«

Ebba drehte ihren Kopf zur Seite. Es war Lena, als wären ihre Augen ein wenig feucht. »Guten Flug!«

»Und denk noch mal über die Seitenstraßen nach«, fügte Lena in Anspielung auf ihr Gespräch an.

Ebba nickte und winkte zum Abschied.

19

Loke wendete den Wagen. Dann gab er Gas, so dass der Schotter gegen den Unterboden und die Schutzbleche trommelte. Lena war froh, als sie endlich die Hauptstraße erreicht hatten und es im Wagen etwas leiser wurde.

»Einstiche in gleich zwei Reifen. Da scheint sich jemand ziemlich über das Treffen gestern geärgert zu haben«, sagte Loke nach einer Weile.

Lena überlegte, ob sie den Einbruch und den gestohlenen Laptop erwähnen sollte, um zu sehen, wie er darauf reagieren würde, entschied sich jedoch dagegen. »Einen anderen Grund könnte es nicht geben?«

»Du meinst, ob Ebba auf der Insel unbeliebt ist?«

»Zum Beispiel.«

»Man hat auf einer Insel immer Neider. Aber eigentlich ist Ebba durch ihre ausgleichende Art bei allen recht beliebt.« Loke strich sich durch seinen Bart. »Aber in Anbetracht der Tatsache, dass sie die Seiten gewechselt zu haben scheint, könnte sich das natürlich geändert haben.«

»Wie, die Seiten gewechselt?«

»Sie war ja plötzlich auch der Meinung, dass *Insovital* nicht an den Unfruchtbarkeiten schuld ist. Bevor du hierherkamst, war sie noch auf unserer Seite.«

Es war also tatsächlich so, wie es sich Lena gedacht hatte. »Es gibt hier also nur eine Meinung, die toleriert wird? Auch wenn die Fakten dagegensprechen?«

»Pah!« Loke schlug auf das Lenkrad. »Es gibt Dinge, die liegen auf der Hand. Und die abzustreiten ist einfach nur naiv.« Er war jetzt wieder etwas lauter geworden, mehr der Loke, den Lena am Vorabend kennengelernt hatte. Ihr Puls beschleunigte. »Außerdem organisiert Ebba für Rehabitex die Medikamentenabgabe. Das fanden schon immer viele von uns doppelzüngig. Auf der einen Seite für unsere Sache kämpfen, aber gleichzeitig für Rehabitex arbeiten. Gut, sie mag vertraglich gebunden sein, aber dass sie jetzt deren Unschuld behauptet, nur weil du dasselbe lächerliche Ergebnis präsentierst wie die Pharmaidioten …«

Lena beschloss ihren Mund zu halten, um Loke nicht unnötig weiter zu provozieren. Er sollte sie einfach nur von dieser kranken Insel zum Flughafen bringen. Zudem war es nicht das erste Mal, dass sie auf einen Verschwörungstheoretiker traf. Eine ernsthafte Diskussion war in der Regel unmöglich, da nur eine »Wahrheit« akzeptiert wurde. Alles, was nicht zu dieser Wahrheit passte, wurde der Lüge bezichtigt. Hinzu kam das ähnlich starke Bedürfnis wie bei fanatischen Gläubigen, andere »bekehren« zu wollen. Man war daher gut damit beraten, sich gar nicht erst auf eine Diskussion einzulassen.

Lena sah aus dem Fenster. Anfangs hatten sie noch ein paar Häuser passiert. Jetzt fuhren sie durch ein längeres Waldstück. Wenn sie sich richtig erinnerte, würde bald das stillgelegte Sägewerk auftauchen, dann ein paar Kilometer weiter die Lagerhalle, hinter der sie sich mit Astrid vor Åberg versteckt hatte. Ab da war es nicht mehr weit zu der Brücke, die zu den vorgelagerten kleinen Inseln und damit aufs Festland führte.

»Seit wann beschäftigst du dich eigentlich mit dem Thema Epigenetik?«, fragte Loke.

»Wieso?« Lena hatte das Gefühl zu wissen, warum ihr Loke diese Frage gestellt hatte. Er hatte im Internet recherchiert und rausgefunden, dass sie erst seit zwei Jahren für das Institut arbeitete. »Könnte es sein, dass du meine diesbezügliche Kompetenz anzweifelst?«

»Ich zweifle gar nichts an.«

»Worauf willst du dann hinaus?«, fragte Lena kühl.

»Du weißt schon, dass auch unser Verhalten unsere Epigenetik verändern kann.«

»Natürlich. Und?«

»Unser Verhalten beeinflusst unsere Biochemie. Und die kann dann vererbt werden. Sportliche Menschen bekommen sportlichere Kinder, allein weil sie Sport getrieben haben, und nicht, weil sie an sich schon mit Genen ausgestattet sind, die einen sportlichen Körper begünstigen.«

»Ich weiß. Ich habe lange Biologie studiert. Worauf willst du also hinaus?« Lena sah zu Loke. Er war davon überzeugt, mit seinem nächsten Argument ein sicheres Tor zu schießen, das konnte man ihm ansehen.

»Nehmen wir mal an, du hast recht. Gehen wir davon aus, dass *Insovital* nicht in der Lage ist, die Eizellen zu schädigen. Ich glaube das nicht, aber nehmen wir es an. Unstrittig ist wohl, dass *Insovital* das Verhalten derer beeinflusst, die es einnehmen. Du müsstest dich hier auf der Insel einmal umschauen! Alle sind topfit, fühlen sich zehn Jahre jünger. Das sind andere Menschen. Könnte es nicht sein, dass diese Veränderungen eine epigenetische Veränderung auslösen? Und dass sich diese auf die nächste Generation überträgt? Die Eltern der jungen Frauen auf der Insel sind plötzlich wieder jung und agil. Das ist doch total unnatürlich! Könnte es nicht sein, dass das auch etwas mit ihren Töchtern macht? Es gibt Studien von gestressten Eltern. Häufig weisen die Kinder epigenetische Veränderungen auf, die eine direkte Konsequenz der Stressbelastung der Eltern sind, insbesondere dann, wenn die Kinder noch sehr jung sind. *Insovital* wäre damit indirekt an den Unfruchtbarkeiten schuld?«

»Du willst also ernsthaft behaupten, dass sich Keimzellen verändern, weil sich hier jemand jünger fühlt? Oder dass Frauen unfruchtbar werden, weil ihre Mütter fitter sind als üblicherweise in ihrem Alter?« Loke hatte zwar vom Grundsatz her nicht unrecht. In der Tat sprach nach dem derzeitigen Stand der Forschung viel dafür, dass Veränderungen im Bewegungsverhalten – also vor allem Sport – oder auch in der Nahrung, die man aufnahm, sich nicht nur auf die eigene Biologie positiv und negativ auswirken konnten, sondern auch auf die der Nachkömmlinge. Und auch das Verhalten der Eltern konnte zu epigenetischen Schädigungen führen. Doch den Zusammenhang zu den Unfruchtbarkeiten fand Lena eindeutig zu weit hergeholt.

»Doch, das will ich. Vielleicht spürt unser Organismus, dass da etwas nicht mit rechten Dingen zugeht. Und er reagiert darauf.«

»Sehr unwahrscheinlich«, urteilte Lena, die sich fragte, woher Loke das alles wusste. Er schien sich ausführlich mit dem Thema beschäftigt zu haben, weit intensiver, als sie gedacht hatte.

»Aber ausschließen kannst du es nicht.«

Gerne hätte sie behauptet, dass sie genau das konnte, die Chance war so verschwindend gering. Trotzdem widerstrebte es ihr. »Ich kann auch nicht ausschließen, dass morgen die Welt untergeht. Wahrscheinlich ist es trotzdem nicht.«

»Alles Nebelbomben!« Lokes Tonfall war wieder deutlich aggressiver geworden. Im Vergleich zu Astrid, die, abgesehen von der Verfolgungsjagd, unerträglich langsam gefahren war, überschritt Loke die vorgeschriebene Höchstgeschwindigkeit schon seit Beginn der Fahrt. Jetzt beschleunigte er noch zusätzlich, um plötzlich abrupt abzubremsen. Er bog in einen Seitenweg ein. Und dann direkt in noch einen, der tiefer in den Wald führte.

»Eine Abkürzung?«, fragte Lena überrascht.

Loke antwortete nicht. Er gab wieder Gas und raste über die Schlaglöcher des Waldweges hinweg, als würden sie sich weiterhin auf einer gut befestigten Straße befinden.

»Wo fährst du hin?« Lena wurde ein wenig mulmig.

Loke reagierte nicht und fuhr weiter, als hätte er sie gar nicht gehört.

»Halt an!«, befahl ihm Lena. Doch Loke raste weiter und trat erst nach ein paar hundert Metern auf die Bremse. Er hielt neben einem riesigen Stapel gefällter, aufgetürmter Baumstämme.

»Wer bezahlt dich?« Er sah sie wütend an.

»Wie bitte?«

»Wer gibt dir Geld dafür, dass du Zweifel säst und Behauptungen aufstellst, die Rehabitex in die Hände spielen?«

»Fahr bitte sofort zurück auf die Straße!«

»Einen Scheiß werde ich!«

Er ergriff sie am Arm und schüttelte sie. »Raus mit der Sprache!«

»Lass mich los!« Loke hatte eindeutig die Kontrolle über sich verloren. Sie hätte auf ihr Bauchgefühl hören sollen, nicht mit ihm zu fahren. Aber sie hatte sich von Ebbas Vertrauen anstecken lassen.

»Kinderblut!«, schrie er sie an. »Warum hast du uns nicht in der Scheune erzählt, was da wirklich in *Insovital* drinsteckt?

Vielleicht, weil es zu barbarisch ist? Oder weil du Rehabitex decken möchtest? Ich tippe auf beides.«

Da hatte Lena den Beweis dafür, wer ihren Laptop gestohlen hatte. Er hatte die Mail von Dennis gefunden, in der er die Ergebnisse für Lena noch einmal zusammengefasst und die Inhaltsstoffe etwas lapidar als »junges Blut« und »Kinderblut« bezeichnet hatte.

»Du warst es, der mich heute Nacht überfallen und meinen Laptop gestohlen hat!«, sprach Lena ihre Vermutung aus.

»Und wenn schon. Willst du mich etwa anzeigen?« Seine Augen blitzten wütend. »Ich werde das umgekehrt auch tun. Die Welt soll erfahren, was hier passiert. Das Blut von Kindern! Schämst du dich nicht, das zurückzuhalten? Ihr steckt doch alle unter einer Decke. Wo in der Dritten Welt zapfen die das ab? In Indien? Afrika? Aufknüpfen sollte man euch alle!«

Lena hatte es geschafft, sich von Loke loszureißen. Panisch öffnete sie den Sicherheitsgurt, und obwohl Loke sie versuchte aufzuhalten, gelang es ihr, aus dem Wagen zu springen. Sie rannte den Waldweg zurück in Richtung Hauptstraße.

»Bleib stehen!« Auch Loke hatte jetzt das Auto verlassen.

Lena begann nach Hilfe zu schreien, obwohl ihr klar war, dass niemand sie hören würde. Sie sah hinter sich. Loke hatte bereits aufgeholt. Seine Schrittlänge musste fast doppelt so groß sein wie ihre. Auf dem Waldweg hatte sie keine Chance. Sie musste in den Wald.

Sie sprang über einen gefällten Baum. Dann kämpfte sie sich über Heidel- und Krähenbeerensträucher hinweg in den Wald. Obwohl die Sonne bald aufgehen musste, war es noch duster. Vielleicht würde es ihr gelingen, sich zu verstecken.

»Komm zurück! Ich tu dir nichts.«

Für wie dumm hielt er sie eigentlich? Mit ihm zu fahren, war ein Fehler gewesen, aber den würde sie kein zweites Mal machen. Dieser Mann war zu allem fähig. Er war in ein fremdes Haus eingedrungen, hatte sie betäubt und beraubt. Und mit Sicherheit war auch er es, der die Reifen aufgestochen hatte, wahrscheinlich aus reiner Zerstörungswut. Und jetzt war er im Auto wie aus dem Nichts heraus handgreiflich geworden.

Sie rannte weiter. Vor lauter Aufregung spürte sie nicht, wie ihr die Äste der Sträucher und Bäume ins Gesicht schlugen. Ihr einziges Ziel war, schnell tiefer in den Wald zu gelangen, so dass Loke sie nicht mehr fand. Die Dunkelheit, die sie sonst hasste, konnte ihre Rettung sein.

Erst als ihre Kräfte nachließen, reduzierte sie das Tempo. Sie sah sich um, hörte in den Wald hinein. Nichts. Kein Knacken von Ästen, kein Keuchen. War es ihr wirklich gelungen, ihn abzuhängen?

Aufgeregt begann sie nach ihrem Handy zu suchen. Doch es war nirgends zu finden. Sie musste es verloren haben, entweder irgendwo im Wald auf der Flucht – oder, noch schlimmer, in Lokes Auto. Egal, versuchte sich Lena zu beruhigen. Wahrscheinlich hätte sie hier ohnehin keinen Empfang. Und jetzt war nicht der Zeitpunkt, sich darüber zu ärgern. Um zurück in die Zivilisation zu kommen, würde sie ihr Handy nicht brauchen, schließlich befand sie sich auf einer Insel und nicht irgendwo in den ewigen Weiten des nordschwedischen Festlands.

Sie sah sich um. Ein Weg war nicht zu sehen. Aber wenn ihr Orientierungssinn sie nicht im Stich gelassen hatte, bewegte sie sich auf die Straße zu, die die Insel vom Nordosten Richtung Süden durchquerte.

Nach einer guten halben Stunde war es Lena gelungen, wieder die Hauptstraße zu erreichen. Sie fragte sich, wie sie das Land verlassen konnte ohne Geld, Pass und Handy. Den Flug konnte sie zudem sowieso vergessen. Sollte sie zu Ebba zurückgehen und sie um Hilfe bitten? Ihr Bauchgefühl sagte Nein. Eigentlich hatte sie Ebba für vertrauenswürdig gehalten, doch warum hatte sie Loke so sehr in Schutz genommen? Das machte sie ihr jetzt suspekt. Es war genau so gewesen, wie Lena es sich gedacht hatte. Er hatte sie betäubt, ihr den Laptop gestohlen, die Reifen aufgeschlitzt. Warum hatte das Ebba nicht erkennen können? Lena wurde das Gefühl nicht los, dass es dafür einen Grund gab.

Nein, sie würde die Insel so schnell wie möglich und ohne die Hilfe von Ebba verlassen. Sie musste sich einfach zu irgendeinem Telefon durchkämpfen, um Michael anzurufen, der von Deutschland aus Hilfe organisieren würde. Sie begann in Richtung der Brücke zu marschieren.

Nach wenigen hundert Metern vernahm sie hinter sich Motorengeräusche. Sie blieb stehen, drehte sich um. Vielleicht konnte sie den Wagen anhalten und um Hilfe bitten? Sie begann zu winken.

Die Scheinwerfer des sich nähernden Fahrzeugs wurden schnell größer. Lena trat einen Schritt auf die Straße, um dem Fahrer zu signalisieren, dass er anhalten möge. Doch im selben Moment erkannte sie, um was für einen Wagen es sich handelte: Loke Henrikssons Pick-up-Truck.

20

Zurück in den Wald, das war ihr einziger Gedanke. Auch wenn dieser wegen der zunehmenden Helligkeit nicht mehr den gleichen Schutz bot. Aber sie würde sich nicht kampflos ergeben. Sie sprang über den kleinen Graben neben der Straße und rannte los.

»Lena!«

Sie konnte aus dem Augenwinkel gerade noch eine Frau wahrnehmen, die aus dem Wagen stieg. Sie erkannte die Stimme. Es war Ebba, die ihr mit rudernden Armen hinterherlief.

»Lena! Bleib stehen!«

Was machte Ebba in Lokes Wagen? Arbeiteten die beiden zusammen? Hatte sie Lena etwa bewusst in Lokes Wagen gelockt? Aber mit welchem Ziel? Und warum hatten sie sie überhaupt auf die Insel geholt? Lena bekam keinen klaren Gedanken gefasst.

Sie sprang über Buschwerk und Äste, rannte weiter. Es folgte ein größerer runder Felsbrocken. Lena rutschte auf dem nassen Moos aus, richtete sich jedoch sofort wieder auf, sie war komplett außer Atem.

Als sie sich erneut umsah, hatte Ebba sie fast eingeholt. »Lena. Bleib stehen! Bitte!«

Hatte sie überhaupt eine Chance? Sie lehnte sich keuchend an einen Baum.

Ebba blieb ebenfalls stehen. Auch sie war außer Atem. »Zum Glück, es geht dir gut«, sagte sie schnaufend. Sie stemmte ihre Hände auf ihre Knie und schnappte nach Luft. »Ich könnte ihn umbringen.« Sie richtete sich auf. »Du hattest so recht mit deiner Vermutung! Ich habe es einfach nicht für möglich gehalten.«

»Hat er dir erzählt, was passiert ist?«, fragte Lena ebenfalls keuchend.

Ebba nickte. »Er kann so ein Idiot sein.« Immer wieder musste sie zwischen den Sätzen nach Luft schnappen. »Es ist nicht so, dass er sich früher immer unter Kontrolle gehabt hatte. Aber seitdem er sich auf Rehabitex eingeschossen hat, wird das wirklich zum Problem.« Sie kam vorsichtig ein paar Schritte auf Lena zu. »Das mag aufgrund der Geschehnisse wie Blödsinn klingen. Aber eigentlich ist er ein guter Mensch. Es tut ihm sehr leid, was passiert ist. Nachdem du vor ihm weggerannt bist, kam er sofort zu mir und hat mir alles gebeichtet. Er war nicht Herr seiner Sinne, hat er mir gesagt. Er ist völlig geknickt.« Sie war jetzt bei ihr angekommen. »Er wird dir nichts mehr tun. Ich verspreche es.«

Was war da nur zwischen Ebba und Loke, dass sie ihn immer wieder verteidigte und sein Handeln rechtfertigte? Der nächtliche Einbruch war schließlich alles andere als ein Kavaliersdelikt. Warum nahm sie ihn selbst dann noch in Schutz, wenn klar war, dass er es getan hatte? Waren sie etwa mehr als nur befreundet?

»Er fährt uns zu mir nach Hause«, schlug Ebba vor. »Du brauchst jetzt erst einmal etwas Ruhe und was Warmes. Und er bringt dir deinen Laptop zurück.«

Lena betrachtete Ebba. Sie musste an den Vorabend denken, an das doch sehr intime Gespräch. So sehr sie Loke misstraute, so wenig schaffte sie das bei Ebba, obwohl die Situation wirklich mehr als merkwürdig war. Aber sie glaubte ihr, auch diesmal. Außerdem hatte sie nicht wirklich eine andere Wahl. Wo sollte sie jetzt auch hin? Loke hätte sie im Nullkommanichts eingeholt.

»Und der Flug?«, fragte Lena.

Ebba zuckte mit den Schultern. »Den kannst du vergessen. Aber wir schauen nach einer anderen Möglichkeit. Uns wird etwas einfallen.«

Als sie auf die Straße zurückkehrten, stand Loke mit gesenktem Haupt vor seinem Wagen. Er hatte etwas in der Hand, das er Lena entgegenstreckte. Ihr Handy.

»Das hast du im Auto verloren.«

Lena nahm das Handy und betrachtete ihn herablassend. Ihre Angst war einer tiefen Abneigung und Wut gewichen.

»Willst du dich nicht entschuldigen?!«, fuhr Ebba Loke wütend an.

»Natürlich. Sorry«, nuschelte Loke in seinen Bart. »Tut mir wirklich leid.«

Lena pfiff auf seine Entschuldigung. Sie würde ihn anzeigen, das stand fest. Er musste für das, was er getan hatte, zur Rechenschaft gezogen werden. Ob er das nun aus fehlender Impulskontrolle oder aus niederen Beweggründen getan hatte, das Ergebnis blieb dasselbe. Mit einem »Sorry« war es hier sicherlich nicht getan.

Auch Ebba hatte für Lokes Entschuldigung nicht mehr als ein Kopfschütteln übrig. »Komm!«, sagte sie zu Lena. Dann hakte sie sich bei ihr unter und zog sie in Richtung Beifahrertür. »Ab nach Hause.«

Der Frühstückstisch war noch gedeckt. Ebba kochte frischen Kaffee. Dann setzten sie sich. Auch Loke war mit ins Haus gekommen. Er hatte darum gebeten, noch etwas klarstellen zu dürfen. Bisher hatte er allerdings seine Lippen nicht auseinanderbekommen, sondern nur an seinen Fingernägeln gekaut und mit den Barthaaren gespielt.

»Und?«, fragte Ebba streng. »Was wolltest du noch loswerden?«

»Ja, also … ich hoffe, das hier kann unter uns bleiben«, murmelte er kleinlaut.

»Wie, unter uns?« Ebba sah zu Lena, und Loke machte ein flehendes Gesicht. »Loke, ganz ehrlich, nenn mir nur einen vernünftigen Grund, warum Lena dich nicht anzeigen sollte.«

Loke nahm seine Kappe ab und löste den Zopf. Seine Haare hingen ihm jetzt wie ein Vorhang vor dem Gesicht, hinter dem er sich zu verstecken versuchte.

»Und?«, hakte Ebba noch einmal nach.

»Du weißt, was dann los ist«, druckste Loke herum. »Diesmal gibt es bestimmt eine saftige Strafe. Ich gebe Lena den Laptop zurück. Ich habe auch nichts kopiert oder gelöscht oder so. Nur gelesen. Ehrenwort! Und das im Auto …« Er wandte sich an Lena. »Du musst das verstehen. Ich wollte nur …« Er hielt inne.

»Ja?«, fragte Lena.

»Ich wollte einfach endlich die Wahrheit erfahren.« Er klemmte sich die Haare hinter die Ohren. Es war das erste Mal, dass Lena so etwas wie Reue in seinen Augen erkennen konnte.

»Du hast mich betäubt, mich beraubt, und im Wagen wolltest du mich schlagen«, sagte Lena aufgebracht.

»Das wollte ich nicht! Und das heute Nacht … Ich wollte dir nicht wehtun, nur dass du weiterschläfst.« Jetzt wich er wieder ihrem Blick aus.

»Kennst du dich überhaupt mit Chloroform aus oder was immer du da auch benutzt hast? Du hättest mich umbringen können!«

Loke schloss die Augen, was Lena nur noch wütender machte. War das die Art, wie er mit Schuld umging, wegtauchen? Oder glaubte er, dass sie ihm eher verzeihen würde, wenn er ihr nicht in die Augen sah?

»Okay.« Er atmete tief durch. Schon an der Art, wie er es gesagt hatte, merkte Lena, dass für ihn die Runde der Entschuldigungen beendet war. »Ich habe deinen Laptop gestohlen, dir wehgetan und vielleicht Angst eingejagt. Verstanden. Doch ganz ehrlich: Das, was du, aus welchen Gründen auch immer, versuchst uns zu verschweigen, hat eine Dimension, die das alles mehr als rechtfertigt.«

Ebba wandte sich verwundert an Lena. »Was hast du uns verschwiegen?«

»Nichts«, sagte Lena aufgebracht. Es war nicht zu glauben, dass Loke jetzt versuchte, den Spieß umzudrehen. Zumal er erneut völlig in die falsche Richtung davonpreschte.

»*Insovital* besteht aus Kinderblut, wahrscheinlich aus der Dritten Welt.«

»Vielleicht hättest du außer der Mail meines Kollegen auch seine Analyse lesen sollen. Dann hätten wir uns das hier nämlich ersparen können«, warf Lena Loke wütend vor. Dann sah sie zu Ebba, der sie etwas mehr Sachverstand beimaß. »In der Tat besteht *Insovital* aus sehr spezifischen Proteinen und sonstigen Blutbestandteilen, die auch in Kinderblut vorkommen. Es ist in seiner Gesamtheit daher durchaus mit Kinderblut vergleichbar. Die ersten Experimente in diese Richtung wurden, wenn ich richtig informiert bin, auch tatsächlich mit echtem Kinderblut gemacht, und man stellte verjüngende Effekte fest. Die Inhaltsstoffe von *Insovital* wurden jedoch eindeutig synthetisch hergestellt, schon allein, um sie weiter zu optimieren.«

Ebba ging auf Loke zu und verpasste ihm kurzerhand eine Ohrfeige. »Du Narr!«

Loke hielt sich überrascht die Backe. Mit dieser Reaktion schien er nicht gerechnet zu haben. »Und wenn schon«, murmelte er. »Ob künstlich hergestellt oder nicht … Kinderblut! Das kann man doch nicht bringen! Das ist unmoralisch.«

»Unmoralisch?!«, schimpfte Ebba. »Ich kann dein Gerede nicht mehr ertragen. Deine ganzen Verschwörungstheorien!« Sie zeigte auf die Tür. »Verschwinde!«

»Du findest es also gut, wenn wir uns Mittel spritzen, die uns unsterblich machen?« Lokes Ton war schon wieder unerträglich aggressiv.

»Unsterblich«, blaffte Ebba zurück. »Denk doch bitte einmal nach, bevor du deinen Schwachsinn verbreitest. Und sei konsequent. Denn wenn dich die lebensverlängernde Wirkung von Medikamenten wirklich stören würde, dann solltest du deinen Kampf schnell gegen Blutdrucksenker, Herzschrittmacher und den ganzen anderen Kram ausweiten. Überhaupt gegen jeden medizinischen Eingriff.« Ebba hatte recht. Lena gefiel, wie sie argumentierte. »Und vor drei Jahren, als du deinen Unfall hattest, hast du da darauf bestanden, dass man dich verbluten lässt? Hast du da mutig und allein auf Gebete vertraut und auf Blutkonserven und Antibiotika verzichtet?«

»Das ist doch …«

»Nein, das ist nichts anderes«, unterbrach Ebba ihn. »Jetzt verschwinde. Ich kann dich gerade nicht mehr sehen. Und bring Lena ihren Laptop zurück, sofort. Und mir besorgst du zwei neue Reifen. Hörst du?!«

»Das mit den Reifen war ich nicht!«, stritt Loke vehement ab.

»Ist klar.« Ebba zog an der Unterseite ihres rechten Augenlids.

»Ist so!« Direkt war er wieder auf hundertachtzig. »Ich würde das zugeben. Genauso wie ich zugegeben habe, dass ich den Laptop gestohlen habe.«

Er sah zwischen den beiden Frauen hin und her, wie ein riesiger trotteliger Bernhardiner, der nicht wusste, wer gerade das Stöckchen hielt. Wenn die Situation nicht so ernst gewesen wäre, hätte Lena lachen müssen.

»Habt ihr nicht gehört?!« Er zeigte auf seine Ohren. »Ebba, du weißt, ich baue ab und an Scheiße. Aber dann stehe ich auch dazu.«

»Was nicht ausschließt, dass du es diesmal nicht tust.«

Loke schlug mehrfach mit der Hand auf die Küchentheke. »Ich war das nicht, ich war das nicht, verdammt noch mal!«, protestierte er wie ein kleines Kind. Nachdem niemand reagierte, drehte er sich um und ging in Richtung Tür. »Okay. Von mir aus glaubt mir nicht. Ich besorge zwei neue Reifen. Aber nur, weil ich mich Lena gegenüber vielleicht nicht ganz korrekt verhalten habe. Nicht, weil ich es getan habe. Verstanden?«

»Und mein Laptop?«, fragte Lena.

»Bringe ich vorbei.«

Loke öffnete die Verandatür. Kurz darauf hörte man ihn die Klappe der Ladefläche seines Trucks öffnen.

Ebba goss Lena kopfschüttelnd Kaffee nach.

»Glaubst du ihm das mit den Reifen?«, fragte Lena Ebba nach einer Weile.

Ebba zuckte mit den Schultern.

»Er könnte die Situation provoziert haben, um die Wahrheit aus mir herauszupressen. Seine Wahrheit. Glaubst du nicht?«

Ebba überlegte. Dabei sah sie aus dem Fenster. »Ich weiß nicht. Konnte er denn sicher davon ausgehen, dass wir den Schaden so spät entdecken würden? Und dass ich dann gerade ihn anrufen würde?« Sie hob die Augenbrauen und presste die Lippen aneinander. »Und ehrlich gesagt, es stimmt, was er gerade gesagt hat: Er baut viel Mist, steht dafür aber immer gerade.«

Lena folgte Ebbas Blick. Er war auf Loke gerichtet, der den ersten abmontierten Reifen auf die Laderampe schmiss.

»Kennt ihr euch eigentlich besser?« Die Frage rutschte Lena so heraus. Es lag an der Art, wie Ebba Loke beobachtete, daran, dass sie ihn immer wieder in Schutz nahm. Man konnte durchaus den Eindruck bekommen, dass da eine tiefere Verbindung zwischen beiden bestand.

Ebba versteifte. »Wie meinst du das?«, fragte sie ungewohnt bissig, was Lenas Gefühl nur verstärkte, mit ihrer Einschätzung ins Schwarze getroffen zu haben.

»Ach, nicht so wichtig«, winkte sie ab. Sie wollte Ebba nicht gegen sich aufbringen.

»Er ist einer der Ersten, die ich auf der Insel kennengelernt habe. Und mein Nachbar.« Ebba sah Lena in die Augen. »Aber das meintest du nicht.«

Lena zuckte mit den Schultern und versuchte, einen unschuldigen Blick aufzusetzen.

»Du vermutest doch nicht etwa, dass wir was miteinander haben?« Ebba sah sie ernst an. Dann musste sie fast lachen. »O mein Gott!«, schoss es aus ihr heraus. »Genau das tust du!« Sie rollte mit ihren Augen. »Mit Loke!« Sie schüttelte den Kopf und sah jetzt wieder aus dem Fenster. »Nein. Warum?«

»Ich weiß auch nicht. Ihr wirkt auf eine bestimmte Art sehr vertraut. Und du hältst ihm selbst jetzt noch die Stange, obwohl er deutlich mehr als nur Mist gebaut hat.«

Ebba lachte erneut. Dann sah sie in ihre Tasse hinab, als würde dort die Antwort stehen. »Na ja … Ganz unrecht hast du nicht«, druckste sie herum. »Wir verstehen uns gut … Es wurde uns wirklich mal was nachgesagt.« Lena merkte, wie Ebbas Gesichtszüge wieder ernst wurden. »Maja, Lokes Frau, passt das gar nicht. Aber da war nichts. Und da wird auch nie was sein. Ich mag ihn. Mehr nicht. Er ist auch gar nicht mein Typ.« Sie nahm einen Löffel vom Tisch und begann in ihrem Kaffee zu rühren, der weder Zucker noch Milch enthielt.

Lena sah aus dem Fenster. Auch wenn sie das Gefühl hatte, dass Ebba sie nicht belog, blieb doch der Eindruck, dass sie ihr auch nicht die ganze Wahrheit gesagt hatte. Vor allem musste sie an das Gespräch vom Vorabend denken. Ebba hatte gesagt, dass der Spaß bei ihr bei Gewalt aufhörte. Und wenn Loke zu einem neigte, dann dazu, handgreiflich zu werden.

21

Das kleine Büro im Dorf, in dem Bürgermeister Granqvist seinen Diensten nachging, war bescheiden eingerichtet. Ein großer Schreibtisch, zwei Stühle, ein riesiger häßlicher Aktenschrank, ein großes geschmackloses Bild eines einheimischen Künstlers an der Wand. Wenn Åberg Bürgermeister wäre, hätte er eindeutig mehr investiert. Auf der anderen Seite war es aber genau diese Bescheidenheit von Granqvist, die die Bewohner der Insel an ihm schätzten – und die sicherlich auch mit dafür gesorgt hatte, dass er seit fast dreißig Jahren sein Amt innehatte. Dank seiner Rolle war er bestens über das, was auf der Insel passierte, informiert, aber nicht nur deswegen: Er hatte überall seine Finger im Spiel, seine Leute, die ihn über alles auf dem Laufenden hielten und die ihm den ein oder anderen Gefallen schuldig waren. Er war die Spinne im Netz, worauf Åberg ein wenig neidisch war.

»Guten Morgen, Lars. Alles gut?«

Aufgrund seines Vollbarts, der buschigen Augenbrauen und der nach hinten gekämmten Haare mit den tiefen Geheimratsecken glich Granqvist ein wenig dem in die Jahre gekommenen Alfred Nobel, weshalb ihn viele auf der Insel auch »Opa Alfred« nannten. Granqvist störte das wenig, im Gegenteil, er fühlte sich sogar geehrt, mit einem so berühmten Schweden verglichen zu werden.

»Immer«, sagte Åberg.

»Was macht die Baustelle auf der Brücke?«

»Läuft. Wir müssen einen neuen Betonpfeiler gießen. Aber eine Fahrspur können wir offenlassen.«

»Prima. Aber deswegen bist du nicht hier.«

Granqvist wirkte ein wenig in Eile. Åberg wusste daher nicht, wie weit er ausholen sollte. »Sie haben sich getroffen. Alle. Ebba, Loke, die ganzen Bande.«

»Wo?«

»In der Scheune der Erikssons.«

»Und was wurde geredet?«

»Keine Ahnung. Ich habe nur die ganzen Autos gesehen.«

Granqvist legte die Stirn in Falten. »Ich werde Viktor Eriksson bei Gelegenheit einen Besuch abstatten. Vielleicht weiß der mehr.«

»Mach das. Aber der wird nicht viel rauslassen. Am Ende steht er doch zu seiner Tochter.«

»Lass mich das mal machen.«

Granqvist ging um seinen Schreibtisch herum und ergriff seine Jacke, die an einem Haken an der Tür hing. Er schien das Risiko, das die aktuelle Situation mit sich brachte, immer noch nicht begriffen zu haben. Der Börsengang von Rehabitex stand unmittelbar bevor. Konnten diese Idioten jetzt nicht wenigstens noch die paar Tage ihre Finger stillhalten.

»Wir müssen ihnen das verbieten. Du musst ihnen einen Maulkorb verpassen!«, drängte er den Bürgermeister.

»Lars!« Granqvist schenkte ihm einen bösen Blick. »Das kann ich nicht. Und das weißt du genau. Außerdem würde sie das nur noch mehr anstacheln.« Granqvist ging in Richtung Tür. »Entschuldige, Lars, ich habe heute wirklich viel zu tun. Gibt's noch was?«

Åberg stand ebenfalls auf. Er merkte, wie er den Impuls, die rechte Hand zur Faust zu ballen, nur schwer unterdrücken konnte. Den Besuch hätte er sich sparen können. Es wurde Zeit, dass Granqvist abdankte. Wenn er der Bürgermeister wäre, hätte er sich längst die Eltern der unfruchtbaren Frauen vorgenommen, den Keil zwischen ihnen und ihren Töchtern noch tiefer getrieben, ihnen klargemacht, dass es auf der Insel um Leben und Tod ging. Und was hatte Granqvist getan? Er hatte sich ein wenig »umgehört«. Åberg musste sich zusammenreißen, um nicht zu fluchen. Er atmete tief durch. »Du solltest zumindest mit Loke reden«, sagte er so ruhig wie möglich. »Droh ihm damit, dass wir ihm was anhängen. Er steht doch eh mit einem Bein im Knast.«

»Lars!« Granqvist hatte einen unerträglich strengen Ton angeschlagen. »Lass mich das mal machen. Und ich bitte dich inständig: keine Alleingänge. Vor allem keine Dummheiten. Wir bekommen das alles hin. Diese Expertin wird am Ende auch nichts anderes sagen können als die Zulassungsbehörden.«

Åberg hasste es, wenn Granqvist mit ihm sprach wie mit einem kleinen Kind. Und am Ende war es doch wieder er, der die Kohlen aus dem Feuer holen musste. »Okay. Aber hör dich um. Nicht nur bei Eriksson. Wir müssen wissen, was sie vorhaben und ob diese Expertin irgendwas weiß. Es ist doch merkwürdig, dass sie extra hierher auf die Insel kommt.«

Åberg ließ sich von Granqvist nach draußen begleiten. Auf dem Weg klopfte ihm Granqvist mehrfach beruhigend auf den Rücken. »Du musst lockerer werden, Lars. Zwei Hundertjährige warten auf meinen Besuch. So alt willst du doch sicherlich auch noch werden. Das gab es früher übrigens nicht auf der Insel. Das, und ich wiederhole, nur das ist der Nachteil an diesem Zeug.« Er lachte herzlich.

Åberg lachte mit. Doch zum Lachen war ihm eigentlich überhaupt nicht zumute. Dafür stand zu viel auf dem Spiel.

22

Lena hatte es sich auf der Veranda vor Ebbas Haus in einem der Korbstühle bequem gemacht. Bevor Ebba in ihre Apotheke gefahren war, hatten sie noch zusammen nach Möglichkeiten gesucht, wie Lena nach Deutschland kommen könnte. Es gab zwar bis zum Abend mehrere Flüge ab Stockholm nach Köln oder Frankfurt, doch selbst den letzten würde sie nicht mehr rechtzeitig erreichen, da sie bis Stockholm mindestens elf Stunden bräuchte. Es blieb ihr also gar nichts anderes übrig, als ihren ursprünglichen Flug von Kemi-Tornio aus am morgigen Samstag zu nehmen.

Loke war in der Zwischenzeit zurückgekehrt. Lena beobachtete ihn dabei, wie er die neu aufgezogenen Reifen montierte. Als er sie entdeckte, grinste er breit und winkte ihr freundlich zu. Er wirkte jetzt, als könnte er keiner Fliege etwas zuleide tun. Lena überkam das Gefühl, dass sie vielleicht doch eine gewisse Mitschuld an den Ereignissen am Morgen trug. Sie hätte einfach ruhig mit ihm sprechen, ihm die Ergebnisse erklären müssen. Wahrscheinlich hatte auch sie überreagiert, überlegte sie. Doch dann kamen ihr ihre Schuldgefühle wieder absurd vor. Warum suchte sie nur ständig den Fehler bei sich, und das sogar in Situationen, die so eindeutig waren?

Nachdem Loke die beiden Reifen montiert hatte, kam er auf sie zu. »Lena?«

Sie blickte zu ihm auf. Mit einem Tuch wischte er sich seine dreckigen Hände sauber.

»Wie kommst du jetzt eigentlich nach Deutschland zurück?«

»Heute gar nicht mehr«, sagte Lena. »Ich werde morgen früh fliegen.«

Er überlegte kurz, als müsse er über das, was er sagen wollte, nachdenken. »Es ist nämlich so.« Er sah sie ernst an. »Ich weiß, du bist nicht mehr gut auf mich zu sprechen. Zu Recht, das gebe ich zu. Die ganze Sache ist vollkommen aus dem Ruder gelaufen. Und daran bin vor allem ich schuld.« Er machte eine Pause. Wahrscheinlich erwartete er, dass ihm Lena zumindest teilweise widersprach. Doch genau das hatte sie nicht vor. »Also … ich würde da gern etwas gutmachen«, druckste er herum. »Du bist ja extra auf die Insel gekommen, um uns zu helfen. Aber Ebba hat erwähnt, dass du im Gegenzug die Blutproben für weitere Untersuchungen verwenden wolltest, für deine eigene Forschung.«

Lena fühlte sich ertappt. Ob sie es wollte oder nicht, ihr Besuch auf der Insel war in der Tat nicht nur selbstlos gewesen. Doch nun war ihre Vorstellung vom zweiten Överkalix, der Siebener im Lotto, wie eine Seifenblase zerplatzt.

»Ich würde dir gern etwas zeigen«, sagte Loke.

»Und zwar?«

»Nicht weit von hier entfernt.«

»Was willst du mir zeigen?«, fragte Lena noch einmal. Er war ihr ausgewichen. Auf solche Spielchen würde sie sich nicht noch einmal einlassen.

»Eine Überraschung. Etwas, das dir dabei helfen könnte, den wirklichen Grund für die Unfruchtbarkeiten herauszufinden.«

»Wovon sprichst du genau?«, fragte sie nach. Warum redete er nicht Klartext, verdammt noch mal? Von Überraschungen hatte Lena die letzten vierundzwanzig Stunden genug gehabt. Und auch wenn er reinen Tisch gemacht hatte, Lena war sich nicht sicher, ob sie wirklich noch einmal mit ihm ins Auto steigen sollte.

»Komm! Hin und zurück kostet es dich keine halbe Stunde. Das musst du sehen. Außerdem willst du doch nicht, dass dich die Frauen als korrupte Biologin in Erinnerung behalten.«

Was wohl allein Lokes Schuld war, schoss Lena ärgerlich durch den Kopf. Und doch traf er einen wunden Punkt. So wollte sie den Frauen in der Tat nicht in Erinnerung bleiben. Sie war gekommen, um ihnen zu helfen, und das wollte sie immer noch.

Loke hatte ihr wohl schon angesehen, dass sein Argument gezogen hatte, und reichte ihr mit einem verschmitzten Blick seine Hand. Nach einem kurzen Zögern schlug Lena ein. Er zog sie aus dem Korbstuhl in den Stand.

»Also gut«, sagte Lena. »Eine halbe Stunde. Und dann bringst du mich sofort wieder hierher zurück!«

»Versprochen.« Loke grinste über beide Wangen. »Du wirst sehen, du wirst mir noch danken.«

23

Sie mussten nicht lange fahren, da bog Loke auf eine kleinere Straße ab, an deren Ende sich eine Wiese befand. Dort stand eine Art Baucontainer. Loke parkte und sprang aus dem Wagen.

»Komm!«

Lena stieg ebenfalls aus. Loke machte sie immer neugieriger, zumal Lena nicht die geringste Ahnung hatte, was ein Baucontainer mit der ganzen Sache zu tun haben könnte.

Die Containertür war mit einem dicken Vorhängeschloss gesichert. Loke zog ein Schlüsselbund aus seiner Jeanstasche und öffnete das Schloss. Dann stieß er die schwere Tür auf und verschwand im Inneren.

Obwohl sie ihre Angst vor Loke eigentlich abgelegt hatte, wurde Lena jetzt doch wieder ein wenig misstrauisch. Sie ging zur Tür, spickte vorsichtig um die Ecke, gab sich dann einen Ruck und trat ganz ein.

Das, was sie zu sehen bekam, war in der Tat eine Überraschung. Sie hatte mit vielem gerechnet, aber nicht hiermit.

»Nicht schlecht, oder?« Loke klopfte auf eines der Geräte, die sich in dem Container befanden.

Lena hatte Loke als fanatischen Spinner mit einem Impulskontrollproblem abgestempelt, jemanden, der in seiner Jugend vielleicht zu viel mit Drogen und Alkohol experimentiert hatte und dem dabei ein paar Gehirnwindungen abhandengekommen waren. Sie musste feststellen, dass sie ihn komplett unterschätzt hatte.

»Was ist das hier?« Lena merkte, wie tonlos ihre Stimme klang. Sie sah sich weiter um. Um sie herum standen modernste Blutanalysegeräte und Laborapparaturen. Lena betrachtete die Geräte genauer. Sie waren von den teuersten Herstellern, alles nur vom Feinsten. »Und was hast du mit alldem hier zu tun? Was hast du vor?«

»Ich will herausfinden, wer die Unfruchtbarkeit von meiner Frau Maja und den anderen Frauen zu verschulden hat. Und ich lasse mich nicht verarschen.«

Vielleicht auch das. Aber die Analysegeräte, die hier standen, kosteten ein halbes Vermögen. Hatte Loke mächtige Verbündete?

»Wer hat das finanziert?«

»Rehabitex.«

»Wie bitte?« Jetzt verstand Lena gar nichts mehr.

Loke musste lachen. »Die haben diesen Laborcontainer hier aufgebaut, um die Studie vor Ort zu begleiten. Aber sie nutzen ihn schon lange nicht mehr. Abgeholt haben sie ihn aber auch nicht. Ihren Dreck zu beseitigen, scheinen die nämlich nicht nötig zu haben. Da habe ich einfach das Schloss geknackt und mein eigenes mitgebracht.« Loke grinste.

Loke war wohl doch der, für den sie ihn gehalten hatte. Brach einfach in einen Forschungscontainer von Rehabitex ein, mit denen er sich ohnehin schon auf Kriegsfuß befand – das passte wieder besser in das Bild, das sie sich von ihm gemacht hatte. Und jetzt war auch klar, woher er das Chloroform hatte.

»Und was willst du mit all dem Zeug anfangen? Etwa deine eigenen Analysen durchführen?«

Loke nahm seine Kappe vom Kopf und fuhr sich durch die Haare. »Wirklich trauen kann man leider nur sich selbst.«

Der Egotrip dieses Mannes schien grenzenlos. Hatte er ernsthaft vor, hier selbst Hand anzulegen? Mit einer Anleitung aus dem Internet etwa? Lena hätte beinahe laut losgelacht. »Was hält dich davon ab?«, fragte sie ihn nicht ganz ernst gemeint.

»Na ja«, druckste Loke herum. »Gar nicht so einfach zu bedienen«, gab er kleinlaut zu, jedoch ohne eine Miene zu verziehen. Er hatte das wohl tatsächlich in Erwägung gezogen.

»Was du nicht sagst.«

Loke sah sie irritiert an.

»Was sagt denn Ebba dazu?«, fragte Lena. Sie konnte sich kaum vorstellen, dass Ebba dieses Vorgehen begrüßt hatte.

»Ich hatte ja vor, sie einzuweihen, sie kennt sich mit solchen Dingen besser aus. Ich habe es mir dann aber anders überlegt. Sie ist bezüglich des *Ausleihens* von Dingen eher konservativ, wenn du verstehst, was ich meine.«

Das mochte Lena gerne glauben. Vielleicht gab es aber auch noch einen anderen Grund. So vertraut die beiden manchmal wirkten – es gab auch immer wieder dieses gegenseitige Misstrauen, vor allem von Loke. Lena bekam das nicht zu fassen. Was steckte dahinter?

»Auf jeden Fall hätten wir hier, glaube ich, alles, um das Blut der Frauen zu analysieren.«

Lena nickte, es sah ganz danach aus.

Loke ging zu einem Stahlschrank. Er öffnete ihn und zeigte Lena das darin enthaltene Entnahmematerial, was sicherlich ausreichte, um einer ganzen Armee Blut abzunehmen.

»Deine Idee ist nicht schlecht«, sagte Lena, der es tatsächlich in den Fingern juckte, sofort mit den Analysen zu beginnen. »Aber ich denke, ich werde die Proben, wenn überhaupt, in unserem Institut in Köln analysieren lassen.«

»Was spricht denn dagegen, es hier vor Ort zu machen?«

Lena ahnte, was in ihm vorging. »Du vertraust mir immer noch nicht.«

»Doch, schon, aber …« Er suchte nach Argumenten.

»Aber was?«, fragte Lena harsch.

»Okay. Du hast recht. Ich will gern dabei sein«, gab Loke nach einer Weile zerknirscht zu. »Aber ich verstehe trotzdem nicht, was dagegenspricht, das Blut hier zu analysieren. Du wolltest uns doch helfen! Hier steht alles, was du benötigst, warum dann nicht jetzt?«

Lena verstand, dass sie sich die Frage gefallen lassen musste. Auf den ersten Blick sprach eigentlich nichts dagegen. Allerdings war der zeitliche Faktor eine Herausforderung – die Proben von einer aussagekräftigen Anzahl betroffener Frauen und ihren Müttern, vielleicht sogar ihren Großmüttern, mussten schließlich erst einmal entnommen werden. Zumal sie nach dem missglückten Treffen in der Scheune sicherlich erst noch einmal überzeugt werden mussten. Ein nicht unwesentlicher Faktor, den Loke allerdings genauso wegwischte wie die Tatsache, dass es sich hier um die Ausrüstung von Rehabitex handelte, die er völlig unrechtmäßig gekapert hatte.

Und doch musste Lena zugeben, dass die Analyse vor Ort den entscheidenden Vorteil hatte, dass man frisches Blut analysieren konnte. Beim Transport konnte immer etwas schiefgehen.

»Also gut«, gab sie sich geschlagen.

Loke wirkte erleichtert. »Such dir alles zusammen, was du zur Blutabnahme benötigst. Ich werde derweil mit ein paar Frauen und ihren Müttern telefonieren. Und wenn du so weit bist, dann würde ich, wenn du nichts dagegen hast, gerne direkt mit meiner Frau beginnen.«

24

Åberg sprang in seinen Wagen und donnerte die Landstraße zurück zu sich nach Hause. Das, was er gerade beobachtet hatte, gefiel ihm ganz und gar nicht. Granqvist, dieser Schwätzer! Er hatte seine Augen und Ohren eben doch nicht überall.

Für einen Augenblick überlegte er, ihn anzurufen. Doch Granqvist würde ihn wieder nur abwimmeln wie eine lästige Fliege. Nein, er musste die Dinge selbst in die Hand nehmen. So war es schon immer gewesen, und so würde es bleiben. Granqvist war gut im Kluge-Reden-Halten. Bezüglich der Umsetzung war er eine Niete.

Kaum war Åberg bei sich zu Hause angekommen, stellte sich ihm die Frage, was er dort eigentlich sollte. Vor lauter Ärger hatte er nicht über seinen nächsten Schritt nachgedacht. Er musste herausfinden, was sie noch vorhatten. Loke war alles zuzutrauen.

Dieser Weiberheld! Wie er ihn hasste. Die miese Zecke war nicht mal von der Insel. Aber das hinderte ihn nicht daran, sich an jeden Rock ranzumachen. Åberg würde es nicht wundern, wenn es Loke bei seinen ganzen Recherchen zu *Insovital* gar nicht darum ging, den Grund für die Unfruchtbarkeiten herauszufinden. Er wollte sich nur wichtig machen, sich als großen Helden aufspielen, um die jungen Dinger dann der Reihe nach flachzulegen.

Selbst bei Ebba hatte er es versucht, dieser Schürzenjäger. Ihr Alter entsprach zwar nicht so ganz seinem Beuteschema, aber sie war so attraktiv, dass Loke wohl eine Ausnahme machte.

Seit Maja auf die Insel zurückgekommen war, war zum Glück Ruhe im Karton. Oder auch nicht, so wie es aussah. Åberg traute Loke in dieser Beziehung alles zu. Und wer weiß, was er dieser Biologin alles eintrichterte.

Vor hundert Jahren hätte man sich auf der Insel bei Typen wie Loke schnell auf eine saubere Lösung geeinigt. Kleiner Jagdunfall. Keine große Sache. Aber heutzutage ließ sich für so etwas leider keine Mehrheit finden.

Åberg drehte seinen Wagen. Dann fuhr er zurück in die Richtung, aus der er gekommen war.

25

»Mein Haus«, erklärte Loke mit einem gewissen Stolz in der Stimme. »Und das von Maja natürlich.« Die Reihenfolge, in der er die Eigentümer aufzählte, passte zu Lenas Eindruck von ihm.

Maja musste gesehen haben, dass er zurückgekehrt war. Sie wartete im Nachthemd und mit dicken, pinken Pantoffeln mit Mausgesicht an den Füßen an der Eingangstür des Hauses, wie ein Kind, das man gerade geweckt hatte. Ihre langen, rotblonden Haare fielen ihr über beide Schultern. Sie wirkten verfilzt, zumindest lange nicht gekämmt. Ihre filigrane Figur, die feinen Gesichtszüge und ihre blasse Haut – eine Blässe, auf die man vor ein paar Jahrhunderten neidisch gewesen wäre, die auf Lena jedoch eher ungesund wirkte – verliehen ihr etwas Elfenhaftes. Es störte nur der strenge, misstrauische Blick – und dass sie insgesamt eher ungepflegt wirkte.

»*God morgon*«, begrüßte Loke seine Frau und gab ihr einen Kuss auf die Stirn.

»Hi. Kommt rein.«

Nicht nur Majas Aussehen hatte etwas Entrücktes, auch ihre weiche Stimme, eine Stimme, die mehr aus Atem als aus Lauten bestand. Sie führte Lena durch einen kurzen Flur in die angrenzende Küche. Schon im Flur fiel Lena der unangenehme, leicht süßliche Geruch auf, eine Mischung aus Küchenabfällen und verdorbenen Bananen. Er kündigte das an, was sie kurz darauf zu sehen bekam.

Die Küche war ein einziger Saustall. Auf einer langen Anrichte türmte sich zwischen aufgerissenen Knäckebrotpackungen, einer aufgeschnittenen Salami und halb leeren Marmeladengläsern jede Menge dreckiges Geschirr. Neben der Anrichte befand sich ein Gasherd mit einer Pfanne, in der ein verschrumpeltes Spiegelei auf festgewordener Butter klebte.

»Sorry für die Unordnung. Wir waren gestern beide sehr müde«, entschuldigte sich Maja für das Chaos. Auf Lena wirkte es eher, als würde es hier immer so aussehen.

Loke hatte Maja bereits über ihr Vorhaben informiert. »Kann es losgehen?«, fragte er.

»Klar.« Maja lächelte ihn verliebt an.

»Perfekt«, freute sich Loke. »Deine Mutter kommt übrigens auch. Ich habe schon mit ihr telefoniert. Ich hole noch kurz die Sachen aus dem Wagen.« Und schon war er wieder aus der Tür.

Maja bat Lena, an einem viereckigen Tisch vor dem Fenster Platz zu nehmen. Die dort liegenden Rechnungen, Bücher, Kaffeetassen sowie eine leergegessene Kekspackung schob sie ein wenig zur Seite.

Es dauerte keine Minute, da hörte Lena bereits Lokes schwere Schritte. In der Küche zurück, überreichte er ihr die kleine Tasche mit dem Entnahmematerial. An die Kühlbox hatte er ebenfalls gedacht.

Maja krempelte sofort routiniert den rechten Ärmel ihres Nachthemds nach oben. Lena stand auf und legte ihr den Stauschlauch an. Dabei fielen ihr die frischen Einstichstellen und blauen Flecke auf.

»Das war Loke«, erklärte Maja. »Er wollte es selbst probieren. Hat aber nicht so wirklich geklappt.« Das Elfenhafte war aus ihrem Gesicht verschwunden und sie starrte Loke wütend an. Lena wurde klar, dass sie auch ganz anders sein konnte, wenn sie wollte.

Auch Lena warf Loke einen vernichtenden Blick zu.

»Was?«, fragte dieser scharf.

»Vielleicht sollte man die Finger von Dingen lassen, von denen man nichts versteht.«

Neben den Einstichstellen gab es noch eine längere Narbe oberhalb des Handgelenks. »Und das hier? War das auch dein Mann?« Lena ahnte bereits den Grund.

»Nein«, hauchte Maja jetzt wieder in ihrer elfenhaften Art. »Das war ich. Es gab da eine Zeit, da ging es mir nicht gut.«

Kaum hatte sie das gesagt, stellte sich Loke hinter sie und begann ihre Schultern zu massieren. »Aber diese Zeit ist zum Glück vorbei«, sagte er bestimmt, als müsse er sich selbst Mut machen.

Vorbei? Lena musste an die Zeiten denken, in denen es ihr selbst nicht gut gegangen war, ihr Burn-out vor über zehn Jahren. Diese Zeit hatte sie zum Glück überwunden. Doch Depressionen hinterließen Narben, die viel schlimmer waren als der Schnitt, mit dem sich Maja versucht hatte, das Leben zu nehmen. Man lernte, dass man verletzlicher war, als man vielleicht meinte, dass einem sehr plötzlich die Kontrolle über sich selbst und das eigene Leben entgleiten konnte. Und wie eine Krebszelle, die irgendwo im Körper schlummerte, konnten auch die dunklen Gedanken wie aus dem Nichts wieder auftauchen und die Macht über einen ergreifen. Das wusste Lena leider aus eigener Erfahrung. Vorbei war es vielleicht für den Moment, aber für immer – das ließ sich nur hoffen.

Sie suchte nach einer günstigen Einstichstelle, was nicht sonderlich schwer war. Majas Haut war so blass, dass die durch den Stauschlauch hervortretende Vene wie ein Blutegel wirkte, der es sich in ihrer Armbeuge bequem gemacht hatte.

»Bereit?«, fragte Lena. Maja sah zur Seite, und Lena stach zu.

Das Setzen der Kanüle war ein Kinderspiel. Lena hatte die letzten Jahre überwiegend Blut von Mäusen abgenommen. Bei denen musste man durch das sogenannte »face lifting«, also dem Zurückziehen der Gesichtshaut, eine Ader am Unterkiefer stauen, die sich dann punktieren ließ. Die kleinen Tiere wehrten sich zumeist heftig, bis man sie richtig hielt. Doch selbst wenn man die Mäuse richtig zu packen bekam und sie sich ruhig verhielten, war es nicht einfach, die kleine Vene zu treffen, und bedurfte viel Geschick und Fingerspitzengefühl.

»Wie habt ihr euch kennengelernt?«, fragte Lena Maja, um sie abzulenken, während sie die Monovetten wechselte.

»Bei der Arbeit«, sagte Maja. »Ich habe bei Loke gejobbt. Ihm gehört doch der Campingplatz auf der Insel. Und die ›Strandbaren‹, ein kleines Bistro, in das auch die Leute von hier gern gehen.« Maja erzählte von dem Betriebswirtschaftsstudium, das sie begonnen, das ihr jedoch nicht wirklich Spaß bereitet hatte. Sie war nicht schlecht gewesen. Aber vor allem der Prüfungsstress hatte ihr zu schaffen gemacht. Daher war sie auf die Insel zurückgekehrt und hatte erst mal bei Loke gekellnert.

»Ich kannte Loke schon von früher«, sagte Maja. »Schon als Mädchen fand ich ihn toll. Doch da hat er mich gar nicht wahrgenommen, ich war da noch zu jung. Als ich dann auf die Insel zurückkehrte, war das anders.« Sie sah verliebt zu ihrem Mann empor. Entgegen so manchem Berufsanfänger in Lenas Labor schien er keine Probleme damit zu haben, bei der Blutabnahme zuzusehen.

Maja wechselte das Thema und berichtete von ihrem Frust über ihre Unfruchtbarkeit und ihrem Selbstmordversuch. »Da lernte ich ganz neue Seiten in mir kennen«, sagte sie. Lena war überrascht über ihre Offenheit, die so gar nicht zu der elfenhaften Zurückhaltung passte, mit der sie ihr zuvor begegnet war. »Wut. Unglaubliche Wut!« Maja sprach jetzt mit schneidend klarer Stimme. »Früher hatte ich so nie gedacht, aber ich glaube, wenn es einen Verantwortlichen für diesen Schaden gäbe, und der würde vor mir stehen …« Sie atmete tief durch. In ihren Augen war ein böses Funkeln wahrzunehmen, das eine ziemliche Kraft freizusetzen schien. »Ja. Ich glaube, ich würde ihn umbringen.«

»Nein. Das könnte sie natürlich nicht«, korrigierte Loke sofort. Ihm schienen Majas Äußerungen unangenehm zu sein. »Maja braucht einfach nur ein Kind, um wieder glücklich zu werden.« Er streichelte sie liebevoll über die Schultern, nahm sie von hinten in den Arm. Er war jetzt ein ganz anderer Loke als der, den Lena bisher kennengelernt hatte. »Und wir werden unser Kind bekommen«, ergänzte er trotzig, »wie auch immer.«

Maja streckte die Hand nach ihm aus. Lena fielen die dreckigen, abgebrochenen Fingernägel auf, so als hätte sie gerade im Garten gearbeitet. »Ja, Liebling, das werden wir.«

Kinder als Ersatz für einen Lebenssinn, den man sonst nicht fand. Das hörte Lena immer wieder. Und war das so falsch oder verwerflich? Ihr Sohn Jean hatte in ihrem Leben tatsächlich einiges verändert. Da gab es plötzlich einen kleinen Menschen, der ohne sie nicht überleben konnte – so fühlte es sich zumindest an. Jemanden, der von einem erwartete, dass man ihm die Welt erklärte, ihn tröstete und ihm das Gefühl gab, das am Ende alles gut werden würde.

Nachdem sie die Kanüle aus der Vene gezogen hatte, legte Lena einen kleinen Tupfer auf den Einstich und drückte fest darauf, um ähnlich blaue Flecken wie sie Loke hinterlassen hatte, zu vermeiden. Während sie wartete, dass sich die Wunde schloss, betrachtete sie das ungleiche Paar: Den bärtigen, großen, starken Mann und seine kleine Elfe mit der wütenden Seele. Sie wirkten verliebt und doch auch wieder nicht. Das Lächeln etwas zu breit, der Blick in die Augen etwas zu tief. Wie ein Bild, das man häufig auf Werbeplakaten sah. Alles wirkte perfekt – und arrangiert.

26

Während sie vor dem Haus ihrer Mutter auf Loke und Lena wartete, summte Astrid leise das Lied »I nattens tysta timmar« von Zarah Leander vor sich hin. Sie liebte Lieder aus den 30er-Jahren. Ihre Großmutter hatte ihr vor ihrem Umzug ihren alten Plattenspieler und einige Platten vermacht. Der Plattenspieler eierte, und die Platten waren zerkratzt. Dennoch war es für Astrid etwas ganz anderes, Musik auf diese Art zu hören und nicht gestreamt von ihrem Handy. Sie fühlte sich dann in eine andere Zeit versetzt, in eine Zeit, als die Welt noch in Ordnung war. Die ganze Technisierung und Digitalisierung. Die sozialen Medien. Die neuen Möglichkeiten der Medizin. Andere Menschen mochten sich daran erfreuen. Doch obwohl sie damit aufgewachsen war und es gar nicht anders kannte, machte es ihr Angst.

Loke hatte bei ihr angerufen und um ein Treffen bei ihrer Mutter gebeten. Lena war wohl doch nicht früher abgereist. Und jetzt wollte sie noch vor Ort ein paar Blutproben nehmen, um dem Rätsel der Unfruchtbarkeiten auf den Grund zu gehen.

Dass Lena ihren Flug verpasst hatte, wunderte Astrid nicht wirklich. Was sie allerdings wunderte, war, wie es Loke oder Ebba gelungen war, sie nach dem gestrigen Eklat dazu zu überreden, doch noch das Blut der Frauen zu analysieren. Wäre sie an Lenas Stelle gewesen, hätte sie der gesamten Insel den Mittelfinger gezeigt und Loke gesagt, dass er sich verpissen kann. Lena hingegen schien sich nicht von solchen Rückschritten verunsichern zu lassen. Astrid bewunderte sie. Genau das machte sie aus. Sie war einfach eine tolle Frau.

Schon von Weitem erkannte Astrid Lokes Pick-up, der die Landstraße herunterbretterte. Kurz darauf hielt er mit einer Vollbremsung vor dem Haus ihrer Mutter und hüllte Astrid in eine Staubwolke. Typisch Loke.

»Hey, Astrid. Deine Mutter auch da?«

»Klar. So wie befohlen.«

Auch Lena war ausgestiegen. Sie trug eine kleine Kühltasche und einen Beutel, in dem sich Nadeln und Kanülen befinden mussten.

»Kommt herein.« Ingegerd stand in der Küche und gesellte sich jetzt zu ihnen.

»Wir haben nicht viel Zeit, da wir noch einige weitere Familien abfahren wollen«, erklärte Loke, nachdem er Ingegerd überschwänglich freundlich begrüßt hatte. Das hatte er schon immer draufgehabt, dachte Astrid, die Mütter der Insel um den Finger zu wickeln, während er ihre Töchter bumste. »Sechs Proben haben wir schon.«

»Transportierst du die im Handgepäck?«, fragte Astrid Lena gespielt naiv. Dabei war sie sich sicher, dass ihr Loke seine kleine Hexenküche gezeigt hatte, die er sich angeeignet hatte.

»Nein.« Lena sah verunsichert zu Loke. Er hatte ihr sicherlich das Versprechen abgenommen, mit niemandem über das Labor zu sprechen. »Wir schicken sie mit der Post«

»Ach so. Na dann.«

Astrid ließ ihrer Mutter bei der Blutabnahme den Vortritt. Lena erklärte ihr, dass sie vorhatte, das Blut von den betroffenen Frauen und deren Müttern, wenn unkompliziert möglich sogar noch von deren Großmüttern abzunehmen, damit sie Aussagen über die Veränderung von Generation zu Generation machen konnte. »Entschuldige daher die Frage: Deine Mutter wohnt nicht zufällig hier in der Nähe?«, fragte sie an Ingegerd gewandt.

»Meine beiden Eltern sind leider schon länger tot. Im Gegensatz zu den Eltern meines Mannes. Die sind dank *Insovital* so lebendig wie nie«, antwortete ihre Mutter fast ein wenig amüsiert. »Finns Mutter erlebt gerade ihren zweiten Frühling mit einem fünfzehn Jahre jüngeren Mann in Barcelona.«

Die Art, wie ihre Mutter das sagte, zeigte Astrid einmal mehr, was sie davon hielt – oder wie neidisch sie darauf war. Die Beziehung von Astrids Eltern glich schon seit Langem einem Leben zweier Menschen in einer kargen Steinwüste, die sich nur hin und wieder an der nahegelegenen Oase beim Essen und Trinken begegneten. Da war es für Ingegerd natürlich unerträglich, dass die fünfundzwanzig Jahre ältere Schwiegermutter ein Leben wie ein frisch verliebter Teenie führte.

Lena ließ sich nichts anmerken, aber Astrid sah sofort, wie sie ihren Kopf nach unten hielt, um zu verstecken, dass sie sich heimlich amüsierte.

»Und dein Schwiegervater?«, fragte Lena Ingegerd ein wenig später interessiert und wieder vollkommen ernst. »Gab es bei dem auch einen zweiten Frühling?«

Ihre Mutter blickte zu Astrid. Sie mussten beide lachen. »Eher nicht«, sagte Ingegerd. »Der spielt die beleidigte Leberwurst. Abgesehen davon, dass seine Liebe schon seit vielen Jahren nur noch seiner Angel und dem Meer gilt.«

»Aber ganz allein ist er auch nicht gerne«, ergänzte Astrid. »Ich bin bei ihm eingezogen, seit Großmutter in Spanien ist. Das findet meine Mutter übrigens ganz großartig.«

»Von wegen!«, korrigierte Ingegerd sofort. Die Provokation war, wie vorauszusehen, auf fruchtbaren Boden gefallen. »Ich habe Astrid rausgeschmissen, damit sie sich endlich einen vernünftigen Job sucht. Und dann macht sie es sich direkt im nächsten fremden Nest bequem. Du solltest dich schämen.«

Astrid rollte mit den Augen. »Ja, Mama.«

»Aber es ist doch wahr. Du bist jetzt zweiundzwanzig.«

»Du hast auch nie was gelernt«, wehrte sich Astrid.

»Aber ich hatte auch genug mit euch zu tun. Vier Kinder, davon drei Söhne. Da wird es einem nie langweilig.« Erst als sie es ausgesprochen hatte, schien ihr bewusst zu werden, wie taktlos ihr Kommentar in Anbetracht von Astrids Makel war. »Entschuldige.«

»Alles gut, Mama.« Astrid strich ihrer Mutter über den Kopf. Sie beobachtete, wie Lena ein weiteres kleines Röhrchen mit Blut abfüllte und dann die Kanüle aus Ingegerds Arm entfernte. »Ich werde meinen Platz in dieser Welt noch finden. Und keine Sorge. Sich fortzupflanzen scheint für mich, im Gegensatz zu dir, ja ohnehin nicht möglich zu sein.« Sie sah zum Fenster, atmete tief durch. Sie wollte keine Kinder, da war sie sich sicher. Um Kinder zu bekommen, sollte man sein Leben im Griff haben. Das war zumindest ihre Ansicht. Man sollte ein Vorbild sein und nicht diese Schwere in sich spüren, diese ständige latente Traurigkeit, und vielleicht auch eine Vorstellung von der eigenen Zukunft haben.

Nachdem Lena auch ihr Blut abgenommen hatte, drängte Loke zu einem schnellen Abschied. Er wollte noch möglichst viele Proben abnehmen. Obwohl das Astrid verstand, war sie ein wenig enttäuscht. Sie hätte sich gerne noch länger mit Lena unterhalten, sie ein wenig über ihr Leben ausgefragt, von ihr erfahren, was sie an ihrer Arbeit am meisten interessierte, oder was sie über Familie und Kinder dachte. Hatte sie selbst welche? Irgendwie kam es Astrid nicht so vor.

»Braucht ihr Hilfe? Soll ich vielleicht mitkommen?«, fragte sie.

Loke sah sie irritiert an, als hätte ihm die Frage ein kleines Kind gestellt, das bei ihrer Arbeit nichts verloren hatte. »Passt schon«, lehnte er ab.

Sie war enttäuscht, brachte die beiden aber noch zu Lokes Wagen. Dort gab sie sich einen Ruck. Sie tippte Lena kurz an die Schulter. »Was machst du heute Abend?«

Lena sah sie überrascht an. »Ich denke, früh ins Bett gehen«, sagte sie und warf dann Loke einen vielsagenden Blick zu, den Astrid nicht zu deuten wusste. »Ich möchte meinen Flug nicht verpassen und muss sehr früh raus«, setzte sie noch erklärend hinzu.

»Wenn du möchtest …« Astrid war sich unsicher, ob sie das wirklich fragen sollte.

»Was denn?«, fragte Lena mit einem freundlichen Lächeln. Wie nett sie war.

»Na ja. Also … ich könnte dich morgen früh gerne zum Flughafen bringen. Wenn du magst. Und dann könntest du auch, natürlich nur wenn du Lust hast, statt in dem schäbigen Inselhotel bei meinem Großvater und mir schlafen. Ich würde mich sehr freuen. Mein Großvater sicherlich auch. Wir könnten zusammen essen, mein Großvater kocht ganz ausgezeichnet.«

Astrid hatte das Gefühl, dass Lena tatsächlich kurz darüber nachdachte. Doch dann schüttelte sie den Kopf. »Ganz lieb von dir. Aber ich übernachte bei Ebba. Und sie bringt mich auch zum Flughafen. Sie wäre sicherlich enttäuscht und könnte das falsch verstehen, wenn ich ihr jetzt einfach absage.«

»Klar, das verstehe ich.« Astrid hielt Lena ihre Hand entgegen und versuchte, sich ihre Enttäuschung nicht anmerken zu lassen. »Na, dann.«

Lena sah sie lange an, länger, als es in dieser Situation üblich gewesen wäre. Empfand sie etwa ähnlich für Astrid, wie Astrid für sie? Auf jeden Fall war da etwas zwischen ihnen, das konnte Astrid deutlich spüren.

Sie versuchte, Lenas Blick standzuhalten, was ihr jedoch nicht gelang, und sah leicht beschämt zu Boden.

Anstatt in ihre immer noch ausgestreckte Hand einzuschlagen, bewegte sich Lena langsam auf sie zu. Dann umarmte sie sie.

Wie gut sich das anfühlte.

»Pass auf dich auf«, sagte Lena.

Astrid drückte ihren Körper noch etwas fester an Lenas. Ein angenehmer Schauer ging durch den Körper.

»Das werde ich«, hauchte sie leise zurück. Sie konnte kaum mehr sprechen. Um ruhiger zu werden, atmete sie tief durch. Wieder der Geruch, der ihr schon auf der Fahrt aufgefallen war, ein Duft nach Frische, Hautcreme und … nach Lena.

27

Als sie ein paar Stunden später wieder in dem Containerlabor stand, fühlte sich Lena so ausgelaugt und leer, als hätte sie den ganzen Tag lang über komplizierten wissenschaftlichen Studien gebrütet. Der Besuch bei all den Frauen hatte zunehmend ihre Stimmung gedrückt, was Lena nicht wirklich verstand, denn im Großen und Ganzen hatte man sie sehr freundlich empfangen. Wirklich skeptisch war nur eine Familie gewesen. Andere hingegen hatten sie sogar hofiert und Kaffee und sogar Gebäck und Kuchen aufgetragen.

»Worüber denkst du nach?«, fragte Loke.

Lena überlegte, wie sie beschreiben könnte, was sie beschäftigte. »Ich weiß nicht, wie ich es ausdrücken soll. Aber es hängt so eine seltsame Schwere über all diesen Frauen«, versuchte sie zu erklären. Auch wenn sie sehr unterschiedliche Lebensläufe hatten, hatten sie doch fast alle eine Gemeinsamkeit: Sie strahlten eine durchdringende Schwermut aus.

»Kann man wohl sagen.« Loke zog seine Kappe vom Kopf, um sie sofort umgekehrt wieder aufzusetzen. »Wer kann es ihnen bei ihrem Schicksal verdenken.«

Auf der einen Seite hatte er recht. »Aber viele von ihnen wollen doch bestimmt noch gar keine Kinder«, überlegte sie. »Dass sie das so mitnimmt, hätte ich nicht gedacht und kommt mir seltsam vor.«

»Seltsam?« Loke konnte ihre Ansicht anscheinend nicht teilen. »Wie würdest du dich denn fühlen, wenn man dir deine Zukunft verbaut? Auch wenn sie jetzt noch keine Kinder wollen, ihnen ist etwas genommen worden, wonach sich die meisten Frauen sehr sehnen.«

Wahrscheinlich hatte er recht. Sie musste an Astrid denken. Sie beschäftigte Lena in einem besonderen Maße, was auch daran lag, dass die junge Frau eine bestimmte Aura umgab, die Lena gefiel und die sie spannend fand. Sie hatte etwas Einzigartiges. Dabei wunderte sich Lena schon, warum sie so viel Sympathie für sie empfand. Sie schien Lenas Mutter nicht unähnlich zu sein: der Traumfänger im Auto, ihre Chakra-Kette, die Musik, die sie hörte, ihre oft leicht weggetretene Art. Außerdem würde Lena jede Wette eingehen, dass Astrid auch an Sternzeichen glaubte, vielleicht sogar an Engel. Astrid hatte einiges an sich, was Lena an ihre Mutter erinnerte – und was sie sonst immer sofort auf Abstand gehen ließ. Aber während sie bei ihrer Mutter immer das Gefühl hatte, dass sie ihren esoterischen Spleens nur nachging, weil sie sich wichtig machen wollte und keine Lust dazu hatte, sich mit schwerer zu verstehenden Antworten auseinanderzusetzen, spürte sie bei Astrid eine ehrliche Spiritualität. Sie wirkte authentisch. Und offen und neugierig auch für die Dinge, die von Esoterik weit entfernt waren.

Doch auch Astrid machte auf Lena einen eher schwermütigen Eindruck. Und bei ihr hatte sie ganz deutlich das Gefühl, dass das nicht auf ihrer Unfruchtbarkeit beruhte.

»Ist dir aufgefallen, wie Astrid auf den Spruch ihrer Mutter reagiert hat?«, fragte sie Loke.

»Du meinst mit den vier Kindern?«

Lena nickte.

»Eher weniger.«

»Mir kam es so vor, als hätte Astrid eher ihre Mutter trösten müssen als umgekehrt. Ich glaube, wenn meine Mutter so etwas gesagt hätte, wäre ich ausgerastet. Vor allem wenn es mein ärgster Wunsch wäre, Kinder zu bekommen.«

»Astrid ist eben speziell«, versuchte Loke zu erklären. »Und noch sehr jung. Sie weiß noch gar nicht, was ihr da genommen wurde.«

Das mochte sein. Doch die anderen Frauen waren nicht viel älter. Lena hatte eher den Eindruck, dass es für die Schwermut, die all die Frauen umgab wie ein zäher Nebel, einen anderen Grund gab.

Nachdem Lena die Blutproben vorbereitet hatte und sie nun darauf warten mussten, bis die unterschiedlichen Bestandteile durch die modernen Geräte analysiert waren, beschloss Lena, zu Ebba zu fahren. Loke selbst wollte in seinem Bistro nach dem Rechten sehen und bot Lena an, sie dort abzusetzen.

Obwohl es gerade erst fünf Uhr war, war es draußen bereits wieder dunkel. So konnte Lena schon von Weitem sehen, dass Ebba noch nicht zu Hause war. Es brannte kein einziges Licht, zudem stand ihr Auto nicht vor der Tür.

»Scheint noch nicht da zu sein«, stellte auch Loke verwundert fest. Lena zog ihr Handy aus der Tasche. Es war auf lautlos gestellt. Jetzt erst sah sie, dass Ebba etliche Male versucht hatte, sie zu erreichen. Sie rief zurück.

»Endlich!«, kam es aus der Leitung. »Ich habe mir schon Sorgen gemacht. Wo bist du? Ist alles gut?« Ebba wirkte besorgt, aber vor allem auch ein wenig verärgert.

»Entschuldige, dass ich dir gar nicht mehr Bescheid gegeben habe. Aber ich habe den Tag genutzt, um doch noch Blutproben einzusammeln. Loke hat einige Frauen kontaktiert und wir sind sie alle abgefahren.«

»Wie jetzt? Ohne Entnahmematerial? Ohne Kühlung?«

»Ich berichte dir alles gleich in Ruhe«, sagte Lena. »Wann bist du zu Hause?«

»Gib mir eine Viertelstunde.«

Lena stieg aus Lokes Wagen und wartete, bis er abgefahren war. Dann betrat sie durch die unabgeschlossene Verandatür das Haus. Dort ließ sie sich sofort erschöpft in einen der bequemen Sessel fallen.

Für einen Augenblick schloss sie die Augen. Sie war müde, stand nach einer Weile aber wieder auf und wandelte durch das Zimmer.

Vor dem Fenster, das auf die Veranda führte, stand eine hübsche Kommode, auf der ein kleines Holzkistchen mit Einlegearbeiten platziert war. Daneben stand ein Buddhakopf. Beides war ihr bereits am ersten Abend aufgefallen, vor allem aber die alte Kiste, denn alte Kisten hatten Lena schon immer fasziniert. In ihnen versteckten Menschen gern ihre »Schätze« und lieb gewonnenen Kleinigkeiten.

Lena nahm die Holzbox in die Hand. Sie hatte die Größe einer Zigarrenschachtel. An ihrem Gewicht ließ sich erahnen, dass sich keine schweren Dinge in ihr befanden. Leer war sie allerdings nicht, denn als Lena sie bewegte, spürte sie, wie innen etwas gegen den Kistenrand schlug. Es war eine schöne Holzarbeit, vermutlich von Hand gefertigt. Besonders die Einlegearbeiten waren sehr filigran und beeindruckend.

Seltsam, ging es Lena durch den Kopf. Obwohl sie nicht vorhatte, die Kiste zu öffnen, fiel ihr auf, dass sie keine Scharniere besaß. Auch einen aufgelegten Deckel gab es nicht. Sie drehte die Kiste in ihren Händen hin und her. Es musste einen geheimen Mechanismus geben, mit dem sie sich öffnen ließ.

Nun doch neugierig geworden, begann Lena, auf die in unterschiedlichen Holztönen eingearbeiteten Ornamente zu drücken. Nach einigen Versuchen entdeckte sie auf der Unterseite ein Teil, das locker wirkte und sich verschieben ließ. Kaum hatte sie dieses Teil verschoben, ließ sich ein weiteres bewegen.

Lena vernahm das Geräusch eines sich nähernden Wagens. Sofort spürte sie einen Anflug schlechten Gewissens, schob die Holzteile wieder in ihre ursprüngliche Position und stellte die Kiste an ihren Platz zurück. Durch das Fenster sah sie, wie Ebba vor der Veranda parkte.

Lena verließ das Haus und ging ihr entgegen. »Sorry, noch mal«, entschuldigte sie sich bei Ebba. »Die Dinge haben sich plötzlich überschlagen. Und viel Zeit hatten wir nicht. Da habe ich völlig vergessen, dir Bescheid zu geben.« Ebba holte eine Einkaufstasche von der Rückbank und drückte Lena ein Brot in die Hand.

»Ist schon gut. Ich habe mir nur Sorgen gemacht.« Sie gingen in Richtung Haus. »Und ihr habt jetzt einfach noch Blutproben genommen? Ohne das noch mal mit mir abzusprechen?«

Ebbas Vorwurf irritierte Lena. Sie hatten doch am Ende nichts anderes gemacht, als sie schon zuvor am Telefon miteinander vereinbart hatten. Maß sich Ebba an, in dieser Angelegenheit die letzte Entscheidungsinstanz zu sein?

»Ach, egal«, sagte Ebba. Jetzt sah sie sie wieder freundlicher an. »Erzähl, wie ist es gelaufen?«

Lena nickte und berichtete kurz davon, dass alle involvierten Frauen bereit gewesen waren, auch noch weiter mitzumachen, und sie alle Blutproben hatten einsammeln können.

»Drücken wir die Daumen, dass die Analysen in deinem Institut ein paar Antworten liefern«, sagte Ebba. »Ich kann versuchen, sie direkt morgen nach Deutschland zu schicken.«

Lena überlegte kurz, wie sie Ebba das mit dem Labor am besten erklären konnte, ohne weiteren Unmut bei ihr zu schüren, entschied sich dann aber trotz Lokes Zweifel für den direkten Weg. »Loke hat ein Labor aufgetan, in dem wir das Blut direkt hier vor Ort analysieren können. Wir haben vorhin alles soweit vorbereitet und eine Analyse gestartet.«

»Wie bitte?« Ebba sah sie ungläubig an. »Ein Labor hier auf der Insel? Willst du mich veräppeln?«

»Er hat sich Zugang zu dem alten Rehabitex-Laborcontainer verschafft.«

»Nicht dein Ernst?« Ebba konnte nur entgeistert mit dem Kopf schütteln. Sie stellte die Tasche mit den Einkäufen auf der Küchentheke ab. »Und jetzt?«

»Da die Geräte schon mal da sind, habe ich mich dazu breitschlagen lassen, direkt mit ein paar Analysen zu beginnen.«

»Und mit welchem Ergebnis?«, fragte Ebba nach einer Weile, in der sie das Gehörte offenbar verdaut und sich wieder gefangen hatte.

»Noch gar keinem.«

Ebba schenkte Lena und sich ein Glas Wein ein. Dann setzten sie sich auf die Veranda.

Ebba begann eine Zigarette zu rauchen. »Ich wusste, dass du die richtige für uns bist«, sagte sie, nachdem sie ein paar Züge genommen hatte. Sie sah auf die dunkle Wiese, dann in eines der flackernden Windlichter auf der Veranda, das sie angezündet hatte. »Du bist eine, die nicht locker lässt.«

»Stimmt«, gab ihr Lena recht. Sie begann von ihren Hausbesuchen zu erzählen. Besonders über Astrids Mutter musste Ebba herzlich lachen. »Aber weißt du, was seltsam ist?«, beendete Lena ihren Bericht. »Die Stimmung hier. Diese Schwermut. Ich habe ein Bekannte, die konnte keine Kinder auf natürlichem Weg bekommen. Am Ende hat sie eines adoptiert. Ich erinnere mich, wie belastend das für sie und ihre Beziehung gewesen ist. Doch bei den Frauen hier auf der Insel ist es anders. Entweder macht diese kollektive Unfruchtbarkeit etwas mit den Frauen, was ich in dieser Intensität komplett unterschätzt habe. Oder es muss eine andere Erklärung dafür geben. Maja zum Beispiel …«

»Maja!« Ebba schlug die Hände über ihrem Kopf zusammen. »Mal ganz ehrlich. Dieser wandelnde, blasse Engel – oder Kobold, je nachdem, in welcher Stimmung sie gerade ist –, die hat sie doch nicht alle. Sie ist hübsch, ansonsten aber langweilig und antriebslos. Und manchmal schlicht und ergreifend eine Zicke. Richtig giftig kann sie sein. Was Loke an ihr findet, habe ich bis heute nicht verstanden.«

Obwohl Lena Ebbas Einschätzung durchaus teilte, war sie überrascht über die Heftigkeit ihrer Reaktion. War das Eifersucht in Ebbas Worten?

»Und Astrid? Was hältst du von ihr?«

»Astrid ist eine tolle junge Frau. Vielseitig interessiert. Eine der wenigen jungen Leute auf der Insel, für die ihr Handy nicht den Lebensmittelpunkt darstellt. Aber auch sie wirkt manchmal seltsam«, sagte Ebba.

»Vor allem schwebt auch über ihr eine Wolke der Melancholie«, ergänzte Lena.

Ebba überlegte, dann lachte sie auf. »Wer weiß, vielleicht gibt es auch einfach nur zu viel Inzest hier.«

Es war nicht so, dass dieser Gedanke Lena nicht auch schon gekommen war. »Wird hier viel untereinander geheiratet?«

Ebba wog den Kopf hin und her. »Es war sicherlich schon mal schlimmer. Und es wird von den Inselbewohnern nicht gerade ungern gesehen, wenn ihre Kinder ihren Partner hier finden. Das erhöht die Wahrscheinlichkeit, dass sie bleiben und nicht aufs Festland in die größeren Städte abwandern.« Sie zog eine weitere Zigarette aus der Verpackung und steckte sie sich in den Mund. »Für das, was du beobachtet hast, habe ich eher eine andere Erklärung.« Sie zündete sich die Zigarette an. »Der Winter steht vor der Tür. Da werden hier alle ein wenig seltsam. Vor allem aber melancholisch und leicht depressiv. Mich eingeschlossen.«

Vielleicht hatte Ebba recht. Vielleicht hing die Schwermut mit der heranbrechenden dunklen Jahreszeit zusammen.

Und trotzdem war da noch etwas anderes, ein diffuses Gefühl, das Lena von Anfang an gehabt hatte. Die Insel selbst. Astrid, Loke, Maja. Viele der jungen Frauen. Dieser ominöse Baulöwe. Sie wurde das Gefühl nicht los, dass jeder Einzelne etwas vor ihr zu verbergen versuchte – selbst Ebba. Lena erinnerte dieses Gefühl an ein Erlebnis aus ihrer Kindheit. Ihre Mutter war damals mit ihr zu einer Kartenlegerin gegangen. Das vollgestopfte Wohnzimmer der Wahrsagerin hatte eine seltsame Aura gehabt. Es war, als wollte die darin wohnende Besitzerin mit allem, was sie tat und sagte, davon ablenken, dass sie mit nichts anderem handelte als mit einer großen Lüge.

28

Da Ebba unbedingt dabei sein wollte, wenn die ersten Ergebnisse der Analyse fertig sein würden, fuhren sie gemeinsam zum Labor zurück. Loke wartete bereits vor dem Container. Kaum war Ebba ausgestiegen, baute er sich vor ihr auf.

»Nur dass eins klar ist: Das hier ist meine Sache! Wenn du damit nicht zurechtkommst, dann geh. Keine dummen Sprüche! Ich halte es für richtig und moralisch vertretbar. Verstanden?«

»Moralisch vertretbar?«, fragte Ebba ruhig, aber bestimmt. »Wenn das hier rauskommt, wird es nicht nur für dich Folgen haben. Das weißt du.«

»Es wird nicht herauskommen. Die tauchen hier eh nie wieder auf.«

»Pah!« Ebba rollte mit den Augen. »Du meinst, immer alles unter Kontrolle zu haben. Sie werden die Vertragsstrafen einklagen, aber vor allem werden sie die Insel nicht mehr kostenlos mit *Insovital* versorgen. Und was ist dann? Das bedeutet für manch einen der Älteren den sicheren Tod. Und nur weil deine Eltern nicht auf der Insel wohnen, heißt das nicht, dass du hier machen kannst, was du willst. Mit den Leuten von Rehabitex ist nicht zu scherzen. Die haben eine Menge zu verlieren.«

»Es. Wird. Nicht. Herauskommen!« Loke betonte jedes einzelne Wort. »Außerdem steht in keinem Vertrag was über das Labor hier.«

Ebba rollte mit den Augen. Dann zeigte sie auf den Container. »Es ist eh zu spät. Also lasst uns reingehen.«

Während sich Ebba im Container interessiert umsah, begann Lena sofort damit, die Ergebnisse auszuwerten. Loke sah ihr dabei neugierig über die Schulter.

»Und?«

Lena bedeutete ihm, seine Ungeduld zu zügeln, und nahm die notwendigen Schritte vor, um über den an die Analysegeräte angeschlossenen Computer ein paar Abfragen durchführen zu können. Der Computer kannte sämtliche Grenzwerte und konnte die Bestandteile der Blutproben nach Auffälligkeiten durchsuchen. Sie hatte hier zwar nicht die gleichen Möglichkeiten wie im Institut in Deutschland, doch für die ersten Untersuchungen reichte es aus.

Zunächst ließ sie sich die Werte der jungen Frauen ausdrucken.

»Ist da nicht was?«, stellte Loke sofort fest. Er drängte sich noch näher an Lena heran und zeigte mit seinem dicken Zeigefinger auf einen roten Punkt hinter einer Zahlenreihe, den das Programm in der Tat an Stellen setzte, an denen es Abweichungen vom Normalwert gab.

Ebba kam sofort zu ihnen herüber und versuchte ebenfalls einen Blick auf die Blätter zu erhaschen, die der Drucker ausgespuckt hatte.

»Immer mit der Ruhe.« Lena nahm die weiteren Bogen aus dem Drucker. Sie ging ein paar Schritte zur Seite, weil ihr die Neugierde von Loke auf die Nerven ging. Doch der ließ sich nicht abschütteln und folgte ihr. Dann zeigte er nochmals auf den roten Punkt und die daneben ausgewiesene Zahl.

»88 Prozent der Blutproben bei den Frauen unter dreißig sind betroffen. Das bedeutet in unserem Fall: alle außer einer.«

Er wandte sich an Ebba. »Da ist was! Ich habe es immer gewusst!« Er wischte sich ein paar Haare aus dem Gesicht. »Rehabitex und die Zulassungsbehörden haben uns nach Strich und Faden verarscht.«

»Moment«, dämpfte Lena Lokes voreilige Freude. Tatsächlich gab es hier eine Auffälligkeit. Doch die allein bedeutete noch gar nichts. Sie ließ den Computer die gleichen Werte für die Frauen zwischen dreißig und sechzig Jahren ausdrucken. Dann die wenigen Werte der Frauen über sechzig Jahre, die sie hatte.

»Jetzt sag schon!« Loke schien vor innerer Spannung fast zu explodieren.

»Das ist in der Tat seltsam.« Lena gab Ebba die Bogen. »Die CGB-Werte der Frauen unter dreißig sind auffällig niedrig, während sie bei allen anderen Frauen im Normalbereich liegen.«

»CGB. Was ist das?«

»*Corticosteroid binding globulin*, auch bekannt unter dem Namen Transcortin. Es ist ein Protein«, begann Lena zu erklären. »Dieses Protein ist für den Transport bestimmter Substanzen verantwortlich. Und für die Bindung, wie der Name schon verrät. So kann es Prozesse innerhalb des Körpers fördern oder unterbinden.«

»Und sein Fehlen kann unfruchtbar machen?«, stellte Loke aufgeregt fest.

»Nein«, widersprach ihm Lena. »Deshalb wurde diesem Wert bestimmt auch keine größere Aufmerksamkeit geschenkt, wenn er denn überhaupt analysiert wurde.«

Loke riss sich seine Kappe vom Kopf und schmiss sie auf den Boden. »Sieben von den acht Blutproben der Frauen unter dreißig, die wir genommen haben, weisen diesen Makel auf. Alle sind unfruchtbar. Jetzt erzähl mir doch bitte keinen Scheiß!«

»Ich erzähle dir gar nichts, ich werte nur die Ergebnisse aus.« Dass Loke sich überhaupt nicht unter Kontrolle hatte, ging Lena mächtig auf die Nerven. Wäre es ihr Labor gewesen, hätte sie ihn spätestens jetzt rausgeworfen. »Das fehlende Transcortin hat ganz sicher nichts mit den Unfruchtbarkeiten zu tun.«

»Dachte man vielleicht bislang«, korrigierte Loke. »Aber wir werden nachweisen, dass das nicht stimmt.«

»Loke!« Ebba war für ihre Verhältnisse ungewöhnlich laut geworden. »Jetzt nimm dich zusammen! Wenn Lena sagt, es hat damit nichts zu tun, dann hat es nichts damit zu tun!«

Lena ging gar nicht weiter auf Lokes Kommentar ein. Mit ihren Gedanken war sie nämlich schon ganz woanders.

29

Sie hatten an dem großen Tisch im Besprechungsraum im Eingangsbereich des Labors Platz genommen. Dennis warf mit einem Beamer die Auswertung der letzten Analyse an die Wand. Für die neuste Versuchsreihe hatten sie Mäuse über einen langen Zeitraum hinweg einem großen Lärmpegel ausgesetzt, sie gejagt, ihnen den Schlaf entzogen und noch vieles mehr. Der Sinn der Versuche bestand darin, die Mäuse so großem Stress auszusetzen, dass man sie damit traumatisierte. Über diesen Weg wollte Lena mehr über die epigenetische Übertragbarkeit von Traumata auf die Folgegenerationen lernen sowie über die damit verbundenen Verhaltensveränderungen. Dabei ging es ihr darum, nicht nur die ganz offensichtlichen Verhaltensveränderungen von Traumata zu analysieren, sondern gerade auch die, die nicht sofort ins Auge stachen. Das war ihre Stärke, genaues Hinsehen, auch an den Stellen, die man gerne übersah, weil das Ergebnis nicht in die Geschichte passte, die man erzählen wollte. Die bisherigen Forschungen hatten sich viel zu sehr auf die negativen Folgen von Traumata konzentriert, nicht zuletzt, weil sich mit den Medikamenten, mit denen man diesen Folgen begegnen konnte, eine Menge Geld verdienen ließ. In der Regel hatten Reaktionen des Körpers auf Umweltveränderungen jedoch einen Sinn. Der Körper war schließlich nicht daran interessiert, ungünstige Veränderungen zu unterstützen, im Gegenteil, er wollte sich auf sie einstellen.

Lena lauschte Dennis bei seinen Ausführungen. In einer linken Spalte hatte er die Ergebnisse der Kontrollgruppe zusammengefasst, einer Gruppe von »normalen« Mäusen ohne jegliche Traumata, und in der Mitte die Blutwerte der Mäuse, die sie über Wochen erheblichem Stress ausgesetzt hatten. In einer rechten Spalte waren die Ergebnisse der Nachfahren der zweiten Gruppe festgehalten.

»Und, was sagst du?«, fragte Dennis gespannt.

»Wirklich beeindruckend.« Obwohl die Nachfahren der zweiten Gruppe keinerlei Stress mehr ausgesetzt worden waren und man sie von ihren Eltern getrennt gehalten hatte, glichen die Blutwerte fast komplett denen ihrer Eltern. Insbesondere Werte wie die des Transcortins, die durch das »Quälen« der Eltern in Unordnung geraten waren, stimmten überein. Genetisch war dies nicht zu erklären. Dafür epigenetisch. Einmal mehr war der Beweis für die Übertragbarkeit von epigenetischen Faktoren gelungen.

»Die Traumatisierung ist vererbt worden«, verkündete Dennis zum Abschluss seiner Ausführungen.

»Und das Verhalten?« Ihr Interesse galt der Verhaltensforschung. Das eine waren Blutwerte. Das Entscheidendere für sie war aber, was für ein Verhalten das hervorrief. Allein die Veränderung der Biochemie reichte ihr daher nicht. Lena wollte wissen, ob diese Veränderung auch zu denselben Verhaltensweisen führte.

»Sie reagieren wie ihre Eltern. Genau so, wie wir es vermutet haben.«

»Das heißt, wie?«

»Depressiver, würde ich sagen.«

»Wirklich?« Lena interessierte, wie Dennis das so schnell hatte feststellen können. Man konnte mit Mäusen schließlich nicht über ihre Ängste und Gefühle reden. Es bedurfte schon einer sehr genauen Beobachtung. »Und wie?«

Auf Dennis' Gesicht machte sich ein fettes Grinsen breit. Lena kannte dieses Grinsen. Es ließ darauf schließen, dass er etwas Geniales herausgefunden hatte. Nur leider hatte dieses Grinsen nicht selten auch mit der Art zu tun, wie er es herausgefunden hatte. Es war dasselbe Grinsen, das sein Gesicht überzogen hatte, als er ihr nach seiner Einstellung über die fragwürdigen Tierversuche an Hamstern in seiner Kindheit erzählt hatte.

»Komm mal mit«, forderte er sie auf.

Lena stand auf, wenn auch eher widerwillig. Sie ahnte, dass ihr nicht gefallen würde, was sie gleich zu sehen bekam. Und doch war sie gespannt, was sich Dennis hatte einfallen lassen.

»Ich habe eine neue Methode entwickelt.«

Dennis ging mit ihr zusammen ins Labor. Dort fing er mit einem Kescher zwei Mäuse aus einem Becken. Eine hatte einen roten Punkt auf dem Nacken. Sie war eine Nachfahrin der traumatisierten Tiere. Die andere Maus stammte aus der Kontrollgruppe. Dennis steckte sie beide in eine kleine Plastikkiste. Die Kiste trug er in eine Ecke des Labors, in der eine größere Wanne stand, die er bis zur Hälfte mit Wasser gefüllt hatte. Ohne Lena darauf vorzubereiten, warf er beide Mäuse ins Wasser.

»Was tust du da?« Lena hatte sofort das dringende Bedürfnis, die wild um ihr Leben kämpfenden Mäuse aus dem Becken zu befreien. Ihre Todesangst war ihnen anzusehen. Obwohl sie jetzt schon seit zwei Jahren für das Institut arbeitete, fielen ihr viele Versuche immer noch schwer. Wenn sie vor ihrer Arbeit für das Institut Tiere beobachtet hatte, dann mit minimalen Eingriffen. Die Wolfsfamilie, über die sie zwei Jahre geforscht hatte, hatte ein ganz normales Leben in Freiheit geführt, abgesehen von ein paar Kameras, Mikrofonen und Lena selbst, die sie aus weiter Entfernung mit dem Fernglas im Blick behielt. Bei den Ameisen war das schon anderes gewesen. Hier hatte sie mit künstlichen Pheromonen und provozierten Angriffen auf die Nester gearbeitet. Und zugegeben, die ein oder andere Ameise hatte sie auch in ihre Einzelteile zerlegt. Doch Insekten waren irgendwie etwas anderes. Die Mäuse im Labor hatten ihr hingegen von Anfang an leidgetan.

»Warte und schau!«, forderte Dennis sie auf.

Lena sah in die Wanne hinab. Sie hatte keine Ahnung, worauf er hinauswollte. Beide Mäuse ruderten wild mit ihren kleinen Pfoten, bis sie den Rand der Wanne erreicht hatten. Dort versuchten sie aus dem Becken zu gelangen, vergeblich, denn an dem glatten, steilen Beckenrand rutschten sie immer wieder ab.

»Lass uns das aufhören. Ich sehe nichts«, sagte Lena.

»Einen Moment noch. Gleich passiert es.«

Sie warteten noch kurz, und tatsächlich war nun eine Veränderung zu beobachten. Während die unmarkierte Maus weiterhin krampfhaft versuchte, am Rand der glatten Wanne emporzuklettern, hatte die Maus mit der roten Markierung ihre Versuche eingestellt. So als hätte sie sich mit ihrem Schicksal abgefunden.

»Faszinierend, nicht wahr«, kommentierte Dennis. »Die traumatisierte Maus gibt auf.«

»Wirklich interessant«, gab ihm Lena recht. »Und das tun alle traumatisierten Mäuse?«

»Alle. Ausnahmslos. Sie resignieren. Kein Kampfgeist mehr.«

»Nicht schlecht«, lobte Lena.

Nachdem der Beweis erbracht war, dass auch die Nachfahren depressives Verhalten an den Tag legten, konnte sie das Schauspiel allerdings nicht länger ertragen. Sie griff nach dem Kescher in Dennis Hand. Dann fing sie zunächst die markierte, dann die unmarkierte Maus ein und setzte sie beide zurück in das große Becken.

30

Lena drehte sich zu Loke und Ebba um. Sie war überrascht, dass sich nun auch Maja im Container befand. Sie stand leicht versetzt hinter Loke und hielt seine Hand. Lena musste so in ihren Erinnerungen versunken gewesen sein, dass sie ihr Kommen gar nicht bemerkt hatte.

»Das fehlende Transcortin erklärt nicht die Unfruchtbarkeit … Aber es könnte für etwas anderes eine Erklärung bieten.«

»Und zwar?« Die Frage kam von Ebba und Loke wie aus einem Munde.

»Die Stimmungslage von Maja, zum Beispiel«, erklärte Lena und sah zu Maja. Die schaute sich allerdings nur die Laborgeräte an, als hätte sie gar nicht zugehört.

Dafür reagierte Loke. »Welche Stimmungslage?«, blaffte er Lena an, als hätte sie seine Frau beleidigt.

»Ihren Gemütszustand. Überhaupt den Gemütszustand der meisten jungen Frauen, von denen wir Blut abgenommen haben. Diese Schwermut. Wir sprachen darüber.«

»Und ein möglicher Grund, warum sich Fricke Pålsson das Leben genommen hat«, sagte Maja. Sie wirkte nicht betroffen oder berührt, sondern fast, als wäre es das Natürlichste auf der Welt, sich selbst das Leben zu nehmen.

»Wie, das Leben genommen? War sie eine von euch?« Niemand hatte Lena bisher erzählt, dass sich eine der Frauen auf der Insel das Leben genommen hatte. Sie sah zu Ebba. Die wich ihrem Blick aus. Warum hatte sie ihr davon nichts gesagt?

Dafür übernahm Loke das Wort. »Ja, ein tragischer Fall«, stimmte er seiner Frau zu. »Dazu kann der Frust über die Unfruchtbarkeit am Ende auch führen.«

»Wenn es wirklich Selbstmord war«, merkte Maja etwas leiser an. »Sie hat es sich mit ihren Social-Media-Beiträgen ziemlich mit den Inseloberen verscherzt, von Rehabitex ganz zu schweigen.«

»Wie meinst du das?«, fragte Lena. »Was hat sie denn gemacht?«

»Anderes Thema.« Loke wischte Lenas Frage mit einer Handbewegung weg und zeigte auf die Ausdrucke in Ebbas Hand. »Viel wichtiger: Der Frust, der sich bei den Frauen über ihre Unfruchtbarkeit anstaut, lässt sich jetzt sogar im Blut feststellen, oder was?«, fragte er an Lena gewandt.

»Es könnte der Frust über die Unfruchtbarkeit sein, wie du es sagst. Langanhaltende Traumatisierungen und sonstiger Stress können unsere Biologie durcheinanderbringen«, gab ihm Lena recht. Wenn sie sich mit einem Thema auskannte, dann diesem. »Doch das halte ich für unwahrscheinlich, vor allem in dieser Häufigkeit. Es könnte auch ganz anders sein. Vielleicht sind Maja und die anderen jungen Frauen bereits mit einer veränderten Biologie auf die Welt gekommen. Diese Veränderungen könnten in diesem Fall durch Substanzen ausgelöst worden sein, die ihre Vorfahren zu sich genommen haben oder verabreicht wurden.«

»Wie zum Beispiel *Insovital*«, brachte es Ebba auf den Punkt, die interessiert die Ergebnisse durchblätterte.

»Ganz genau.«

»Wie jetzt?« Loke sah zwischen Ebba und Lena hin und her. Er schien noch nicht wirklich verstanden zu haben. »Wir haben also immer noch keine Erklärung für die Unfruchtbarkeit? Aber …« Lokes Kiefer bewegte sich hin und her. »… *Insovital* macht depressiv?« Kaum hatte er es ausgesprochen, begannen seine Augen zu leuchten. Er schlug sich zufrieden mit der Faust in die hohle Hand. »Endlich!« rief er. Dann beugte er sich zu Maja hinab. »Schatz. Es ist soweit!« Er griff sie mit beiden Händen an den Schultern und schüttelte sie. »Jetzt können wir mit den hohen Herren von Rehabitex endlich abrechnen. Ihr Heilsmittel macht depressiv! Somit sind sie auch an Frickes Tod indirekt mitschuldig.«

Dass sich Loke in Anwesenheit seiner Frau derart über diese Diagnose begeistern konnte, fand Lena eher befremdlich, zumal sie immer noch keine Erklärung für Majas Unfruchtbarkeit gefunden hatte. Darum war es ihm doch eigentlich gegangen, oder nicht? Ging es ihm inzwischen wirklich nur noch um Rache?

»Ein finaler Beweis ist das noch nicht. Wir sollten vor allem auch noch das Blut anderer betroffener Frauen analysieren. Aber es ist nicht unwahrscheinlich, dass wir einer noch unbekannten Nebenwirkung auf der Spur sind.« Lena wandte sich an Maja. »Hattest du eigentlich schon vor dem Bekanntwerden deiner Unfruchtbarkeit mit überproportional vielen Stimmungstiefs zu kämpfen?«

Maja starrte sie mit großen Augen an. Dann drehte sie sich zu Loke, als bräuchte sie eine Genehmigung, um auf Lenas Frage zu antworten. »Ich weiß nicht«, flüsterte sie.

Loke legte ihr den Arm um, als müsse er sie beschützen. »Wäre das denn eine Voraussetzung für deine These?«

»Es würde sie zumindest stark stützen. Wie du schon selbst sagtest, könnte auch eine spätere Traumatisierung für die Werte verantwortlich sein. Es gab erst vor Kurzem einen Gerichtsprozess, der für den Kläger wahrscheinlich genau aufgrund dieses Arguments negativ ausgehen wird.« Lena musste an die junge Frau denken, die sich das Leben genommen hat. »Wie alt war diese Fricke, als sie sich das Leben nahm?«

»Achtzehn«, sagte Loke.

Also wirklich noch sehr jung. Sie konnte sich einfach nicht vorstellen, dass der Frust über die Unfruchtbarkeit in diesem Alter schon solche Folgen haben konnte.

»Moment!« Ebba hatte immer noch die Auswertungen in der Hand. »Machen wir da nicht gerade einen Logikfehler?« Sie ging auf Lena zu und zeigte auf die Werte der Frauen über dreißig. »Die Transcortinwerte der Mütter sind vollkommen in Ordnung.«

»Na und!«, fuhr Loke Ebba an. »Kapierst du es nicht? Es ist auf die nächste Generation übertragen worden.«

Im Gegensatz zu Loke verstand Lena sofort, worauf Ebba anspielte. »Ebba hat recht. Epigenetische Übertragungen kommen nur dann in Betracht, wenn es sich um Veränderungen handelt, die bereits in der Generation zuvor vorhanden sind.«

»Und hier gab es noch keine Schäden«, ergänzte Ebba.

Loke starrte Lena an. »Wie? Haben wir jetzt etwas gefunden oder nicht? Die Werte sind doch eindeutig nicht in Ordnung!«

Lena war ein wenig durcheinander. Sie musste immer wieder an die tote Frau denken. Warum hatte ihr keiner davon erzählt?

Sie versuchte sich erneut zu fokussieren. »Wir haben etwas gefunden. Allerdings ist der Ursprung weiterhin unklar«, erklärte sie Loke frustriert. Wenn eine epigenetische Übertragung ausgeschlossen war, dann bekam Lokes These, dass die veränderten Werte erst aufgrund des Frusts über die Unfruchtbarkeit hervorgerufen wurden, wieder eine größere Bedeutung. Doch Lena konnte sich einfach nicht vorstellen, dass die niedrigen Transcortinwerte in so vielen Fällen aus diesem Grund ausgelöst worden waren. Es reagierten ja selten alle gleich. Es würde bedeuten, dass sämtliche junge Frauen so frustriert über ihr Testergebnis waren, dass sie eine Depression entwickelt hatten. Das war höchst unwahrscheinlich. Es musste eine andere Erklärung geben. »Ich muss mir das noch mal in Ruhe ansehen.«

Doch dazu kam Lena nicht mehr, denn plötzlich war ein Hupkonzert zu hören, das sie alle aufschrecken ließ. Es folgten laute Rufe. Loke hechtete aus dem Container. Lena, Maja und Ebba folgten ihm zögerlich.

31

In dem blendend grellen Licht konnte Lena kaum etwas erkennen. Mindestens zehn Autoscheinwerfer waren auf sie gerichtet. Erst nachdem sich ihre Augen an das helle Licht gewöhnt hatten, kamen Konturen von Menschen zum Vorschein, die vor und zwischen den Autos standen. Sie riefen im Chor immer wieder dieselben Worte: »*Leave the island!*« Verlasse die Insel!

»Wer ist das?«, fragte Lena Ebba. Der Auftritt machte ihr Angst. Woher wussten diese Menschen, dass sie in dem Container waren? Jemand musste sie beobachtet haben.

»Leute von der Insel, die wollen, dass Loke mit seinen Untersuchungen aufhört … und dass du verschwindest«, sagte Ebba.

Loke ging zu seinem Pick-up und schaltete die Scheinwerfer ein. Jetzt konnte man etwas besser erkennen, was hier vor sich ging. Bestimmt fünfzehn Personen waren zu sehen und mindestens acht Autos.

Nachdem Loke ein paar Meter auf die Menschen zugegangen war, löste sich ein Mann aus der Menge. Im Licht der Scheinwerfer erkannte Lena ihn sofort wieder: Es war Lars Åberg, der »Baulöwe«, wie ihn Loke genannt hatte. Ihr fiel auf, dass er ungefähr dieselbe Größe wie Loke hatte. Er baute sich vor ihm auf und begann auf ihn einzuschimpfen. Dabei zeigte er immer wieder auf Lena.

Loke verhielt sich zu Lenas Überraschung untypisch ruhig. Er stand einfach nur da wie eine große Statue, die sich nicht viel aus dem Geschimpfe von Åberg zu machen schien. Als der endlich fertig war, kehrte Loke ihm einfach den Rücken zu. Dann ging er zu seinem Wagen. Er öffnete die Beifahrertür und holte etwas von der Rückbank. Kurz darauf stand er wieder vor Åberg, jetzt mit einem Baseballschläger in der Hand.

Åberg trat einige Schritte zurück.

»*Dra åt helvete!*«, schrie Loke. Dann holte er mit dem Schläger aus, ging auf einen der Wagen zu und schlug gegen den Stoßdämpfer. »*Nu!*«

Seine Aktion zeigte Wirkung. Sofort begann sich die Ansammlung hektisch aufzulösen. Dem lauten Aufheulen von Motoren folgten ein paar durchdrehende Räder, so dass der aufspritzende Kies gegen die Schutzbleche schepperte. Nach kurzer Zeit waren die Autos verschwunden, und es kehrte eine gespenstische Ruhe ein.

Jetzt erst ließ Loke den weiterhin schlagbereiten Schläger von seiner Schulter gleiten. Seinem Gesichtsausdruck nach zu urteilen, war er mit dem Ergebnis höchst zufrieden.

»Nicht schön«, murmelte Ebba.

Da konnte ihr Lena nur zustimmen. Wer hatte sie beobachtet? Wahrscheinlich Åberg. Und der hatte dann so schnell eine ganze Gruppe Inselbewohner mobilisieren können? Sie musste an die tote Frau denken. Selbstmord hatten sie alle gesagt. Außer Maja.

»Ich glaube, es wäre das Beste, wenn ich die Insel so schnell wie möglich verlasse«, schlug Lena vor. Die unberechenbare Dynamik machte sie nervös.

»Warum?«, fragte Loke, als wäre ihre Frage vollkommen aus der Luft gegriffen.

»Wozu sind Menschen, die einen solchen Auflauf organisieren, wohl noch in der Lage? Dieser Åberg macht mir Angst.

Er hat Astrid und mich schon bei meiner Ankunft auf der Insel verfolgt. Und jetzt das hier.«

»Niemand wird dir etwas antun. Alles Angsthasen.« Loke lachte. »Hast du doch gesehen.«

Lena hoffte, dass er recht hatte. Wirklich glauben konnte sie es nicht. Diesem Årberg war in dieser Hinsicht wohl einiges zuzutrauen.

Auch Ebba schien Lenas Bedenken ernst zu nehmen. »Ich wäre mir da leider auch nicht so sicher. Du weißt, von wem ich spreche.«

Loke lachte nur. »So ein Quatsch! Hunde, die bellen, beißen nicht. Der gute alte Åberg hat ein wenig Show gemacht. Jetzt geht er nach Hause, trinkt ein Bier und klopft sich selbst auf die Schultern. Wenn er morgen früh aufsteht und sich was Neues überlegt, um Lena zu vertreiben, sitzt sie schon im Flieger.«

»Und das ist gut so«, gab ihm Ebba recht.

Auch Lena war froh, dass sie morgen endlich die Insel verlassen würde. Keine zwölf Stunden mehr und sie saß im Flugzeug.

32

Aus der Küche kam ihm ein köstlicher Duft entgegen. Wie immer hatte Wilma als krönenden Wochenabschluss einen Braten in den Ofen geschoben. Granqvist liebte Fleisch. Er liebte Kartoffeln. Und er liebte fettige Soßen.

Dass er das alles mit seinen fünfundachtzig Jahren immer noch so gut vertrug, hatte er vor allem einem Mittel zu verdanken, das – man konnte es nicht anders sagen – sein Leben verändert hatte: *Insovital.* Schon mit Mitte fünfzig hatte ihm sein Arzt geraten, wegen der erhöhten Cholesterinwerte auf fettiges Essen zu verzichten. Er hatte es versucht, eingehalten allerdings nur selten. Plötzlich nur noch Gemüse und Salat, Brot ohne die von ihm geliebte gesalzene Butter. Das war doch kein Leben!

Der Deal mit dem deutschen Pharma-Start-up-Unternehmen war nicht wegen seiner schlechten Cholesterin- und Blutzuckerwerte zustande gekommen, das wurde er nicht müde zu betonen. Denn welche Effekte *Insovital* genau haben würde, war damals noch gar nicht abzusehen. Dennoch war Granqvist überglücklich gewesen, dass er einer der ersten Menschen der Welt sein durfte, die von den Vorzügen dieses Wundermittels profitierten.

Auch ihn hatte natürlich ab und an die Angst beschlichen, dass das Mittel irgendwelche Nebenwirkungen haben könnte, die man noch nicht gefunden hatte. Doch bislang hatte er persönlich nur von den Vorzügen profitiert.

Das Telefon klingelte. Am Freitagabend um diese Uhrzeit? Das Leben als Bürgermeister hatte nicht nur Vorteile.

Granqvist sah auf das Display. Dann nahm er den Anruf an. »Ole Granqvist.«

Carsten Schmidt-Lüder hielt sich nicht lange mit Freundlichkeitsfloskeln auf, sondern kam sofort auf den Punkt.

»Ja, habe ich von gehört«, bestätigte Granqvist Schmidt-Lüders Informationen. Åberg, dieser Idiot. Warum um alles in der Welt hatte er schlafende Wölfe wecken müssen? Warum mischte er sich überhaupt ein? Wenn jemand meinte, Rehabitex informieren zu müssen, dann war er es. Außerdem gab es überhaupt keinen Grund. »Carsten, mach dir keine Sorgen. Am Ende wird sie eure Ergebnisse und die der Zulassungsbehörden nur bestätigen können.«

Schmidt-Lüder ließ nicht locker. Er betete immer wieder die gleiche Leier herunter. Dabei konnte er sich seine Worte sparen. Granqvist kannte die Verträge genau. Er hatte sie schließlich selbst mit ausgehandelt. Und er würde sich auch an die Verträge halten. Schließlich musste er dafür Sorge tragen, dass seine Schäfchen weiterhin unkompliziert und vor allem umsonst mit dem Wundermittel versorgt würden. Und er selbst natürlich auch.

»Carsten, du musst mir nicht drohen, ich kenne die Verträge. Und noch mal: Deine Sorgen sind komplett unbegründet. Diese Biologin, die die Chaoten organisiert haben, allen voran natürlich Loke Henriksson, hat nach meinen Informationen sogar noch mal bestätigt, dass *Insovital* nicht an den Unfruchtbarkeiten schuld sein kann.«

Schmidt-Lüder war immer noch nicht beruhigt.

»Ich verstehe deine Sorge. Aber der Börsengang nächste Woche wird ein Heimspiel. Was soll denn jetzt noch passieren? Und selbst wenn diese Biologin etwas findet – wovon wir aber doch alle nicht ausgehen, denn dann hätte im Vorfeld jemand ordentlich geschlampt«, – diese Spitze konnte sich Granqvist nicht verkneifen –, »dann doch erst lange nach dem Börsengang. Sie müsste ihre Leute herschicken, Proben nehmen lassen, diese nach Deutschland transportieren und sie dann erst noch analysieren. Da vergehen Wochen.«

Schmidt-Lüder schien ein wenig beruhigter und Granqvist konnte endlich auflegen.

»Mit wem hast du gesprochen?« Wilma betrat das Wohnzimmer.

»Ach, nur mit Carsten von Rehabitex, du weißt schon.«

»Und was wollte der?«

»Nichts weiter. Mal so hören.«

Seine Frau schnitt die Grimasse, die sie immer schnitt, wenn sie ihm nicht glaubte: Sie zog ihre Augenbrauen nach oben, legte den Kopf schief und öffnete leicht den Mund. »Ach, wirklich?«

»Ja, wirklich.«

»Ole«, lachte Wilma künstlich, »erzähl mir doch keine Ammenmärchen! So siehst du nicht aus, wenn die Welt in Ordnung ist und Carsten einfach ›nur mal hören wollte‹«, äffte sie ihn nach. »Gibt es Probleme?«

»Nein«, log Granqvist. Dabei wusste er, dass es unmöglich war, ihr etwas vorzumachen. Sie kannten sich einfach schon zu lange. Wilma konnte ihn lesen wie ein offenes Buch. Trotzdem hatte er jetzt keine Lust, mit ihr darüber zu sprechen. Es würde sie nur unnötig aufregen.

Auch Wilma war eine begeisterte Anhängerin von *Insovital*. Das Zeug hatte dafür gesorgt, dass sie anfangs sogar noch einmal komplett aus ihrem sexuellen Winterschlaf erwacht war. Regelrecht besprungen hatte sie ihn. Diese Zeiten waren jetzt allerdings leider vorbei – oder besser zum Glück. Doch die Leichtigkeit, mit der sie den Alltag bewältigte, ihren Damenclub leitete und mit ihm die Welt mit Kreuzfahrtschiffen bereiste, wäre ohne *Insovital* nicht möglich gewesen.

»Ole! Ich mag es nicht, wenn du mich anlügst.«

»Und ich will jetzt endlich Wochenende! Alles ist gut. Die von Rehabitex sind nur ein wenig nervös wegen dem Börsengang Anfang nächster Woche. Aber da wird nichts mehr schiefgehen.«

»Liegt es an der Frau, die gerade auf der Insel ist?«

Diese verdammte Insel! Gab es denn nichts, was sich nicht innerhalb von wenigen Stunden herumsprach?

»Was für eine Frau?«

»Ole!«, drohte Wilma.

Bevor er antworten konnte, klingelte erneut sein Handy. Er sah auf das Display. Lars Åberg. Gut, dass er sich von selbst meldete. Mit ihm hatte Granqvist ein ordentliches Hühnchen zu rupfen.

33

Wie schon das letzte Mal parkte Astrid ihren Volvo ein großes Stück von Ebbas Haus entfernt am Rand des Schotterwegs, damit die Motorengeräusche sie nicht verrieten. Dann ging sie in die Nähe des Hauses und wartete. Erst als alle Lichter im Wohnzimmer und der Küche gelöscht waren, schlich sie sich an der Veranda vorbei zur Rückseite, auf der sich die Schlafzimmer befanden.

Wie erhofft drang durch das Fenster des Gästezimmers noch Licht. Sie versuchte hineinzusehen, doch da das Haus auf einen Betonsockel gebaut war, war das Fenster zu hoch. Also suchte Astrid die Umgebung nach etwas ab, auf das sie sich stellen konnte.

An dem kleinen Schuppen hinter dem Haus wurde sie fündig. Eine alte Zinkwanne lehnte an der Wand. Sie stellte sie umgedreht unter das Fenster, stieg darauf und zog sich auf die Zehenspitzen. So gelang es ihr, ins Zimmer zu spicken.

Das Zimmer kannte Astrid gut. Besonders in der Zeit, in der sie zusammen mit Loke die ersten Briefe an Rehabitex formuliert hatten, waren die Abende manchmal lang geworden. Ebba hatte ihr des Öfteren angeboten, einfach bei ihr zu übernachten, ein Angebot, das sie fast immer angenommen hatte.

Astrid liebte es, bei anderen Menschen zu schlafen. Die Bilder an den Wänden, Fotos von Familienangehörigen und alten Freunden, kleine Andenken, Bücher, Parfumflakons mit unbekannten Düften. All diese Dinge begannen, wenn man sie lange genug mit allen Sinnen wahrnahm, Geschichten über ihren Besitzer zu erzählen.

Lena saß im Ohrensessel vor dem Bücherregal. Ihre Haare trug sie offen, was Astrid besser gefiel als der strenge Dutt. Sie schien in Gedanken vertieft. Sicherlich dachte sie über das nach, was zuvor am Laborcontainer passiert war. Doch dann kniff Lena plötzlich die Augen zusammen und sah sie direkt an. Sie hatte sie entdeckt. Mist! Gerne hätte Astrid sie noch ein wenig länger beobachtet. Um ja kein Misstrauen aufkommen zu lassen, klopfte Astrid ans Fenster.

Lena wirkte zunächst erschrocken. Doch dann verschwand der Schreck aus ihren Augen, und ein Lächeln machte sich breit. Sie drückte sich aus dem Sessel, kam auf das Fenster zu und schob es auf.

»Was machst du denn hier?«

»Ich …« Die Wahrheit war wohl fehl am Platz. Hätte sie bloß eine gute Ausrede vorbereitet, aber sie musste wohl improvisieren. »Also, ich hatte die Vermutung … na ja, dass du und Ebba, dass ihr vielleicht noch quatscht … Da wollte ich euch Gesellschaft leisten.«

»Du bist einfach so vorbeigekommen?«

»Ich war zufällig in der Nähe. Da dachte ich, es wäre schön, dich vor deiner Abreise noch einmal zu sehen.«

Lena schien ihr die Lüge abzunehmen. Und ganz gelogen war es ja auch nicht. Allerdings wirkte Lena nicht, als wüsste sie, wie sie mit der Situation umgehen sollte.

»Darf ich kurz reinkommen?«, fragte Astrid.

Lena überlegte zum Glück nicht lange. »Warum nicht. Komm zur Verandatür.«

»Ebba schläft wahrscheinlich schon«, flüsterte Lena Astrid zu, als sie ihr die Tür öffnete. Gemeinsam schlichen sie sich durch den Wohnbereich und den kleinen Flur ins Gästezimmer. Lena bot Astrid den Ohrensessel an. Sie selbst nahm auf dem Bett Platz.

»Wie schön!«, rutschte es Astrid heraus. Genau so hatte sie es sich vorgestellt. Sie zog ihre Jacke aus. Dann holte sie die Flasche Whisky aus ihrem Rucksack, die sie den Reserven ihres Großvaters entwendet hatte, außerdem die kleine Dose mit dem Gras.

»Magst du Gras?« Sie wedelte mit der Dose.

Lena schüttelte den Kopf. »Danke, nein.«

»Und der hier?« Astrid hob die Whiskyflasche in die Höhe. Nicht dass sie Whisky besonders gern mochte. Aber der hochprozentige Alkohol würde schnell die Rauschwirkung entfalten, die sie jetzt dringend brauchte. »Von meinem Großvater. Ist bestimmt ein guter.«

Lena schüttelte erneut den Kopf. »Danke. Auch nicht.«

Egal, sie selbst würde sich zumindest ein paar Schlucke gönnen. Mit Lena allein zu sein machte sie unglaublich nervös. Lena war älter, erfahrener und vor allem so viel schlauer. Ohne Alkohol im Blut würde Astrid ständig das Gefühl haben, etwas Dummes zu sagen.

Was Lena wohl von ihr dachte?

Ingegerd hatte Astrid am Nachmittag als Kind dargestellt, das niemals erwachsen wurde, als jemanden, der einfach nicht den Absprung ins wahre Leben schaffte. Sie hoffte, dass Lena etwas anderes in ihr sah.

»Na, dann.« Sie öffnete das Plastiksiegel um den Flaschenhals und zog den Korken aus der Flasche. Vorsichtig setzte sie die Flasche an ihre Lippen, nahm einen ordentlichen Schluck.

Lecker war anders. Zudem brannte das Zeug ordentlich in der Kehle. Sie musste aufpassen, nicht wild loszuhusten.

»Wo warst du denn, wenn du hier in der Nähe warst?«

Astrid hatte den Eindruck, dass Lena sie bereits durchschaut hatte. Mal wieder. »Bei einer Freundin.«

Lena nickte und hakte zum Glück nicht weiter nach.

»Mit der Blutabnahme noch alles gut gelaufen?«, eine bessere Frage fiel Astrid nicht ein. Dabei waren ihr zuvor noch hunderte durch den Kopf gegangen. Jetzt waren sie wie aus dem Kopf radiert.

»Ja. Die Frauen, die sich bereit erklärt hatten, mitzumachen, waren zum Glück alle sehr nett und zuvorkommend. Nach meinem Auftritt in der Scheune hatte ich da so meine Bedenken.«

»Und habt ihr schon erste Ergebnisse?«

»Tatsächlich, ja«, antwortete Lena. »Es gibt …« Sie stockte. Dann sah sie Astrid auf eine Art an, die ihr nicht gefiel, gar nicht mehr so freundlich, eher als hätte sie etwas verbrochen.

»Was ist?«

Zwischen Lenas Augen hatte sich eine dicke Falte gebildet. Die Art, wie sie sie jetzt ansah, tat fast weh. Astrid konnte nicht anders, als ihrem Blick auszuweichen. Sie gönnte sich einen erneuten Schluck aus der Whiskyflasche.

»Wie kommst du darauf, dass es schon erste Ergebnisse geben könnte?«, fragte Lena streng.

»Wolltest du denn nicht …«, stotterte Astrid. Sie verstand nicht, was an der Frage falsch gewesen sein könnte.

»Ja, aber erst in Deutschland.«

»Stimmt.« Astrid schlug sich mit der Hand gegen die Stirn. Im selben Moment kam ihr diese Geste komplett übertrieben und damit durchschaubar vor. Sie nahm einen weiteren Schluck aus der Flasche.

»Weißt du etwa von dem Labor?«, hakte Lena mit zusammengekniffenen Augen nach.

Astrid nickte, es machte keinen Sinn, Lena etwas vorzulügen. Sie hatte Loke einmal dabei beobachtet, wie er den Container betreten hatte. Daraufhin hatte sie sich dort selbst umgesehen.

»Und mir erzählt Loke, ich dürfte mich auf keinen Fall bei den Frauen verplappern.«

Das klang so, als ob Lena davon ausging, dass Loke ihr von dem Container erzählt hatte. Dabei wollte Astrid es auch lieber bewenden lassen. Sie legte erneut die Whiskyflasche an ihre Lippen. Dann hielt sie die Flasche Lena entgegen. »Wirklich nicht?«

Lena lehnte erneut ab. Dafür wurde sie jetzt ein wenig redseliger. Sie erzählte Astrid von den Analysen, die sie mit Hilfe der Geräte von Rehabitex am Nachmittag hatte machen können. Dann stoppte sie plötzlich ihre Erzählung.

»Was ist?«, fragte Astrid.

»Ich glaube, ich habe jetzt endlich die Erklärung!«

34

Manchmal brauchte es Momente wie diesen, die das Abschalten des hängenden Gehirnprozessors provozierten und einen für einen Augenblick aus den kreisenden Gedanken rissen, wozu man allein nicht in der Lage war, vielleicht weil man befürchtete, dass etwas unwiederbringlich gelöscht werden könnte. Und dann lag die Lösung plötzlich vor einem auf dem Tisch, da, wo sie schon immer gelegen hatte, wie der verlorene Schlüssel, den man in der ganzen Wohnung gesucht hatte, der aber an seinem Platz lag, nur leicht von einer Zeitung überdeckt.

Dass die Blutwerte der Mütter der unfruchtbaren Frauen unauffällig waren, während das Blut ihrer Töchter einen Mangel an Transcortin aufwies, lag wahrscheinlich nicht daran – wie Ebba vermutete –, dass ihr eigener Körper genug Transcortin produzierte. Ihre Blutwerte waren nur deshalb so perfekt, weil sie sich *Insovital* spritzten. Denn *Insovital* enthielt neben etlichen anderen Stoffen ganz bestimmt auch Transcortin. Wenn Astrid gegangen war, musste sie das in Dennis' Analyse unbedingt überprüfen. Sie hatte darauf nicht geachtet, weil es mit der Unfruchtbarkeit nichts zu tun haben konnte, aber es musste so sein. Würden die Mütter das Mittel absetzen, würden bestimmt auch ihre Transcortinwerte gestört sein. Zumindest war dies Lenas These.

Lena begann Astrid zu erzählen, wofür sie gerade eine Erklärung gefunden hatte. Astrid hörte ruhig zu, wirklich interessiert an ihrer Entdeckung erschien sie ihr allerdings nicht. Vielmehr wechselte sie nach den Ausführungen von Lena das Thema und begann sie über ihren Beruf auszufragen.

Es rührte Lena ein wenig, wie sehr sie sich für sie zu interessieren schien. Jedes Wort saugte sie in sich auf wie ein trockener Schwamm. Biologie sei genau ihr »Ding«, erklärte sie Lena.

»Wahnsinn, wie cool ist das denn«, rief sie, als ihr Lena von ihren Wolfsbeobachtungen erzählte und wie ihr Wissen über das Sozialverhalten der Wölfe dabei geholfen hatte, zusammen mit dem Verfassungsschutz eine große Politikintrige aufzudecken.

Lena hielt sich ihren Zeigefinger vor ihre Lippen. »Nicht so laut. Ebba schläft«, flüsterte sie.

»Ach so, stimmt ja.« Astrid musste kichern. »Sorry. Hatte ich ganz vergessen. Danke, dass du mir so viel über deinen Beruf erzählst, das ist total interessant.« Sie sprang auf und setzte sich zu Lena auf das Bett.

Lena fühlte sie ein wenig überrumpelt, sagte jedoch nichts, da sie Astrids Nähe als angenehm empfand. Es fühlte sich gut an, mit ihr zu plaudern, trotz des Altersunterschieds. Sie stellte schlaue Fragen. Und ein wenig musste Lena auch zugeben, dass es ihr schmeichelte, wie sie sie anzuhimmeln schien.

Sie machten es sich jede auf einer Seite des Betts bequem, schoben sich die Kissen in den Rücken und schlugen anschließend die Decke über ihre Beine, da es in dem Zimmer kalt geworden war. Lena fühlte sich an ihre letzten Schuljahre erinnert. Freundinnen waren damals bis spät in die Nacht geblieben. Man hatte gemeinsam im Bett gesessen und gequatscht, bis einem die Augen zufielen. Es hatte so viel gegeben, was es dringend zu besprechen galt, vor allem über Jungs.

»Hast du eigentlich einen Mann?«, fragte Astrid, deren Neugierde kein Ende zu finden schien.

Lena wunderte sich, dass das Astrid nicht wusste. Aber woher auch, sie hatten sich ja noch gar nicht wirklich privat unterhalten, auch wenn es sich anders anfühlte. »Ja, Michael, und einen Sohn, Jean.«

»Krass. Hätte ich nicht gedacht.«

Es war nicht das erste Mal, dass jemand diesbezüglich überrascht reagierte. Ja, sie war beruflich erfolgreich und liebte ihre Arbeit. Doch sie meinte auch von sich behaupten zu können, dass sie eine gute Mutter war. Wenn man ihr das nicht ansah, verletzte es sie jedes Mal.

»Also Mutter, Vater, Kind. So ganz klassisch«, stellte Astrid amüsiert fest. Sie trank von ihrem Whisky.

»Gib doch mal her.« Lena ließ sich von ihr die Flasche reichen. Sie war kein Freund von Whisky und würde es wohl auch nie werden. Trotzdem hatte sie das Gefühl, dass sie jetzt etwas Alkohol brauchte. Lag es an dem Thema oder der Situation? Wahrscheinlich an beidem. »Ja. Mutter, Vater, Kind«, wiederholte sie Astrids Worte. »Klingt klassisch, ich weiß. Aber …«

»Aber was?«

Aber – leider nichts. Auch wenn Lena gerne von sich behauptet hätte, dass sie eine besonders moderne Beziehung führte, war bei genauer Betrachtung nichts wirklich Modernes an ihr zu finden. Michael kümmerte sich vielleicht ein wenig mehr um den Haushalt als der Durchschnittsmann, und sie hatten noch immer nicht geheiratet, weil sich Lena standhaft gegen diese Institutionalisierung wehrte. Aber das war auch schon alles, was sie von den Beziehungen in ihrem Umfeld unterschied.

»Liebt ihr euch?«

Typisch Astrid, sie nahm kein Blatt vor den Mund. Mit Anfang zwanzig war es die wichtigste Frage überhaupt, eine Frage, auf die es nur leider keine einfache Antwort gab. Dafür war die Liebe viel zu kompliziert und die Vorstellung davon, was sie beinhalten sollte, komplett überstrapaziert. Nach einer ersten Zeit mit Schmetterlingen im Bauch und Sex als zweitem Nahrungsmittel glich ihre Beziehung mit Michael zunehmend einer guten Freundschaft. Sie hatte sich eingeredet, dass Sex nicht so wichtig sei, und dieser Ansicht war sie häufig immer noch. Doch das Bedürfnis nach ungehemmter Leidenschaft hatte sich deswegen nicht in Luft aufgelöst. Es hatte sie vor ein paar Jahren sogar zu einem Seitensprung verleitet. Sie war nicht stolz darauf, zumal sie davon ausging, dass Michael ihr treu war. Sie bereute es trotzdem nicht. Gerade der Bruch mit der Routine war es doch, der Momente im Leben schuf, die es lebenswert machten und eine Lebendigkeit entstehen ließen, die alles andere in den Schatten stellte. Am Ende hatte ihre Beziehung davon profitiert.

»Wir vertrauen uns. Wenn das Liebe für dich ist, dann lieben wir uns sehr.«

Astrid sah Lena länger in die Augen. Dann spürte sie, wie Astrid ihr Bein ganz leicht gegen ihres drückte. Tat sie das bewusst? Lena wartete einen Moment. Dann schob sie ihr Bein zur Seite.

Als wäre dies das Zeichen gewesen, auf das Astrid gewartet hatte, schlug sie die Decke auf. »Ich glaube, ich muss dann mal.« Sie schwang ihre Beine aus dem Bett. Beim Aufstehen kam sie so ins Schwanken, dass sie sich für einen Moment am Bettende festhalten musste.

»Du fährst jetzt aber hoffentlich nicht mehr mit dem Auto?« Lena sah zu der Whiskyflasche in Astrids Hand, die fast zur Hälfte geleert war.

»Ach, das geht schon.« Astrid zog sich ihren Parka über. Sie steckte die Flasche in den Rucksack und wankte ein paar Schritte Richtung Tür. Dabei versuchte sie, möglichst nüchtern zu wirken. Es gelang ihr nur bedingt.

»Du hast zu viel getrunken«, warnte Lena.

Astrid winkte ab. »Um diese Uhrzeit begegnet mir niemand mehr.«

»Tiere, Bäume, Gräben … die Polizei. Sind die Strafen in Schweden für alkoholisiertes Fahren nicht drakonisch?«

»Die Polizei ist mein Vater.«

»Wie, dein Vater?«, fragte Lena.

»Er und Barg Åberg leiten die Polizeistation auf der Insel«, erklärte Astrid.

»Åberg? Ich dachte, er wäre Bauunternehmer?«

Astrid musste lachen. »Nein, sein Cousin. Gar nicht so einfach mit den vielen gleichen Namen auf einer Insel, was? Barg Åberg ist Polizist, Lars, sein Cousin, ist der Idiot, der uns vorgestern verfolgt hat. Aber der ist gar kein wirklicher Bauunternehmer.«

»Was denn?«

»Er verleiht Bagger, Hänger, kleine Kräne und so. Und ab und an macht er auch kleinere Bauarbeiten. Aber ich weiß nicht, ob man das einen ›Bauunternehmer‹ nennt. Darunter stelle ich mir zumindest etwas anderes vor.«

»Wie auch immer – du kannst auf jeden Fall nicht mehr fahren.«

Lena sah auf die Uhr. Es war bereits kurz vor Mitternacht. Bis sie aufstehen musste, waren es nur noch ein paar Stunden.

Astrid lehnte weiterhin an der Tür. Auf keinen Fall durfte sie sie auf die Straße lassen.

»Du bleibst am besten hier.«

Astrids Augen begannen zu leuchten. »Wirklich? Dann kann ich ja noch einen Schluck trinken«, sagte sie mit einem deutlichen Lallen und wollte gerade die Flasche wieder aus dem Rucksack ziehen.

»Nein«, bremste Lena sie sofort. »Ich muss ins Bett. Und dir tut ein bisschen Schlaf sicherlich auch gut.« Ebba würde kaum etwas dagegen haben, erst recht nicht, wenn sie von Astrids Zustand erfuhr, der sicherlich auch am nächsten Morgen noch erkennbar sein würde.

Astrid schwankte zum Bett zurück. »Geht klar!«, sagte sie, wieder einmal ein wenig zu laut. Dann ließ sie sich fallen. »Bin schon fast eingeschlafen.«

35

Nachdem sie sich beide ihre Hosen und Pullover ausgezogen hatten, quetschten sie sich gemeinsam Rücken an Rücken ins Bett. Lena hatte kurz darüber nachgedacht, Astrid auf die Couch im Wohnzimmer auszuquartieren, da das Bett recht schmal war, doch da hatte es sich Astrid schon wie selbstverständlich im Bett bequem gemacht. Sie jetzt wieder rauszuwerfen, brachte Lena nicht übers Herz. Am Ende würde sie vielleicht doch noch zum Autoschlüssel greifen. Zudem hatte sich die Nähe, die sie von Anfang an bei Astrid gespürt hatte, durch das Gespräch noch intensiviert. Sie musste sich eingestehen, dass sie die Vorstellung, mit Astrid gemeinsam einzuschlafen, durchaus angenehm fand.

»Gute Nacht«, flüsterte Lena.

»Gute Nacht.«

Lena schloss die Augen. Sie war so müde, dass sie bereits kurz darauf wegdämmerte. Ihr Schlaf währte allerdings nur kurz, da sich Astrid wie eine am Strand liegende Robbe hin und her zu wälzen begann. Sie schien keine bequeme Position zu finden, was bei dem kleinen Bett auch kein Wunder war.

»Alles gut?«, fragte Lena.

»Ja, sorry.«

Wieder drehte sie sich. Jetzt spürte Lena Astrids Atem im Nacken. Lena merkte, wie sie für einen Augenblick vergaß zu atmen. Astrids warmer Körper direkt an ihrem gefiel ihr besser, als ihr recht war.

Für einen Moment hatte Lena die Hoffnung, dass sie jetzt einfach beide einschlafen würden, doch dann begann sich Astrid wieder zu bewegen. Lena merkte, wie sie sich noch ein wenig enger an sie heranschob. Sie spürte Astrids feste Brüste im Rücken, dann deren rechten Arm, den sie um Lenas Hüfte legte. Ihre Finger schob sie dabei auf Lenas Hand. Dabei entfuhr ihr ein leiser Seufzer, und ihre Lippen berührten für einen kurzen Moment Lenas Hals.

Lena verharrte nervös, die zarten Berührungen ließen Gänsehaut über ihren Körper laufen, und sie merkte, wie sich alles in ihr spannte. Der warme Atem in ihrem Haar, Astrids weiche Lippen; es fühlte sich gut an, obwohl ihr eine innere Stimme verbot, den Moment zu genießen. Sie musste an Michael denken und den Eid der Treue, den sie zwar nie ausgesprochen hatten, dem sie sich jedoch nicht minder verpflichtet fühlte. Aber ging es überhaupt darum oder nicht vielmehr um das, was ihr über Jahre als »normal« vermittelt worden war – darum, dass Astrid eine Frau war?

Als hätte sie Lenas Vorbehalte gespürt, rückte Astrid ein wenig von ihr ab. Dann kehrte endlich Ruhe ein.

Besser, dachte Lena, auch wenn sie die körperliche Nähe genossen hatte. Aber sie hätte nicht gewusst, wie sie hätte reagiert sollen, wenn Astrid weitergemacht hätte. Und was wäre passiert, wenn ihr das »Noch mehr« gefallen hätte? Würde das nicht ihr gesamtes Leben auf den Kopf und ihre Beziehung zu Michael in Frage stellen?

Lena versuchte erneut einzuschlafen. Doch es gelang ihr nicht. Sie war zu angespannt, innerlich erregt. Und sie spürte, dass sich die Unruhe steigerte, je länger Astrid ruhig blieb. Nur noch einmal ihren warmen Körper ganz eng an ihrem spüren. Nur noch einmal ihre Lippen an ihrem

Hals. Die Gedanken kreisten immer wieder durch ihren Kopf.

Es waren nur winzige Bewegungen gewesen – ganz leicht hatte sie Astrids Hand gedrückt, dann den Rücken gedehnt, um Astrids Brüste ein wenig mehr zu spüren –, doch Astrid reagierte sofort. Ihre Hand löste sich aus Lenas, um dann ihren Arm hinaufzufahren und an ihrer Flanke wieder herunter. Sie strich ihr über den Bauch, bahnte sich einen Weg unter Lenas Shirt, weiter hinauf zu Lenas Brüsten. Gestoppt durch Lenas Arm, der dort lag und ihr den Weg versperrte, verharrte Astrids Hand an dieser Stelle. Sie fühlte sich an wie ein warmes, weiches Tier, das es sich bequem gemacht hatte, ein Tier, das sich jedoch schon bald wieder in Bewegung setzte. Astrids Finger glitten herab, bis sie den Bund von Lenas Slip erreichten. Ganz langsam schoben sie sich unter den Stoff.

Lena hörte, wie sich Astrids Atem beschleunigte. Ihren eigenen nahm sie hingegen kaum noch wahr. Haare strichen über ihr Gesicht. Lippen fuhren über ihren Nacken. Kurze Küsse, immer wieder. Astrids aufgeregtes Hecheln verriet, wie erregt sie war, eine Erregung, die sich immer mehr auf Lena übertrug. Trotz einer inneren Stimme, die sie davon abhalten wollte, öffnete sie wie automatisiert ihre aufeinandergelegten Beine. Astrids Atem wurde noch schneller, die Stimmen in Lenas Kopf lauter. Sie hörte ihre Mutter *Betrügerin* und *Lesbe!* fauchen. Gleichgeschlechtliche Liebe war für sie, die sonst angeblich so offene und tolerante Frau, immer ein rotes Tuch gewesen. *Na und*, schrie Lena in Gedanken zurück. *Es fühlt sich gut an. Ich dachte, dir ginge es immer nur um Seelen, die sich finden. – Es gibt unterschiedliche Arten von Seelen. Und was sich gut anfühlt, ist leider nicht immer gut. Denk an deinen Mann! An deinen Sohn!*

Auch wenn sie die Worte ihrer Mutter nicht mehr ernst nehmen konnte, gelang es Lena nicht, sich von den Gedanken freizumachen und den Moment einfach nur zu genießen.

Sie versuchte, die Stimmen zu verscheuchen, drehte sich auf den Rücken, öffnete die Augen. In der Dunkelheit sah sie die Umrisse von Astrids Kopf, der über ihrem schwebte. Der Kopf kam näher. Astrids Lippen suchten und fanden ihre. Es folgte ein Kuss, so viel weicher und wärmer als alle Küsse, die sie bisher mit Männern erlebt hatte. Und dann Astrids Finger. Lena merkte, wie sie schneller wurden, aber gleichzeitig so viel intensiver. Auch diese Berührungen waren anders. Es waren Bewegungen, die keinen Druck aufbauten.

Lena schloss die Augen, genoss, öffnete sie wieder. Sie griff nach Astrids Kopf und zog ihn zu sich herunter, drückte Astrids weiche Lippen auf ihre. Einem plötzlichen inneren Impuls folgend, aus Wut auf ihre Mutter und auf sich selbst, biss sie zu.

Astrid schrak zurück.

Lena schmeckte Blut.

Für einen Augenblick bewegten sie sich nicht. Doch für beide war klar, dass es hier und jetzt kein Zurück mehr gab.

Lena betrachtete die Umrisse von Astrids Kopf, der immer noch über ihr schwebte. Sie legte ihre Hände auf Astrids Wangen, zog sie langsam zu sich herab. Erneute Küsse, zunächst zaghaft, dann wilder – sie verdrängten all die Stimmen in ihrem Kopf, bis es kein Richtig und Falsch, kein Gut und Böse, keine warnende Mutter, sondern nur noch eine immer stärker werdende Lust gab, die sich zusammen mit Astrids Hand zwischen ihren Beinen in einem Gefühl der Schwerelosigkeit und Einheit mit der Welt auflöste.

36

Ihr Handywecker riss sie aus dem Tiefschlaf. Lena hatte den Eindruck, gerade erst eingeschlafen zu sein. Astrid war verschwunden. Nur die halb geleerte Whiskyflasche stand noch neben dem Bett, wie ein stummer Zeuge der Nacht, der vergessen hatte zu gehen. Lena richtete sich auf. Obwohl sie kaum geschlafen hatte, fühlte sich ihr Körper gut an, lebendig, als würde neues, kräftigeres Blut durch ihre Adern fließen. Junges Blut.

Sie stand auf und beschloss zu duschen. Nach dem Seitensprung mit dem hübschen Libanesen vor ein paar Jahren hatte sie sich auch nach einer Dusche gesehnt, damals allerdings, um seinen Schweiß und ihre Schuld vom Körper zu waschen. Diesmal war das anders.

Während das warme Wasser über ihr Gesicht floss, meinte sie Astrids leichten Körper wieder auf ihrem zu spüren, ihre Finger, ihre Brüste, die sie gegen Lena presste. Auch Astrids süßes Stöhnen klang erneut in ihren Ohren. Ob Lena die erste Frau für sie gewesen war? Lena kam es so vor. Und doch war es Astrid gewesen, die Lena den Weg gezeigt hatte. Was hatte sie sich nur dabei gedacht, eine fremde Frau zu verführen? Eine Frau mit Mann und Sohn?

Obwohl ihr die Nacht mit Astrid sehr gefallen hatte, musste Lena feststellen, dass sie nicht das Gefühl hatte, etwas Neues entdeckt zu haben, das das Alte in Frage stellte. Im Gegenteil, sie sehnte sich sehr danach, Michael wiederzusehen. Sie hatte

Astrid auf eine besondere Weise in ihr Herz geschlossen – das schon –, aber ihre Gefühle waren kein wildes Verliebtsein, das alles andere verdrängte. Sie hoffte, dass es sich bei Astrid ähnlich verhielt, denn so schön die gemeinsame Nacht gewesen war, es würde ihre einzige bleiben.

Auf dem Weg vom Bad zurück ins Gästezimmer hörte Lena, wie Ebba in der Küche mit dem Geschirr klimperte.

»Guten Morgen. Frühstück ist fertig.«

»Ich bin gleich da.«

Sie packte ihre Sachen. Auch die Whiskyflasche nahm sie an sich, da sie nicht wollte, dass Ebba sie fand. Sie würde sie auf dem Flughafen entsorgen.

»Gut geschlafen?«

Ebba sah sie kaum an. Lena war, als klang ein Hauch von Ironie in ihrer Stimme. Die Wände in dem Holzhaus schluckten sicherlich nur wenig Schall. Sie musste alles mitbekommen haben.

Kurz dachte Lena darüber nach, ihr von Astrid und der Nacht zu erzählen. Doch warum? Um am Ende über Dinge zu reden, über die sie lieber schwieg? Sie beschloss, das Erlebte für sich zu behalten, egal ob Ebba etwas mitbekommen hatte oder nicht.

»Ja. Danke.«

Nach dem Frühstück machten sie sich sofort auf den Weg. Es war noch dunkel und niemand unterwegs. Lena lehnte ihren Kopf gegen die Seitenscheibe des Autos. Sie war zu wach zum Schlafen und zu müde für eine Unterhaltung. Ebba schien es ähnlich zu gehen. Trotz der Nacht mit Astrid, die ihrem Aufenthalt auf der Insel ein schönes Ende bereitet hatte, war Lena froh, endlich von hier wegzukommen. Die Verfolgung durch

Åberg, Lokes zwischenzeitliche Entgleisung, und schließlich die Autos vor dem Labor. Auch wenn Loke es kleinzureden versucht hatte, es hatte ihr Angst gemacht. Anderseits war sie aber auch froh, dass sie den gestrigen Tag noch dafür hatte nutzen können, die Blutproben zu nehmen und sogar noch vor Ort eine erste Analyse durchzuführen. Der Spur mit dem Transcortin musste sie unbedingt weiter nachgehen, vielleicht mit einem Team, besser vorbereitet und abgestimmt mit den Behörden.

Kurz vor dem kleinen Dammstück, das zur Brücke führte, erschien im Scheinwerferlicht von Ebbas Wagen ein Schild auf der Fahrbahn, und Ebba reduzierte das Tempo. Dann brachte sie ihren Wagen ganz zum Stehen. Das Schild versperrte ihnen den Weg. Ein runder, roter Kreis auf weißem Hintergrund – Durchgang verboten. Darunter lehnte eine Digitalanzeige, auf der etwas in Schwedisch stand.

»Das kann doch jetzt nicht wahr sein!«, fluchte Ebba.

Bevor Lena lesen konnte, was auf der Anzeige stand, hatte Ebba schon die Straßenseite gewechselt und das Schild umfahren. Besonders weit kamen sie allerdings nicht, denn schon bald sah man im Licht der Scheinwerfer einen Polizisten, der gerade über die gesamte Straßenbreite eine Sperre errichtete. Sein Auto stand dahinter und verstellte zusätzlich den Weg.

»Ist das wegen der Baustelle?«, fragte Lena.

»Nein.« Ebba löste ihren Gurt. »Warte einen Moment. Ich schau mal, was ich tun kann.«

Ohne weitere Erklärungen stieg sie aus dem Wagen. Sie ging auf den Polizisten zu. Während sie mit ihm redete, gestikulierte sie wild mit den Armen, wobei sie immer wieder auf ihren Wagen und Lena zeigte. Dann kam sie kopfschüttelnd wieder zurück.

»Das kann ja wohl nicht wahr sein!« Sie stieg ins Auto und zog die Tür knallend zu. »Die Insel ist abgesperrt. Vogelgrippe. Die wollen uns doch verarschen!«

»Wie, Vogelgrippe?«

»Auf einem Hof sind angeblich einige Hühner gestorben. Man befürchtet eine neue Form der Vogelgrippe, die auch auf den Menschen übertragen werden kann. Seit der Corona-Pandemie sind wir hier in Schweden ein wenig neurotisch, was neuartige Viren angeht.«

»Nicht nur in Schweden«, kommentierte Lena. Trotzdem konnte sie nicht glauben, was hier gerade passierte. War das vielleicht wieder eine der Aktionen von Åberg und seinen Leuten? Aber die wollten ja eigentlich, dass sie endlich die Insel verließ. Außerdem war die Polizei involviert, was auch dagegen sprach, dass sie dahintersteckten. Für das Ganze musste es einen offiziellen Grund geben, auch wenn es kaum zu glauben war. »Und jetzt?«

»Sie haben die Insel unter Quarantäne gestellt.« Ebba war sichtlich erregt. »Das ist übrigens Finn Nyström, Astrids Vater. Ich habe versucht, ihn zu einer Ausnahme zu überreden. Ich habe ihm erklärt, dass du einen Flug verpassen wirst, erst seit zwei Tagen auf der Insel bist und keinen einzigen Hof betreten hast. Und dass du außerdem seiner Tochter helfen willst.«

»Und?«

»Keine Chance.«

Lena überlegte, ob es Sinn machen könnte, selbst noch einmal mit dem Polizisten zu sprechen, kam jedoch zu dem Entschluss, dass sie selbst auch nicht viel mehr vorbringen könnte. Bei einer behördlich angeordneten Quarantäne gab es sicherlich nur dann Ausnahmen, wenn es um Leben und Tod ging.

»Vogelgrippe. Da ist doch was faul.« Ebba hatte ihr Smartphone aus der Tasche gezogen. »Und wenn, dann doch nicht nur hier auf der Insel! Dann muss es ja schon anderswo Vorfälle gegeben haben.«

Auch Lena kramte ihr Handy aus der Tasche. Ihr kam die Sache ebenfalls äußerst seltsam vor. Sie öffnete den Browser. Unter den Begriffen »Vogelgrippe« und »Schweden« gab es nicht einen einzigen Treffer, der auf eine aktuelle Meldung hindeutete. »Vor allem seltsam, dass die Hühner gerade jetzt infiziert worden sein sollen«, sagte Lena, während sie weitersuchte. »Wir haben Herbst. Die Zugvögel, die in der Regel für die Übertragung verantwortlich sind, sind längst in Richtung Süden unterwegs.«

»Eben«, gab ihr Ebba recht.

Da Lena nichts finden konnte, spickte sie auf Ebbas Handy. Sicherlich waren die schwedischen Medien besser informiert. »Hast du was gefunden?«

Ebba tippte immer wieder neue Suchbegriffe ein. »Nicht eine Zeile. Nicht mal im *Aftonbladet*. Die haben so etwas normalerweise immer als Erstes auf dem Radar.« Ebba schloss den Browser ihres Smartphones und öffnete ihre Kontakte. Dann wählte sie eine Nummer. Sie sprach kurz. »Das war Oskar Norberg«, erklärte sie, nachdem sie aufgelegt hatte. »Er hält die meisten Hühner auf der Insel.«

»Und?«, fragte Lena gespannt.

»Bei ihm sind tatsächlich vor ein paar Tagen einige Tiere umgekommen. Er hat das dem Tierarzt gemeldet und der zuständigen Behörde, so ist es Vorschrift. Er meinte, das passiere aber nicht selten, weil er kaum Antibiotika verfüttert. Bio, du weißt schon. Da kommt es schon mal zu Infekten. Von einem Ergebnis der Untersuchungen wollte er noch nichts wissen.

Von einer Vogelgrippe erst recht nicht. Er war ganz aufgebracht. Er hat jetzt natürlich Angst davor, dass in ein paar Stunden Leute von der Seuchenbehörde vor seinem Hof stehen und ihn anweisen, alle seine Tiere zu keulen.«

»Wie schrecklich.«

Ebba legte ihr Smartphone in die Mittelkonsole. Dann drehte sie den Wagen.

»Hat der Polizist gesagt, wie lange die Quarantäne dauern soll?«

»Leider nein. Die Anordnung, die Brücke zu sperren, kam wohl erst vor einer Stunde.« Sie waren wieder bei dem Schild angekommen, das Ebba verbotswidrig passiert hatte. »Das alles tut mir unendlich leid. Der ganze Ärger, denn du hier ertragen musst. Ich werde versuchen, eine Lösung zu finden.«

Schweigend fuhren sie die Straße zurück. Als sie den Schotterweg erreichten, der zu Lokes Haus führte, bat Lena Ebba abzubiegen.

»Du willst zu Loke?«, fragte Ebba überrascht.

»Ja. Du weißt, was ich von ihm halte. Doch wenn einer eine Idee hat, wie ich vielleicht doch noch von der Insel komme, dann er. Meinst du nicht?«

37

Loke öffnete ihnen mit einer dampfenden Kaffeetasse in der Hand die Tür. Über einem schwarzen T-Shirt mit dem Logo einer Rockband und einer hellblauen Pyjamahose trug er einen gestreiften Bademantel aus dickem Frotteestoff.

»Wieder was mit dem Auto?«, fragte er Ebba grinsend. »Besorg dir mal 'ne neue Karre.« Und dann an Lena gewandt: »Oder willst du doch noch hier auf der Insel bleiben?« Er sah kurz auf seine Uhr. »Deinen Flug bekommst du noch. Aber ich würde mich beeilen, wenn ich du wäre.«

Ebba ignorierte sein Gerede und drängte sich an ihm vorbei ins Haus. »Wir müssen sprechen.«

Loke zog eine Grimasse. Er schien gute Laune zu haben und sich an diesem Morgen von nichts aus der Ruhe bringen zu lassen. »Aber klar doch, Chef. Komm rein. *My castle is your castle.*« Er trat einen Schritt zurück und gab Lena damit zu verstehen, dass auch sie gern eintreten möge. Im Gänsemarsch folgten sie Ebba in die Küche.

»Frisch?«, fragte Ebba. Sie zeigte auf eine Thermoskanne, die auf der Küchentheke stand.

»Nein. Nimm lieber den aus der Maschine.«

Wie es sich Lena schon gedacht hatte, sah es in der Küche nicht besser aus als am Vortag, eher noch schlimmer. Die Pfanne mit dem Spiegelei stand an dem exakt selben Ort. Auch der Geruch war derselbe.

Ebba öffnete einen Hängeschrank und holte sich eine Tasse heraus, als wäre es ihr eigenes Haus.

»Du auch einen?«, fragte sie an Lena gerichtet. Lena lehnte dankend ab. Aus dieser Küche würde sie lieber nichts zu sich nehmen, nicht mal, wenn es noch verpackt war.

Auf dem Esstisch am Fenster stand zwischen weiterem dreckigen Geschirr ein aufgeklappter Laptop, daneben lag ein großes Brett mit mehreren Marmeladenbroten.

»Klärt mich auf!«, forderte Loke. »Was gibt es für ein Problem?«

»Sie haben die Insel zugemacht«, sagte Ebba.

»Wie, zugemacht?«

»Unter Quarantäne gestellt. Angeblich wegen einem Ausbruch der Vogelgrippe.«

»Nicht dein Ernst?« Loke hatte sich gerade bei den Broten bedient, legte die Scheibe nun aber wieder zurück auf das Brett. Er sah zu Lena, die nur nickte.

»Zugemacht heißt, dass sie die Brücke gesperrt haben?«

»Ganz genau«, bestätigte Ebba.

Loke stellte nun auch noch die Kaffeetasse zur Seite. Er sah zwischen Ebba und Lena hin und her. »Vogelgrippe? Was soll der Scheiß?«

»Finn Nyström steht an der Brücke und passt auf. Er hat angeblich die Anordnung von Granqvist erhalten und der von den Behörden vom Festland. Niemand darf die Insel verlassen. Und wie du Finn kennst, nimmt er Befehle verdammt ernst. Er wusste nicht viel, nur, dass es ein paar tote Hühner gab, deren Blut gerade analysiert wird.«

»Tote Hühner? Bei wem? Oskar Norberg?«

»Ganz genau. Ich habe ihn angerufen. Es stimmt.«

Loke raufte sich die Haare. Auch ihm schien die ganze Geschichte nicht zu schmecken. »Und du glaubst ihm?«

»Oskar schon. Er war fix und fertig, weil sie jetzt seine ganzen Hühner töten könnten. Dass wegen ihm die Insel unter Quarantäne steht, wusste er aber noch nicht. Ich habe das dumme Gefühl, dass etwas nicht stimmt. Der zeitliche Zusammenhang mit unseren Untersuchungen ist zu offensichtlich.«

Loke gab ihr recht.

»Zudem ist Lena aufgefallen, dass es zu dieser Jahreszeit eigentlich gar keine Zugvögel mehr gibt, die die Grippe eingeschleppt haben könnten«, ergänzte Ebba noch. »Die sind längst wieder weg, in Europa oder schon in Afrika, und es gibt überhaupt keine Meldung darüber, dass es irgendwo einen Ausbruch der Vogelgrippe gegeben hat – wieso dann ausgerechnet hier?«

»Åberg und Granqvist!«, fluchte Loke. »Die stecken dahinter. Ist doch klar! Unsere Aktion gestern hat Staub aufgewirbelt. Die machen mit Rehabitex gemeinsame Sache und versuchen zu retten, was noch zu retten ist.« Er wandte sich an Lena. »Für mich ist der Fall klar. Åberg hat das mit dem Labor rausgefunden und Schiss bekommen, dass wir was entdeckt haben.«

Maja tauchte in der Tür auf. Sie war ebenfalls noch im Schlafanzug und wirkte müde. Aber es war auch erst kurz nach halb sieben.

»Was machst du denn hier?«, fragte sie Ebba. Der feindliche Unterton in ihrer Stimme war nicht zu überhören. »Ich kann mich nicht erinnern, dich eingeladen zu haben.«

»Ist gut, Maja.« Loke legte seiner Frau beschwichtigend eine Hand auf die Schulter. Dann informierte er sie über die aktuellen Entwicklungen.

Maja hörte brav zu. Sonderlich interessiert wirkte sie nicht. Immer wieder warf sie Ebba böse Blicke zu. Die sanfte Elfe verwandelte sich mit jeder Minute mehr zu einer spindeldürren Hexe. Am Ende von Lokes Monolog wandte sie sich an Lena. »Blöd, dass du jetzt schon wieder deinen Flug verpasst.«

Das mit dem Rückflug war eine Sache. Viel größere Sorgen bereitete Lena hingegen, dass sie weiterhin auf der Insel bleiben musste. Sie hätte schon gestern abreisen sollen, sich in ein Hotel auf dem Festland, am besten am Flughafen einmieten sollen. Es war zu offensichtlich, dass das hier mit ihr zu tun hatte.

Sie sah zu Loke. »Mal ganz ehrlich. Für das alles kann es doch nur eine Erklärung geben. Irgendjemand will, dass ich die Insel auf keinen Fall verlasse. Erst die Sache mit dem zerstochenen Reifen, jetzt die Quarantäne. Wie ihr schon sagt, glaube ich auch, dass dieser Åberg dahinterstecken könnte, auch wenn es gestern eher den Anschein gemacht hat, dass man mich so schnell wie möglich von hier loswerden will. Wo ist der Zusammenhang? Was steckt dahinter?«

»Keine Ahnung«, sagte Ebba und überlegte. »Vielleicht sollten wir zu deiner Sicherheit überall herumerzählen, dass du rausgefunden hast, dass *Insovital* sicher ist«, schlug sie vor. »Die Wogen werden sich glätten, und alle werden beruhigt sein. Vor allem Åberg und die Leute, die er gestern mobilisiert hat.«

»Blödsinn!« Loke sprang von seinem Stuhl auf. »Du willst einknicken und alles verraten, wofür wir die letzte Zeit gekämpft haben? Ausgerechnet jetzt, wo wir etwas Handfestes haben?«

»Von wegen was Handfestes. Und was heißt hier verraten?«, verteidigte sich Ebba. Sie sah zu Lena. »Es gibt keinen

Zusammenhang zwischen der Verabreichung von *Insovital* und den Unfruchtbarkeiten. Das hat uns Lena doch bestätigt, auch wenn du das anscheinend immer noch nicht akzeptieren kannst.«

»Aber sie hat herausgefunden, dass den jungen Frauen etwas anderes im Blut fehlt. Dieses …« Loke sah nach dem Begriff suchend zu Lena.

»Transcortin.«

»Danke, genau.«

»Aber selbst dieser Mangel hat nichts mit *Insovital* zu tun«, stellte Ebba klar. »Das hatten wir doch schon gestern. Allein, weil die jungen Frauen *Insovital* nie verabreicht bekommen haben.« Nun war auch Ebba lauter geworden. »Und ihre Mütter weisen keinen Mangel auf. Daher können wir eine epigenetische Übertragung ausschließen. Hier auf der Insel stimmt was nicht. Keine Frage. Und wir müssen herausfinden, was das ist. Aber mit *Insovital* hat es nichts zu tun.«

»Moment«, mischte sich Lena ein. »Das ist so nicht ganz korrekt.«

»Was?«, fragte Ebba genervt.

»Weil … Ich stand gestern auf dem Schlauch«, sagte Lena. »Was den Zusammenhang der Transcortinwerte mit *Insovital* anbelangt …« Dann stoppte sie jedoch, bevor sie weiter erklärte. Sie musste plötzlich wieder an das tote Mädchen denken. Selbstmord, hatten sie gesagt. Maja hatte etwas anderes angedeutet, aber falls die Depression der jungen Frau wirklich in Zusammenhang mit Insovital stand, wäre ihr Selbstmord möglicherweise eine indirekte Folge des Mittels. Und das würde man um jeden Preis zu verschleiern versuchen. Lena wurde immer unruhiger. Jetzt, wo sie tatsächlich herausgefunden hatte, dass etwas auf eine ernsthafte Nebenwirkung von *Insovital* hindeutete, war sie wahrscheinlich sogar noch mehr in Gefahr. Es musste sich ein Weg finden lassen, wie sie von der Insel herunterkam, besser früher als später.

»Was hat es mit dem Transcortin auf sich?«, fragte Ebba, für Lenas Gefühl allerdings ein wenig zu bissig.

»Na ja.« Alle sahen sie gespannt an, besonders Loke. »Vielleicht stellen die Körper der Mütter doch zu wenig Transcortin her. Der Grund, warum wir das bei der Blutanalyse nicht feststellen konnten, ist der Umstand, dass sie mit *Insovital* behandelt werden. *Insovital* enthält bestimmt Transcortin.«

Damit die Anwesenden verstanden, wie das miteinander zusammenhängen könnte, begann Lena von den für die epigenetische Forschung bahnbrechenden Untersuchungen aus dem Jahr 1995 in Överkalix zu berichten, was von der Insel gar nicht so weit entfernt lag. Man hatte dort die Auswirkungen von Hungerperioden analysiert. Und man fand heraus, dass Männer ein vierfach höheres Risiko hatten, an Diabetes zu erkranken, wenn ihre Großväter vor der Pubertät starken Hunger leiden mussten. Man erklärte dies damit, dass sich der Körper während der Hungerperiode auf die mangelhafte Ernährung einstellte, vor allem auf den wenigen Zucker. Spätere Generationen hatten dann mit der Verarbeitung zunehmend Probleme, und die Wahrscheinlichkeit, an Diabetes zu erkranken, stieg überproportional an.

Ähnliches konnte man bei indigenen Völkern beobachten, die lange Zeit Zucker als gesondertes Nahrungsmittel gar nicht kannten. Auch ihr Körper war auf den Zuckergehalt von heutigen Lebensmitteln nicht eingestellt.

»Das Besondere an der Untersuchung in Överkalix ist, dass man beweisen konnte, dass sich nicht nur der eigene Körper auf das neue Nahrungsangebot einstellt. Er gibt diese Informationen über die Keimzellen an die nächste Generation weiter.«

»Und du meinst, dass *Insovital* einen ähnlichen Effekt gehabt haben könnte?«, fragte Ebba.

»Ganz genau. ›Junges Blut‹, wenn ich es denn mal so nennen darf, ist ausgesprochen reich an bestimmten Proteinen und sonstigen Stoffen. Sonst hätte es nicht die ganzen positiven Wirkungen. Der Körper könnte sich daran gewöhnt haben, dass er bestimmte Stoffe nicht mehr selbst produzieren muss. Er drosselt die Produktion. Einige Stoffe stellt er vielleicht gar nicht mehr her. Diese Information gibt er an die nächste Generation weiter, quasi als Reaktion an veränderte Lebensumstände, die der nächsten Generation den vermeintlichen Vorsprung gibt, direkt an solche Veränderungen angepasst zu sein.«

»Genial!«, rief Loke. Er schüttete vor Euphorie seine Kaffeetasse um. Das schien ihn jedoch nicht weiter zu stören. Zumindest hielt er es nicht für nötig, einen Lappen zu holen. »Ich denke, wir sollten sofort die Presse informieren.«

»Moment, nicht so schnell«, sagte Lena. »Diesen Schritt halte ich eindeutig für verfrüht. Ich hatte zum einen noch gar nicht die Zeit, zu überprüfen, ob *Insovital* wirklich Transcortin enthält, dafür muss ich die Analyse, die wir in Köln bereits vorgenommen hatten, noch einmal durchsehen. Zum anderen bedarf es durchaus noch weiterer Untersuchungen, um die These zu untermauern.«

»Aber du hast die Analyse doch auf deinem Laptop. Warum hast du noch nicht nachgeschaut?«, fragte Loke.

»Ich hatte gestern Abend …« Lena stockte. Von Astrid würde sie besser nicht erzählen. »Ich war zu müde, ich wollte das im Institut überprüfen. Gebt mir eine Minute.«

Lena verließ die Küche. Kurz darauf hatte sie ihren Laptop aus Ebbas Wagen geholt. Die Analyse von Dennis hatte sie schnell gefunden. Und tatsächlich war es so, wie sie es vermutet hatte: *Insovital* enthielt jede Menge Transcortin.

»Das ist der Beweis. Ich informiere direkt die Redaktion vom *Aftonbladet*!«, triumphierte Loke.

»Bevor Lena das Ergebnis validiert hat? Und damit wir sie noch mehr in Gefahr bringen?«, gab Ebba zu bedenken.

Lena war von dem Vorschlag ebenfalls nicht begeistert. Ihre Theorie mit dem Transcortin wirkte sehr schlüssig. Aber bevor man mit solchen Thesen an die Presse ging, sollte man sie, wie Ebba schon sagte, doch noch einmal genauer überprüfen. Viel zu oft schon hatte sich eine allzu schlüssige These als Irrweg entpuppt. Damit wäre weder den Frauen geholfen, noch würde das ihrem Ruf als Wissenschaftlerin oder gar dem ihres Instituts gerecht.

»Ich habe eine Idee«, sagte Ebba. Alle wandten sich ihr zu. »Wie wäre es, Loke, wenn du sie einfach mit deinem Zodiac aufs Festland bringst?«

»Zodiac?«, fragte Lena.

»Ein Schlauchboot mit einem starken Motor«, erklärte Ebba.

»Einem *sehr* starken Motor«, korrigierte Loke. Er nickte zufrieden. Ebbas Idee schien ihm zu gefallen. »Finn Nyström bewacht die Brücke. Barg Åberg wird in der Wache sitzen und das Telefon streicheln.« Er blickte zu Lena. »Den Flug in Kemi-Tornio erreichst du damit nicht mehr, aber du wärst immerhin auf dem Festland. Und es gibt Busse nach Stockholm. Oder vielleicht besser zum Flughafen nach Luleå, das ist um einiges näher. Ob es von da aus Flüge nach Deutschland gibt, weiß ich nicht. Aber von dort kommst du zumindest schneller weg.«

Auch Lena war einverstanden. Ihr wäre es mehr als recht, wenn sie die Insel so schnell wie möglich verlassen konnte. Das mit der Vogelgrippe war einfach zu seltsam. An einen Zufall konnte sie nicht glauben. Man wollte sie hier festhalten, aus welchem Grund auch immer. Und ihr war es eindeutig lieber, diesen Grund aus sicherer Entfernung zu erfahren. Denn diesem merkwürdigen »Baulöwen« Åberg traute sie einiges zu. Die Art, wie er mit der Stahlstange in der Hand nach ihnen gesucht hatte. Und dann die Ansammlung vor dem Container! Auf welch verrückte Ideen würde er noch kommen?

Was Lena schließlich am wenigsten einschätzen konnte, war die Rolle, die Rehabitex selbst bei der Sache spielte. Ein Pharmaunternehmen, für das es nicht nur um sehr viel Geld ging, sondern quasi um die Existenz? Dessen Mittel eine Sensation wäre, aber möglicherweise mit einem angeblichen Selbstmord einer jungen Frau in Zusammenhang stand? Auf dem Festland wäre sie in Sicherheit und der Spuk hätte endlich ein Ende.

Maja begleitete Loke und Lena an die Tür. »Sollte ich jetzt eigentlich *Insovital* nehmen?«, fragte sie Lena, während sie sich von ihr verabschiedete.

»Wieso?« Lena verstand ihre Frage nicht.

»Na ja, wegen dem fehlenden Transcortin. Diesen Mangel würde ich doch durch die Einnahme von *Insovital* beheben, wenn ich das vorhin richtig verstanden habe?«

»Möglicherweise«, bestätigte Lena. »Aber du solltest lieber genauere Untersuchungen abwarten und mit einem Arzt darüber sprechen. Das, was ich hier gemacht habe, ist eher vorläufiger und theoretischer Natur.«

»Kommt gar nicht in Frage!«, widersprach Loke. »Wir werden einen anderen Weg finden. Denn genau das ist es doch, was die Pharmaindustrie möchte. Sie macht uns süchtig. Erst die Eltern, dann die Kinder. Epigenetik. Wenn die Natur sie nicht erfunden hätte, müsste es die Pharmaindustrie tun. Die Sucht direkt auf die nächste Generation übertragen. Besser kann es nicht laufen. Da spielen wir nicht mit!«

»Was ich nehme oder nicht, überlässt du bitte schön mir!«, ätzte Maja. Diesen Tonfall Loke gegenüber hatte Lena bisher nicht erlebt. Wütende Blicke ja, aber verbale Ausfälle hatte es noch nicht gegeben. Lena hätte sie eher wie das zurückhaltende Frauchen eingeschätzt, das ihrem Mann nicht widersprach – erst recht nicht coram publico. Aber die Attacke gegen Ebba vorhin und nun dieser Angriff ließen Maja in einem etwas anderen Licht erscheinen.

Loke schoss zum Glück nicht zurück, sondern beließ es dabei. »Los, komm«, forderte er Lena auf. »Ich ziehe mir nur noch kurz was über. Je früher wir dich aufs Festland bekommen, desto besser.«

38

Auf dem Weg zum Campingplatz, wo sich Lokes Boot befand, begann es langsam zu dämmern. Als sie das Meer erreichten, spiegelte das Wasser bereits die aufgehende Sonne. Es glitzerte, als wäre es von einer dünnen Schicht Öl überzogen. Auf dem gelb gefärbten Himmel war nicht eine Wolke zu sehen. Es versprach ein wunderschöner Herbsttag zu werden.

Loke parkte seinen Pick-up neben dem Bootshaus direkt am Wasser. Lena folgte ihm in das renovierungsbedürftig wirkende Gebäude. Es roch modrig, leicht nach Benzin. Im vorderen Bereich befanden sich Regale mit Windsurfbrettern, die Loke sicherlich im Sommer an die Campinggäste vermietete. Daneben hingen gehisste Segel an den Wänden. Etwas weiter vorne gab es weitere Regale, auf denen Kanus und Stand-up-Paddle-Boards untergebracht waren.

Loke marschierte zielstrebig in Richtung eines Bretterstegs, der bis ins Wasser reichte. Ein Motorboot mit einem kleinen Steuerstand und einem riesigen Außenbordmotor lag dort vertäut. Loke sprang mit Lenas kleinem Reisekoffer in der Hand vom Steg ins Boot. Er brachte den Koffer vor dem Steuerstand unter, dann reichte er ihr die Hand, damit sie ihm folgen konnte.

»Hier!« Er übergab ihr eine der Schwimmwesten, die sich unter einer Bank hinter dem Steuerstand befanden. Sich selbst zog er keine über.

Nachdem er den Zündschlüssel leicht gedreht und die Anzeigen überprüft hatte, startete er den Motor.

»Genug Benzin dabei?«, fragte Lena. Das hätte ihr jetzt gerade noch gefehlt, dass sie wegen einer Bagatelle nicht am Festland ankam.

»Klar. Es ist auch nur eine Dreiviertelstunde. Am besten wird sein, dass wir nicht den direkten Weg nehmen. Wir fahren zunächst an der Insel entlang und dann ein Stück raus aufs offene Meer. Später können wir dann einen nordwestlich von der Insel gelegenen Hafen am Festland ansteuern.«

Loke löste die Seile, mit denen das Boot vertäut war, dann lenkte er es gekonnt rückwärts aus dem Bootshaus.

Das Meer war so glatt, dass man den Eindruck hatte, man könnte darüberlaufen. Lena sah zum Ufer. Alles wirkte sehr friedlich. Es kam ihr jetzt fast übertrieben vor, die Insel so panikartig zu verlassen.

Nachdem sie eine gewisse Entfernung von der Insel erreicht hatten, drehte Loke bei, legte den Vorwärtsgang ein und gab Gas. Das Boot glitt über das Wasser, als böte es keinerlei Widerstand.

Der Campingplatz befand sich auf der dem Meer zugewandten Seite, so dass sie zunächst parallel zum Ufer bis zur Westspitze fuhren. Dort passierten sie nach etwa einer Viertelstunde ein paar Holzhäuser, die auf Felsen gebaut waren und deren Fenster die aufgehende Sonne spiegelten. Dann ließen sie die Insel hinter sich, und Loke hielt zunächst noch westlichen Kurs, bis er nach ungefähr einer weiteren Viertelstunde drehte und auf das nördlich gelegene Festland zuhielt.

»Jetzt geht es in Richtung Hafen«, brüllte Loke gegen den laufenden Motor an. »Dort hast du die besten Chancen auf einen Bus oder ein Taxi in Richtung Luleå und Stockholm.

Oder du nimmst dir ein Hotel in der Nähe und dann morgen den Flug von Kemi-Tornio.«

Aufgrund der guten Sichtverhältnisse war das Festland bereits gut zu erkennen. Lena drehte sich noch einmal um, zu der – inzwischen in einiger Entfernung – aus dem glatten Meer ragenden Insel, die sie an einen riesigen schlafenden Drachen erinnerte.

Außer ihnen war nur ein einziges Boot auf dem Meer zu sehen. Es fuhr auf der dem Land zugewendeten Seite in ihre Richtung. Sie beobachtete es für eine Weile. Dann sah sie wieder in Fahrtrichtung.

Loke blickte stoisch auf das vor ihm liegende Wasser. Seine offenen Haare flatterten unter der Baseballkappe im Wind. Lena konnte sich ihn gut als einsamen Jäger oder Abenteurer vorstellen. In seinem Haus zusammen mit Maja hatte er hingegen eher wie jemand gewirkt, der sich verlaufen hatte. Sie fragte sich, wie seine und Majas Geschichte wohl weitergehen würde.

Ein Horn ertönte, weit entfernt, jedoch gut hörbar. Ein kurzer Ton, ein langer, dann wieder zwei kurze.

Lena drehte sich um. Das einzige Boot, von dem die Signale ausgegangen sein konnten, war das, das Lena bereits zuvor entdeckt hatte. Es hielt weiterhin Kurs auf sie und hatte sich genäherte.

Loke reduzierte das Tempo. Er öffnete eine Box neben dem Steuerstand und zog ein Fernglas heraus.

»Was ist das für ein Boot?«, fragte Lena.

Wieder hörte man das Horn, wieder dieselbe Tonfolge.

»Die Polizei. Fuck! Wir sollen anhalten.«

»Sagt wer?«

»Die.« Er zeigte zum Boot. »Hast du das Signal nicht gehört?«

Natürlich hatte sie das Horn gehört. Mit Lautsignalen kannte sie sich allerdings nicht aus.

»Und jetzt?«

»Was wollen die denn hier?« Loke nahm das Fernglas von den Augen.

»Müssen wir anhalten?«, fragte Lena.

»Eigentlich schon. Aber wenn ich richtig Gas gebe … Ich denke, wir sind schneller.«

»Um wohin zu flüchten?« Das war mal wieder ein Plan, wie er zu Loke passte. Auf dem Meer gab es schließlich keine Bäume, hinter denen man sich verstecken konnte. Und selbst wenn sie so schnell wären, dass sie den Sichtkontakt verlieren würden, ein Polizeiboot hatte bestimmt Radar.

»Wir steuern einfach den nächsten Hafen an. Du versteckst dich, und ich tue so, als ob ich das Horn nicht gehört hätte.«

»Das Horn nicht gehört? Du machst Witze. Und dann? Werden sie nicht die Polizei auf dem Festland informieren, wenn wir nicht anhalten? Hast du nicht selbst gesagt, dass dich eine weitere Anzeige bei der Polizei in die Bredouille bringt?«

Loke kam ins Grübeln. »Fuck … ja, du hast wahrscheinlich recht. Also vielleicht besser anhalten und so tun, als wären wir uns keiner Schuld bewusst.«

Loke stoppte den Motor und drehte bei. Es dauerte nicht lange, da hatte sie das rund zehn Meter lange Polizeiboot eingeholt.

»Seltsam«, murmelte Loke, als das Boot neben ihnen zum Stehen kam.

»Was denn?«

Er nickte in Richtung der beiden Polizisten, die sich an Deck befanden. »Die beiden kenne ich gar nicht. Aber es ist das Polizeiboot der Insel.«

Die Polizisten auf dem Boot ließen nicht lange mit sich reden. Lena und Loke wurden gebeten umzusteigen. »Sie können das alles mit den Kollegen auf der Insel klären«, erklärte einer der beiden. Als wären sie Schwerverbrecher, wurden ihnen mit Kabelbindern die Hände hinter den Rücken gebunden. Lokes Zodiac befestigten sie mit einem Schleppseil am Heck des Schiffs. Dann ging es in Richtung Hafen zurück zur Insel.

39

Die kleine Wache, die sich im einzigen wirklichen Ort der Insel in der Nähe des Hafens befand, bestand aus nicht viel mehr als einem großen Raum mit einer Theke, hinter der ein paar Schreibtische mit Computern standen. Dort empfing sie der Polizist, dem Lena bereits an der Straßensperre begegnet war, Finn Nyström, Astrids Vater. Er war groß, blond und hatte mit seiner Tochter durchaus Ähnlichkeiten. Wie auch Astrid wirkte er eher ernst. Vielleicht lag dies aber auch an der Situation.

»Gemäß den Bestimmungen des Infektionsschutzgesetzes muss ich Sie festnehmen«, verkündete er Lena, nachdem er sich zuvor mit Loke ein längeres Wortgefecht auf Schwedisch geliefert hatte. Man merkte ihm an, dass ihm diese Anordnung nicht leicht über die Lippen kam.

Loke reagierte gewohnt aggressiv. »Woher sollen wir denn wissen, dass die Insel unter Quarantäne steht?«

Nyström lächelte nur müde. »Sie«, er zeigte auf Lena, »wusste es ganz genau. Das ist nicht ihr erster Versuch, die Insel zu verlassen. Und du wolltest einfach nur mal eine Runde auf dem Meer mit ihr drehen? Das soll ich dir glauben?«

»Im Zweifel für den Angeklagten«, sagte Loke.

Nyström zog an seinem rechten unteren Augenlid. »Wir können das gerne so ins Protokoll aufnehmen. Ob dir das ein Richter glauben wird, ist natürlich eine ganz andere Frage.«

Lena begann in ihrer Tasche nach ihrem Portemonnaie zu suchen. Es würde sicherlich ein teurer Spaß werden, doch einsperren lassen wollte sie sich nicht. »Ich werde das Ordnungsgeld sofort bezahlen. Auch für Loke.«

Nyström lachte erneut. »Ordnungsgeld?« Er schüttelte den Kopf. Dann atmete er tief durch. »Wegen des wiederholten Versuchs, gegen Vorschriften des Seuchenschutzgesetzes zu verstoßen, bleibt mir leider keine andere Wahl, als Sie festzunehmen, bis sich die Situation geklärt hat. Es besteht die Gefahr, dass Sie ein weiteres Mal versuchen werden, die Insel zu verlassen.«

»Wiederholter Versuch stimmt doch nicht«, echauffierte sich Lena. Das alles kam ihr sehr konstruiert und merkwürdig vor. »Heute morgen haben wir noch gar nichts davon gewusst und sind dann sofort umgedreht.«

»Sie waren schon hinter dem Schild!«

»Das ist doch ein Witz!«

»Es tut mir leid. Außerdem habe ich Instruktionen.«

»Instruktionen? Von wem?«, fauchte Loke.

»Geht dich nichts an«, antwortete Nyström. Dann wandte er sich wieder an Lena. »Das ist alles nur eine vorsorgliche Maßnahme, um eine mögliche Verbreitung des Virus zu stoppen. Sollte sich der Verdacht bezüglich der Vogelgrippe nicht bestätigen, lasse ich Sie sofort wieder gehen. Es bleibt natürlich bei dem versuchten Verstoß gegen das Seuchenschutzgesetz. Aber da dürfte es bei einem Ordnungsgeld bleiben.«

»Und wann besteht Gewissheit darüber, ob es sich um die Vogelgrippe handelt?«, fragte Lena.

Nyström zuckte mit den Schultern. »Vielleicht Montag?«

Loke riss sich seine Kappe vom Kopf. »Fuck you! Ich will einen Anwalt!«

Nyström ließ sich durch Lokes aufbrausende Art nicht aus der Ruhe bringen. Er griff zum Telefon, das sich auf der Theke befand. »Nummer?«

Loke starrte ihn wütend an und zückte sein Handy.

»Mensch, Loke, bleib doch einfach ruhig. Vielleicht ist die Situation in ein paar Stunden geklärt. Du verschwendest nur dein Geld.«

Loke überlegte. »Okay. Ich warte. Aber nicht lange.«

Nyström wandte sich wieder an Lena. »Soll ich für Sie jemanden informieren?«

Michael, war Lenas erster Gedanke, den sie dann aber wieder verwarf. Er würde sich riesige Sorgen machen und sich am Ende sofort auf den Weg nach Schweden machen, obwohl er hier gar nichts ausrichten könnte.

»Sie könnten Ebba Langholm informieren.«

Nyström warf ihr einen seltsamen Blick zu, der Lena verunsicherte. Wollte er Ebba nicht informieren oder hielt er es für eine schlechte Idee? »Ich werde mich drum kümmern.«

Dann bat er Lena und Loke, ihm zu folgen. Er führte sie durch die Glastür in den Eingangsbereich der Wache und von dort aus in den Keller.

40

Außer einem Stahlbett, auf das man eine bezogene Matratze und eine Decke gelegt hatte, war die Zelle unmöbliert. In einer kleinen Nische neben der Tür gab es eine Spüle und eine Toilette. Damit sie nicht nur das Bett als Sitzplatz hatte, brachte ihr Nyström einen Stuhl, dazu noch ein kleines Tablett mit Kaffee, Keksen einer Flasche Wasser und einem Sandwich. Er entschuldigte sich für die Zelle, die eigentlich vornehmlich dem Ausnüchtern von alkoholisierten Inselbewohnern diente. »Andere Zellen haben wir auf der Insel nicht«, erklärte er. »Wir haben hier eher ein Problem mit Alkohol als mit Verbrechern.« Er nahm ihr das Handy ab. »Ich hoffe, es wird sich alles schnell klären.«

Loke hatte man eine Zelle weiter eingesperrt. Lenas Bitte, sie doch wenigstens gemeinsam einzusperren, war mit einem Verweis auf die Vorschriften und auf den Umstand, dass die Zellen auch als Toiletten dienten, nicht entsprochen worden.

Lena ärgerte sich über sich selbst. Warum nur hatte sie dem Vorschlag zugestimmt, die Insel so fluchtartig mit einem Boot zu verlassen? Hätte sie sich einfach ruhig verhalten, dann wäre ihr in der Obhut von Ebba und Loke sicherlich nichts passiert. Oder vielleicht doch? Was sie zusätzlich verunsicherte, war der Umstand, dass sie die Polizei sofort entdeckt hatte. Dass man Beamte vom Festland einsetzte, um die Quarantäne der Insel auch auf dem Wasser zu schützen, war verständlich. Aber dass sie so gezielt Richtung Westen fuhren und Loke und sie außerhalb des Quarantänebereichs aufgriffen? Ein Radargerät, mit dem der Schiffsverkehr um die Insel überwacht wurde, wäre eine Erklärung. Doch weder hatte sie eines in der Wache gesehen, noch hatte sie den Eindruck, dass Nyström gerade die Zeit hätte, so ein Gerät im Auge zu behalten. Sie konnte daher kaum glauben, dass die Entdeckung reiner Zufall war. Vielmehr hatte sie das Gefühl, dass sie jemand verraten hatte. Jemand, der sie beobachtet hatte.

Nach einiger Zeit nahm Lena Stimmen vor der Zelle wahr. Sie eilte zur Tür, doch selbst mit dem Ohr an das kühle Metall gedrückt verstand sie kaum, was gesagt wurde, zumal die Personen Schwedisch sprachen. Eine der Stimmen konnte sie Loke zuordnen. Bei der anderen Stimme war sie sich nicht sicher. Nyström schien es zumindest nicht gewesen zu sein.

Lena wartete in der Hoffnung, dass man auch ihre Zelle öffnete und mit ihr sprach. Aber als selbst nach mehreren Minuten nichts passierte, setzte sie sich enttäuscht zurück auf den Stuhl.

Alles wirkte jetzt noch stiller als zuvor. War Loke noch in seiner Zelle? Sie rief nach ihm. Niemand antwortete. Neben der Zellentür gab es eine Sprechanlage. Das Gerät sah ziemlich ramponiert aus. Trotzdem drückte Lena auf den Knopf. »Hallo?!« Keine Reaktion. Nicht einmal ein müdes Rauschen. Das Gerät war eindeutig kaputt, wahrscheinlich von irgendeinem Besoffenen demoliert.

In Lena stieg ein ungutes Gefühl auf, das sich mit jeder Minute steigerte. Es konnte doch nicht sein, dass man sie hier unten einsperrte, ohne eine Möglichkeit, sich bemerkbar zu machen. Was wäre, wenn ihr schlecht würde oder sie aus einem anderen Grund Hilfe benötigte? Oder noch schlimmer: Was, wenn jemand kam, um ihr etwas anzutun?

Lena versuchte den Gedanken sofort wieder zu unterdrücken, es machte keinen Sinn, sich in eine Panik hineinzusteigern. Doch wirklich gelingen mochte es ihr nicht. Zu viel war schon passiert auf der Insel, zu unverständlich die Tatsache, dass sie jetzt plötzlich hier im Gefängnis saß. Wie ein fieser Parasit begannen unschöne Szenarien Bahnen durch ihren Kopf zu fräsen, immer tiefer. Es entstanden schreckliche Fantasien darüber, was die Inselbewohner mit ihr vorhaben könnten. Die Verfolgung durch Åberg, die zerstochenen Reifen, der Aufmarsch vor dem Laborcontainer. Jetzt die toten Hühner und die Verhaftung auf dem Meer. Ob die Quarantäne provoziert wurde, damit genau das hier passierte? Dass die Wache dauerhaft besetzt war, war eher unwahrscheinlich. Und selbst wenn: Wem würde schon auffallen, wenn sich jemand über den Eingangsflur in den Keller schlich? Lena meinte sich zu erinnern, dass die Zellentüren nur mit einem dicken Riegel gesichert waren, der sich einfach zurückschieben ließ. Doch selbst ein Vorhängeschloss wäre kein wirkliches Hindernis für jemanden, der hier hereingelangen wollte.

Böse Erinnerungen kamen in ihr hoch. Sie musste an Stefan Ewald denken, einen Mitarbeiter des Verfassungsschutzes, dem sie versucht hatte, bei seinem letzten Fall zu helfen. Ihn hatte der Fall sein Leben gekostet. Man hatte ihn wegen falscher Anschuldigungen eingesperrt. Später fand man ihn aufgehängt in seiner Zelle. Angeblich Selbstmord.

In ihrer Angst begann Lena laut nach Nyström zu rufen, immer wieder und immer lauter.

Keine Reaktion.

Ruhig bleiben, befahl sich Lena. Du steigerst dich da in etwas hinein. Das, was du dir da zusammenreimst, macht keinen Sinn. Noch einmal von vorne!

Selbst wenn jemand die Quarantäne bewusst herbeigeführt hatte, wie hätte dieser Jemand ahnen können, dass sie versuchen würde zu fliehen? Es wäre ja eher das Gegenteil wahrscheinlich.

Doch die Geschichte mit der Vogelgrippe war einfach zu absurd, als dass Lena glauben konnte, dass es sich um einen Zufall handelte. Sie war auf die Insel gekommen, um Ebba, Loke und den Frauen zu helfen. Ihr Besuch hatte sich herumgesprochen. Wer auch immer die Reifen von Ebbas Wagen zerstochen hatte, es sprach inzwischen vieles dafür, dass man sie schon zu diesem Zeitpunkt davon abhalten wollte, die Insel zu verlassen. Aber warum? Damit sie das Blut nicht analysieren konnte? Doch nach dem ersten Abend war es ja gänzlich unwahrscheinlich, dass es überhaupt dazu kam, Proben zu nehmen. Sie hatte vorgehabt, die Insel unverrichteter Dinge zu verlassen.

Dann der Auflauf vor dem Container. Gab es jemanden auf der Insel, der sie ständig beobachtete? Und hatte dieser Jemand auch von ihrem Fluchtversuch über das Meer Kenntnis erlangt? Doch wer konnte das sein? Vielleicht jemand aus dem inneren Kreis? Loke schloss sie aus, denn er hatte sich selbst in die Klemme gebracht. Und dass Ebba oder Maja für diesen Auflauf und die Verhaftung gesorgt hatten, glaubte Lena ebenfalls nicht. Bei Ebba hatte es zwar Momente gegeben, wo sie eine gewisse Ambivalenz bezüglich Lenas Vorhabens gespürt hatte. Aber es war schließlich Ebba gewesen, auf deren Initiative hin Lena überhaupt erst hierhergekommen war und die auch hier vor Ort alles in die Wege geleitet hatte. Und dass Maja ihren Mann in den Knast schicken wollte, konnte Lena einfach nicht glauben, trotz des Gefühls, dass in dieser Beziehung nicht alles ganz rund lief. Es musste für all das eine andere Erklärung geben.

Konzentrier dich, befahl sich Lena, wohl wissend, dass ihr das aufgrund ihrer aufkommenden Panik immer schwerer fiel. Wer auch immer hinter all dem steckte, wollte auf keinen Fall, dass sie die Insel verließ. Und dafür konnte es eigentlich nur einen Grund geben: Man hatte Angst davor, dass sie etwas herausgefunden hatte, was *Insovital* in Verruf bringen könnte, was wiederum für Rehabitex einen gewaltigen Rückschlag, vielleicht sogar das Aus bedeuten würde. Das brachte neben Rehabitex jede Menge weitere mögliche Akteure auf den Plan, denn es gab jede Menge Menschen auf der Insel, die von *Insovital* abhängig waren. Aber es gab nur wenige, die auch dazu in der Lage waren, vorbeugende Maßnahmen für einen möglichen Seuchenfall auszurufen. Der Bürgermeister. Eigentlich war er der Einzige, der zu so etwas in der Lage war. Und Åberg? Lena war sich sicher, dass auch er seine Finger im Spiel hatte. Warum sonst tauchte er ständig überall auf? Und wie genau stand es um die Zusammenarbeit mit Rehabitex? Die Firmenleitung könnte Druck auf den Bürgermeister und die Bewohner ausgeübt haben. Und jetzt tanzte die Insel nach deren Pfeife.

Lena musste an das tote Mädchen denken. Sie hatte sich selbst umgebracht, hatten Loke und Ebba gesagt. Doch wirklich überzeugt schienen sie ihr nicht, und Majas Spekulationen hatten Schlimmeres angedeutet. Was wäre, wenn sie tatsächlich umgebracht wurde? Würde derjenige vor einem zweiten Mord zurückschrecken?

Lena hatte das Gefühl, der Lösung des Rätsels näherzukommen. Und wenn dem so war, das wurde ihr leider immer mehr bewusst, dann saß sie jetzt wirklich in der Falle.

41

Erst hörte sie Schritte vor ihrer Tür. Dann das Quietschen von aneinanderreibendem Metall. Lena sprang auf.

»Mr Nyström?«

Sie bekam keine Antwort. Es war wieder still.

»Hallo!«, schrie Lena, so laut sie konnte. Sie ergriff den Stuhl, den man ihr gegeben hatte, und hielt ihn zur Verteidigung vor sich wie ein Schild.

Erneut das Quietschen des Riegels.

Lena machte einen Schritt nach vorn in Richtung Tür. Anstatt den Stuhl weiter zur Verteidigung vor sich zu halten, hob sie ihn nun über ihren Kopf, um ihn einem Eindringling sofort auf den Schädel schlagen zu können.

Die Tür schob sich mit einem Satz auf. Vor Anspannung meinte Lena fast zu platzen. Dann löste sich alles in Erleichterung auf, und Lena begann fast zu lachen. Sie ließ den Stuhl sinken. »Du?«, seufzte sie erleichtert.

Anstatt Finn Nyström oder irgendeinem Eindringling stand Lena Astrid gegenüber.

»Komm, raus hier!«, flüsterte sie ihr zu.

Lena zögerte. »Hat dich dein Vater geschickt?«

»Nein, er weiß natürlich nichts hiervon.« Astrid rollte mit den Augen. »Komm! Wir haben nicht viel Zeit.«

Obwohl sie sich nichts sehnlicher wünschte, als die Zelle zu verlassen, war sich Lena nicht sicher, ob das eine gute Idee war. Sie wollte sich nicht noch mehr in Schwierigkeiten bringen.

»Was ist?« Astrid zeigte in die Richtung, in der sich die Treppe und der Ausgang befanden. »Komm!«

»Ich weiß nicht.«

»Die Wache ist nie lange unbesetzt. Wir haben nicht viel Zeit.«

Lenas Misstrauen der ganzen Sache gegenüber und ihre Angst vor möglichen Plänen einiger Inselbewohner überwogen den automatisierten inneren Unwillen, es sich mit der Polizei zu verscherzen. Sie stellte den Stuhl zu Seite und trat aus der Zelle. Dann folgte sie Astrid, die bereits wieder in Richtung Treppe lief. Im Eingangsbereich zeigte sie Lena stolz, wie sie die Überwachungskamera außer Betrieb gesetzt hatte. Ein alter Lappen hing über dem Objektiv. »Damit die nicht darauf kommen, wer dir geholfen hat«, kommentierte sie.

Sie verließen das Gebäue. Astrid hatte ihren Volvo direkt vor der Wache geparkt. »Ist offen.«

Lena sprang zur Beifahrertür. Noch bevor sie saß, hatte Astrid den Motor gestartet. »Wie Thelma und Louise!«, jubelte sie und gab Gas. »Am besten, du duckst dich, damit dich niemand sieht.«

Lena drückte sich in den Sitz und ließ die Rückenlehne so tief hinunter, wie es eben ging.

»Wir fahren zu meinem Großvater. Dann schauen wir weiter«, erklärte Astrid.

42

Das Haus von Astrids Großvater befand sich abgelegen am westlichen Ende der Insel. Es handelte sich um ein kleines, einstöckiges Holzhaus, gestrichen in einem hellen Blau, das direkt an der Küste auf einen großen Felsen gebaut war. Durch einen engen Flur gelangte man in das geräumige Wohnzimmer. Es war mit dunklen Holzmöbeln ausgestattet. In einer Ecke stand ein antikes Sofa mit einem stilgleichen Tisch. Die beiden ebenfalls dazu passenden Sessel waren in einem kleinen Erker platziert. Der war leicht erhöht, wie auf einem Sockel, wahrscheinlich, damit man von dort aus auch sitzend den Blick aufs Meer genießen konnte.

Astrid bat Lena, dort Platz zu nehmen. »Ruh dich aus. Hier bist du erst einmal sicher.«

Lena sah aus dem Fenster. Es waren Wolken aufgezogen, die im Licht der niedrig stehenden Sonne aussahen wie eine Decke, die sich langsam über das Meer zu legen begann. Der Anblick hatte etwas Beruhigendes und Gespenstisches zugleich. »Wie viel Uhr ist es?«, fragte Lena.

»Kurz nach drei. Du hast sicher Hunger.«

»Hunger nicht. Dein Vater hat mich mit einem Sandwich und Keksen versorgt. Aber einen frischen Kaffee und ein Wasser könnte ich gut vertragen.«

Astrid verließ das Zimmer. Lena sah weiter auf das Meer hinaus. Dann erhob sie sich, um Astrid in der Küche Gesellschaft zu leisten.

Anders als bei Loke und Maja war die Küche von Astrids Großvater perfekt geputzt. Es gab kein verdrecktes Geschirr, keine herumliegenden Nahrungsmittel. Nicht ein Krümel war zu sehen. Dem Gasherd in der Ecke sah man sein Alter nur aufgrund des Designs an. Ansonsten wirkte er wie neu.

Astrid stand vor einem Hängeschrank und entnahm ihm zwei Tassen. Ein Espressokocher stand bereits auf dem Herd und gab erste glucksende Geräusche von sich.

Lena erzählte Astrid, was am Morgen passiert war. »Und jetzt bin ich hier«, beendete sie ihre Ausführungen. Ob in Sicherheit, das war zu bezweifeln. Diese Insel hatte ihre Augen und Ohren überall. So kam es ihr zumindest vor.

»Wo ist eigentlich dein Großvater?«

»Angeln.« Astrid zeigte in die Richtung, in der der Hafen liegen musste. »Er hat da seine besonderen Stellen. Sein kleines Geheimnis. Hier um das Haus herum beißen die Fische angeblich nicht.«

»Hat dich Ebba darüber informiert, dass ich im Gefängnis sitze?«, fragte Lena, die sich plötzlich wunderte, woher Astrid das gewusst hatte. Das erschien ihr zumindest die logischste Erklärung. Ebba hatte vermutlich alle Hebel in Bewegung gesetzt, nachdem Astrids Vater sie über Lenas Inhaftierung informiert hatte, um Lena dort rauszuholen.

»Ebba?« Astrid schüttelte den Kopf. »Von meinem Vater. Ich wollte Brot holen. Am Supermarkt war die Hölle los, vermutlich Panikkäufe wegen der Quarantäne, du verstehst. Ich habe meinen Vater angerufen. Und der hat mir dann erzählt, dass es zwei Festnahmen gab: Loke und eine Biologin aus Deutschland.«

Die Espressomaschine begann zu zischen, gleichzeitig verbreitete sich der angenehme Geruch von frischem Kaffee in der Küche.

»Seltsam. Ich hatte deinen Vater gebeten, ihr Bescheid zu geben«, sagte Lena. Ihr kam einmal mehr der Gedanke, ob es vielleicht Ebba war, die ein falsches Spiel spielte. Aber es gab überhaupt kein schlüssiges Motiv dafür. Und wenn sie gar keine Untersuchung wollte, warum hatte sie Lena dann überhaupt auf die Insel geholt? Es war absurd, sie zu verdächtigen.

Astrid sah zu Lena. »Hat er bestimmt getan.«

Aber warum war Ebba dann nicht auf der Wache erschienen? Oder hatte man sie nicht zu ihr gelassen? Und wo war Loke geblieben?

»Was beschäftigt dich?«, fragte Astrid. Sie füllte den fertigen Kaffee in die Tassen.

Lena winkte ab. »Ach, nichts. Vergiss es.«

Sie setzten sich in die Sessel mit dem Blick aufs Meer. Doch Lena wurde die Unruhe nicht los. War sie hier wirklich sicher?

»Nun sag schon«, forderte Astrid sie auf.

»Wer weiß, dass ich hier bin?«

»Nur ich.« Astrid legte wie selbstverständlich ihre Hand auf Lenas Bein. »Du musst keine Angst haben.« Sie wirkte von ihren Worten restlos überzeugt. »Nicht gerade die besten Umstände, aber schön, dass ich dich so noch einmal sehen kann!« Sie sah sie zärtlich an. »Das war wirklich schön gestern Nacht.«

Die gestrige Nacht. Lena hatte sie aufgrund der sich überschlagenden Ereignisse schon fast wieder vergessen. Sie sah zu Astrid, die auf eine Reaktion wartete.

»Oder nicht?«, fragte Astrid verunsichert. Sie nahm sofort ihre Hand zurück.

»Doch, es war schön.« Lena war selbst erschrocken darüber, wie wenig emotional sie die Worte über die Lippen brachte.

Astrid schluckte. »Du klingst nicht so überzeugt.«

»Nein … also … Es ist nur so …« Lena stockte, um die richtigen Worte zu finden. »Das ist gerade einfach zu viel. Ich habe einen Mann und einen Sohn. Ich liebe sie. Aber das ist es nicht allein. Diese ganze Situation hier auf der Insel. Die Vogelgrippe, meine Festnahme. Meine Hoffnung ist immer noch, dass es für all das eine relativ harmlose Erklärung gibt. Aber leider habe ich die Erfahrung gemacht, dass sich bestimmte Dinge nicht so einfach klären. Noch vor einer halben Stunde saß ich in einer Ausnüchterungszelle und wusste nicht, wann und ob ich da wieder rauskomme.«

Astrid wirkte enttäuscht. »Verstehe.« Sie begann nervös ihre Hände zu kneten. »Nur eine Frage noch. Dann lass ich dich damit in Ruhe.«

»Natürlich.« Lena versuchte so einfühlsam wie möglich zu klingen, obwohl sie mit ihren Gedanken schon wieder woanders war, nämlich erneut bei der Frage, warum Ebba nie auf der Wache aufgetaucht war.

»Empfindest du etwas für mich?«

Lena hätte sich an Astrids Stelle wahrscheinlich genau dasselbe gefragt. Aber für Lena war das eine einmalige Sache gewesen, egal, wie sehr sie Astrid tatsächlich mochte. »Ich mag dich. Ich mag dich sogar sehr.«

»Man kann auch sein Auto mögen.«

»Ich weiß«, stöhnte Lena. Sie würde Astrid trotzdem nicht anlügen, nur damit sie Ruhe gab. »Es war eine schöne Nacht, aber sie wird sich nicht wiederholen. Wenn wir uns unter anderen Umständen getroffen hätten, vielleicht …«

Beide sahen sie aus dem Fenster. Die Sonne war noch tiefer gewandert. Sie hing jetzt knapp über dem Horizont und färbte die Wolkendecke in unterschiedlichste Rottöne.

»Es tut mir leid. Das alles hier macht mir Angst.« Lena berichtete erneut über die Festnahme. »Was ich immer noch nicht verstehe, ist, wie sie uns so schnell gefunden haben. Die sind zielstrebig direkt auf uns zugefahren. So, als hätten sie von unserem Plan gewusst. Doch davon wussten nur Maja, Loke, Ebba und ich.«

Astrid überlegte. »Auf dem Polizeiboot gibt es ein Radargerät.«

»Aber selbst, wenn sie patrouilliert haben: Warum gerade zu diesem Zeitpunkt an dieser Stelle?«, fragte Lena.

»Das Radargerät ist wohl die einzige Erklärung«, mutmaßte Astrid.

»Die Polizisten waren übrigens nicht von der Insel. Das sagte zumindest Loke. Ist das normal?«

»Bestimmt welche vom Festland. Wenn es hier mehr zu tun gibt, helfen die schon mal aus. Und zu zweit die Quarantäne einer ganzen Insel zu überwachen, scheint mir eher unmöglich.«

»Macht Sinn. Aber weißt du, was wirklich seltsam ist?«

»Sag es mir.«

»Loke. Man hat ihn in die Zelle neben mir gesperrt. Kurz darauf hat man ihn jedoch wieder herausgeholt. Kannst du dir das erklären?«

Astrid schüttelte den Kopf. »Mein Vater ist kein schlechter Mensch. Du darfst ihm nicht übelnehmen, dass er dich eingesperrt hat. Er hält sich eben immer an die Vorschriften. Es gab wohl eine Anordnung des Bürgermeisters. Sobald der Seuchenfall ausgerufen ist, greifen bestimmte Regeln, an die er sich halten muss. Trotzdem geht das gar nicht, was passiert ist. Du setzt dich für uns ein, und dann steckt man dich in den Knast. Als ich die Sache von meinem Vater gehört habe, war mir sofort klar, dass ich dich da rausholen muss. Ich musste nur einen Moment abwarten, in dem die Wache unbesetzt war. Soll ich Loke mal anrufen?«

»Ich weiß nicht.« Lena wurde sich immer unsicherer darüber, wem sie noch trauen konnte. Vielleicht war es auch kein Zufall, dass man ihn sofort wieder auf freien Fuß gesetzt hatte. Sie glaubte das nicht wirklich, aber ausschließen wollte sie es nicht. »Obwohl, du könntest ja so tun, als ob du von all dem gar nichts weißt. Erwähne zumindest auf keinen Fall, dass du mich da rausgeholt hast.«

»Keine Sorge. Ich bin ja nicht auf den Kopf gefallen.«

Astrid stand auf und holte ihr Handy. Dann wählte sie Lokes Nummer. Da er nicht abnahm, versuchte sie es bei Maja. Doch auch da meldete sich niemand.

»Oder ruf Ebba an. Mich würde interessieren, ob dein Vater sie wirklich informiert hat.« Etwas in ihr hoffte, dass Ebba noch gar nicht informiert worden war. Vielleicht nicht mal böswillig, sondern einfach nur, weil sich die Ereignisse überschlugen.

Astrid wählte Ebbas Nummer. Sie sprach auf Schwedisch, so dass Lena nicht verstand, was sie sagte. Während des Gesprächs zwinkerte sie Lena immer wieder zu. Dann hielt sie ihr das Telefon hin. »Mein Vater hat sie angerufen«, flüsterte sie ihr zu.

Lena nahm das Telefon entgegen. »Ebba?«

»Lena! Endlich! Sie haben dich freigelassen?«

»Nein, Astrid hat mich rausgeholt. Hat sie dir das nicht schon erzählt?«

»Nein, noch nicht. Sie wollte wissen, ob ich davon gehört hätte, dass man dich eingesperrt hat. Und ich erzählte ihr, dass ich schon auf der Wache war. Doch da war niemand. Ich habe ein sehr ungutes Gefühl bekommen. Mensch, Lena, wie konnte das nur passieren?«

»Ich weiß es nicht. Ebba, was ist hier los?«

Stille am anderen Ende der Leitung. »Wenn ich das wüsste …« Wieder war es für einen Moment still. »Aber bei Astrid bist du nicht sicher.«

Lena hörte, wie eine Tür ins Schloss fiel. Dann schwere Schritte. »Astrid«, hallte es durch das Haus. »*Är du där?*«

»Mein Vater«, flüsterte Astrid Lena hektisch zu und zeigte auf eines der Fenster. »Los, raus da. Ich halte ihn auf.«

Lena hechtete zum Fenster. Als sie es öffnete, hörte sie, wie Astrid mit ihrem Vater sprach. Sie schwang sich auf die schmale Fensterbank. Der Abstand von dort bis zum Felsen, auf dem das Haus gebaut war, war größer, als sie gedacht hatte, vielleicht zwei Meter. Zudem wirkte der mit Moos bewachsene Felsen feucht und rutschig. Ein Sprung wäre nicht ohne Risiko. Sie beschloss daher, sich so weit wie möglich am Fensterrahmen herunterzulassen, bevor sie sprang.

Ein Bein hing schon im Freien, da fiel ihr Blick auf die benutzten Kaffeetassen zwischen den Sesseln, dazu das offene Fenster – es würde keine fünf Sekunden dauern, bis Astrids Vater die Lage durchschaut hatte. Selbst wenn sie sich bei ihrem Sprung nicht verletzen würde, eine Flucht aus dem Fenster war nicht die Lösung. Sie sah sich um. Die Stimmen im Flur wurden bereits lauter. Oder sollte sie sich einfach ergeben?

43

Die Tür ging auf. Alles, was Lena sah, waren schwere Lederstiefel, die zum offenen Fenster rannten. Sie hörte Astrid, die lachend im Flur stand, Nyström, der mit ihr schimpfte und anschließend etwas in ein rauschendes Funkgerät bellte. Dann verließ er den Raum Richtung Haustür. Kurz darauf war es wieder still, so still, dass er Astrid wohl mitgenommen hatte.

Lena beschloss, unter dem Sofa versteckt zu bleiben, bis sie sicher sein konnte, dass Nyström nicht zurückkehrte. Astrid würde hoffentlich versuchen, ihn auf eine falsche Fährte zu lenken. Wenn sie zurückkehrte, konnten sie entscheiden, wie es weiterging.

Es dauerte nicht lange, bis die Haustür wieder ins Schloss fiel. Es folgte ein Geräusch, als würden schwere Schuhe zu Boden fallen, dann das dumpfe Knarren der Holzdielen. Die Wohnzimmertür öffnete sich. Sie sah Füße in dicken Wollsocken, nicht die Lederstiefel von Astrids Vaters, aber auch nicht die schmalen Fesseln von Astrid. Die Person, die das Zimmer betreten hatte, ging umher, stieg die zwei Stufen zu dem Erker mit den beiden Sesseln empor, drehte sich, drehte sich wieder, dann noch einmal. Die Füße zeigten jetzt genau in Lenas Richtung.

»Man sieht eines Ihrer Beine«, sagte eine Stimme in schlechtem Englisch, die weder Astrids noch die ihres Vaters war.

Die Füße verließen die Empore und wankten unter einem Stöhnen die zwei Stufen wieder herab. Zwei Knie setzten nicht weit von ihr entfernt auf dem Boden auf. Dann sah sie in die freundlichen blauen Augen eines alten Mannes.

»Mrs Lena Bondroit, nehme ich an.« Der Mann grinste verschmitzt. »Meine Enkeltochter hat mir von dir erzählt.« Er sprach langsam und deutlich. »Mein Name ist Varg. Ich bin Astrids Großvater.« Er reichte ihr seine Hand. »Darf ich dich da rausziehen?«

»Du darfst.« Was blieb Lena auch anderes übrig. Zudem ging sie davon aus, dass Nyström über Astrids Plan Bescheid wusste. Sie musste ihn schon allein deshalb eingeweiht haben, um Lena bei ihm verstecken zu können.

»Darf ich fragen, was du unter meinem Sofa machst?« Nyström schaute ernst, während er das fragte, jedoch eher gespielt.

»Gute Frage.« Sie klopfte sich den Staub von den Kleidern. »Mich vor deinem Sohn verstecken, denke ich.«

Nyström lachte. »Du bist wenigstens ehrlich.« Sein Lachen hatte etwas Ansteckendes. »Die spinnen hier doch alle. Seit die feinen Herren mit ihren Pillen aufgetaucht sind, ist die Insel nicht mehr dieselbe. Dieser Jugendwahn«, sagte er, nachdem er sich wieder beruhigt hatte. Er tippte gegen seine Stirn. »Und jetzt die Vogelgrippe. Was soll der Blödsinn eigentlich?« Er musste erneut loslachen.

Sein Blick fiel auf die beiden Kaffeetassen auf dem kleinen Tisch. »Kaffee. Ich sehe, du hattest schon einen. Noch einen?«

Lena lehnte dankend ab.

»Aber von meinen selbstgebackenen *kanelbullar* musst du probieren. Jetzt ist *fika*. Da dulde ich keinen Widerspruch.« Nyström erklärte Lena, wie heilig den Schweden ihre Nachmittagspause samt Kaffee und einem Stückchen süßem Gebäck war. »Da können wir über die Engländer mit ihrer Tea Time nur lachen«, beendete Nyström seine Erläuterungen und kicherte in sich hinein. Dann wurde sein Blick plötzlich ernst. »Früher war meine Frau für das Gebäck zuständig. Sie hat die besten Kanelbullar auf der ganzen Insel gebacken. Diese dumme Gans.« Nyström kratzte sich am Hinterkopf. »Hat sich doch tatsächlich noch auf ihre alten Tage in so einen halbseidenen südländischen Erbschleicher verliebt.« Er schüttelte angewidert den Kopf.

Lena begleitete ihn in die Küche. Dort füllte Nyström Wasser in einen elektrischen Wasserkocher.

»Astrid hat mir heute Mittag von deiner Festnahme erzählt. Granqvist, unser Bürgermeister, ist ein lieber Kerl, aber auch ein Wichtigtuer vom Feinsten. Vogelgrippe! So ein Schwachsinn. Recht so, dass Astrid dich befreit hat. Sie kommt ganz nach mir.« Er löffelte einiges an Kaffee in eine Kanne. Nachdem das Wasser kochte, goss er das Pulver auf. Er zeigte auf den Espressokocher, den Astrid genutzt hatte, und verzog sein Gesicht. »Dieses italienische Mistding nutzt nur meine Enkeltochter. Ich trinke meinen Kaffee noch ehrlich aufgegossen. Filter braucht man gar nicht. Man muss nur warten, bis er sich abgesetzt hat.«

Nyström schien die Ruhe weg zu haben. Ganz im Gegenteil zu Lena. Sie fragte sich, wo Astrid blieb. Und konnte nur hoffen, dass Astrids Vater nicht wieder auftauchen würde.

»Wirklich keinen? Mal probieren?« Ihm konnte man wohl keinen Wunsch abschlagen. Lena nickte. Nyström füllte zwei Tassen und reichte ihr eine.

»Dein Sohn. Meinst du nicht, dass er noch einmal wiederkommt und nach mir sucht?«, fragte Lena auf dem Weg zurück ins Wohnzimmer.

»Unwahrscheinlich. Ich bin ihm auf der Straße hierher begegnet. Er bat mich, ihm sofort Bescheid zu geben, wenn ich dich sehe. Hab ich ihm versprochen.« Er musste wieder laut lachen. »Darauf wird er sich verlassen. Hier bist du erst einmal sicher.«

Nyström stellte die Tassen auf den kleinen Tisch zwischen den Sesseln. »Entschuldige. Aber jetzt habe ich das Wichtigste doch tatsächlich vergessen.« Fröhlich pfeifend verließ er den Raum, um kurz darauf mit einem Teller mit Zimtschnecken zurückzukehren. Eine hatte er bereits im Mund. »Hier die *kanelbullar*«, sagte er schmatzend.

Sie sahen beide aus dem Fenster auf das Meer hinaus. Es hatte normalerweise eine beruhigende Wirkung auf Lena. Doch nicht in diesem Moment, denn wirklich sicher fühlte sie sich trotz Nyströms Einschätzung nicht.

»Astrid hat mir erzählt, was du herausgefunden hast«, sagte Nyström nach einer Weile. »Das erklärt einiges.« Seine erste Zimtschnecke hatte er bereits halb vertilgt. Die Reste spülte er mit etwas Kaffee hinunter. »Mein Sohn meint immer, sie wäre nur ein wenig introvertiert. Er sagt, die Entwicklungen in der Welt machen ihr zu schaffen. Die Kriege. Die Umweltverschmutzung. Die Erderwärmung. Die immer weiter aufklaffende Schere zwischen Arm und Reich. Darüber würde sie sich zu viele Gedanken machen. Und deswegen wäre sie schlecht drauf.«

»Du siehst das anders?«, fragte Lena.

»Schon. Sie grübelt viel, das stimmt. Aber das habe ich immer auf ihre Intelligenz geschoben. Du musst wissen, mein Mädchen ist verdammt schlau. Und intelligente Menschen haben manchmal etwas Schwermütiges an sich. Oder nicht?«

Lena nickte. Sie musste an ihren Klinikaufenthalt vor zehn Jahren denken. Burn-out und Depression hatten sie es genannt. Es war eine unbestimmte Angst gewesen, zu versagen, nicht zu genügen, nicht mithalten zu können. Vor allem aber hatte sie nicht loslassen können, hatte Schwierigkeiten damit, den Dingen ihren Lauf zu lassen. Obwohl es ihr seit damals deutlich besser ging, hatte sie damit immer noch Probleme. Ein gebrochener Arm ließ sich eingipsen, ein kaputtes Bein ruhigstellen. Mit dem, was in unseren Köpfen passierte, war das schon schwieriger. Und die Frage war, ob man einen Kopf überhaupt »ruhigstellen« wollte? Die Tabletten, die sie damals genommen hatte, hatte sie zumindest schnell wieder abgesetzt. Auch wenn das Karussell in ihrem Kopf sie viel Kraft, Nerven und vielleicht auch Lebensfreude kostete, sie konnte nicht ohne – und hatte sich damit arrangiert.

»Dieses verdammte Teufelszeug.« Nyström schüttelte mehrfach den Kopf. »Als ewiger Jungbrunnen wurde es uns verkauft. Die darin enthaltenen Stoffe wären in der Lage, Alterungsprozesse um viele Jahr zu verzögern, sagten sie. Und sie hatten recht. Trotzdem hätten wir die Finger davon lassen sollen.« Er sah zu Lena. In seinen Augen war nichts mehr von dem gutmütigen alten Mann zu sehen. »Wir haben uns ein paar Lebensjahre gekauft. Das schon. Aber unsere Enkelkinder bezahlen jetzt den Preis.« Nyström atmete lang aus, als wollte er damit einen Dämon vertreiben, der gerade von ihm Besitz ergriffen hatte. »Und die Unfruchtbarkeit?«, fragte er nach einer Weile. »Bist du wirklich sicher, dass die nicht auch von dem Zeug kommt?«

»Sehr unwahrscheinlich.«

Die Wohnzimmertür sprang auf. Nyström und Lena fuhren erschrocken zusammen.

»Hab ich es mir doch gedacht!« Es war zum Glück nur Astrid, die im Türrahmen stand. Sie musste sich ins Haus geschlichen haben. »Da kann mein Vater natürlich lange suchen.« Sie lachte. »Ich sehe, ihr versteht euch.« Wahrscheinlich hatte sie gelauscht.

»Ausgezeichnet sogar«, gab ihr ihr Großvater recht.

»Schaut mal, wen ich mitgebracht habe.«

Astrid drückte die Tür ein wenig weiter auf, und Ebba betrat das Wohnzimmer.

»Lena!« Sie wirkte aufrichtig erleichtert. »Nachdem du so plötzlich aufgelegt hast, bin ich sofort losgefahren.«

Nyström zeigte auf den Teller mit dem Gebäck. »Es ist leider nur noch ein *kanelbulle* da. Da müsst ihr euch jetzt drum streiten.« Er leckte sich die Zuckerreste von den Fingern.

»Ah. Die großen von Bäcker Björklund«, stellte Astrid fest. »Die besten auf der Insel.«

Hatte Nyström nicht gesagt, dass er sie selbst gebacken hatte? Er schien sich auch daran zu erinnern, als ihre Blicke sich trafen. Er verzog sein Gesicht zu einer lustigen Fratze. »Zu blöd. Jetzt ist es raus.«

»Konntest du herausfinden, wo Loke steckt?«, fragte Lena Astrid. Ebba hatte die Zimtschnecke auseinandergeschnitten. Lena nahm ein Stück und probierte. Der Zimtgeschmack stach deutlich heraus. Vor allem aber war es unglaublich süß und traf damit nicht unbedingt Lenas Geschmack.

»Laut meinem Vater wurde Loke zum Chef der Insel *himself* bestellt, zu Granqvist. Und der hat ihn dann laufen lassen.«

»Ihn lässt man frei und mich nicht?« Lena sah zu Ebba, die nicht minder überrascht wirkte.

»Mein Vater meinte, weil Loke glaubhaft versichern konnte, dass er gar nicht flüchten wollte. Er ist ja von der Insel, er hat hier sein ganzes Hab und Gut.«

»Ich rufe ihn direkt mal an«, schlug Ebba vor. Sie zog ihr Handy aus der Jackentasche und wählte, bekam allerdings nur die Ansage, dass der Teilnehmer derzeit nicht erreichbar sei. Auch Maja konnte sie nicht erreichen. »Seltsam«, kommentierte sie.

Astrid nickte. »Wirklich seltsam. Ich hatte es vorhin auch schon versucht. Sonst geht er immer sofort ran.«

»Das alles gefällt mir ganz und gar nicht.« Ebba sah besorgt in die Runde.

Astrid gab ihr recht.

»Jetzt mal ganz langsam.« Nyström schien weiterhin die Ruhe weg zu haben. Wie er so dasaß, die Kaffeetasse in der Hand, freundlich lächelnd, erinnerte er Lena an eine Figur aus dem Titanic-Film, die es sich, während um sie herum die Hektik ausbricht, in einem Sessel bequem macht und genüsslich ihren Cognac trinkt. »Ihr glaubt doch nicht im Ernst, dass ihm jemand etwas angetan haben könnte?«

»Wäre das denn so abwegig?«, fragte ihn Astrid.

»Wer sollte so etwas tun?« Nyström zog seine Augenbrauen nach oben. »Doch nicht etwa der alte Granqvist?«

»Warum nicht? Ehrlich gesagt würde ich ihm das sogar zutrauen. Und vielen anderen«, sagte Astrid. »Wir alle kennen die Verträge mit Rehabitex. Für viele geht es um Leben und Tod, wenn sie das Medikament nicht mehr bekommen.«

»Sie hat recht«, stimmte ihr Ebba zu.

»Und deswegen …« Astrid zeigte auf Lena. »Deswegen werde ich Lena jetzt gut verstecken, bis sich alles wieder aufgeklärt hat.«

»Hoffentlich aber nicht hier!«, mahnte Ebba.

»Natürlich nicht.«

»Wo bringst du sie hin?«

»Geheim.«

»Wie jetzt?« Ebba sah zu Lena.

»Niemand darf es wissen«, erklärte Astrid bestimmt. »Auch du nicht, so kann sich auch niemand verplappern. Das ist am sichersten für Lena.«

Lena war über die Bestimmtheit von Astrid überrascht. Vertraute sie Ebba nicht? Wusste sie etwas, das Lena nicht wusste?

Sie versuchte die Wogen zu glätten: »Also, es wäre doch …«, begann sie, doch Astrid schnitt ihr das Wort ab.

»Nein!«, wiederholte sie bestimmt.

»Ich kann es nicht glauben«, giftete Ebba Astrid an. »Du vertraust mir nicht, obwohl ich euch die ganze Zeit unterstützt und die Briefe an die Behörden und Rehabitex geschrieben habe? Ich habe Lena auf die Insel geholt!«

Astrid reagierte nicht.

Ebba sah zu Lena. »Bist du dir sicher, dass du *ihr* vertrauen kannst?« Sie zeigte auf Astrid. »Vielleicht solltest du dir am besten selbst ein Versteck suchen.«

Astrid verdrehte die Augen. »Vor allem, weil sie sich auf der Insel so gut auskennt.« Sie zog Lena am Ärmel. »Komm mit, ich habe eine gute Idee.«

»Dann bin ich hier wohl überflüssig.« Ebba wirkte ernsthaft beleidigt. Sie drehte sich auf dem Absatz um und verschwand.

44

Nachdem Ebba abgefahren und ihr Auto nicht mehr zu sehen war, machten sich Astrid und Lena auf den Weg. Für beide hatte Astrid Taschenlampen mitgenommen, die sie in dem lichten Wald, den sie bald erreichten und in den nur wenig Mondlicht gelangte, auch dringend benötigten.

»War das wirklich nötig?«, fragte Lena. Es war ihr unangenehm gewesen, wie ihr Abschied mit Ebba verlaufen war.

»Ja. Du wirst es gleich verstehen.«

Nach rund zwanzig Minuten erreichten sie eine gerodete Fläche, an deren Rand ein fensterloser Holzverschlag stand. Genau auf diesen ging Astrid zu. Sie zog einen Schlüsselbund aus der Hose und öffnete das an einem schweren Riegel hängende Vorhängeschloss.

»*Välkommen!*«

Sie traten ein. Astrid betätigte einen Schalter, und eine bunte Lichterkette sprang an. »Cool, oder? Es gibt eine Solarzelle auf dem Dach, die an einer Autobatterie angeschlossen ist.«

Was von außen aussah wie eine Hütte zum Unterbringen kleinerer landwirtschaftlicher Geräte, entpuppte sich als fensterloses, vollständig eingerichtetes Zimmer. Es gab eine Matratze mit ein paar Kissen und einer bunten Decke darauf, einen kleinen Tisch samt Stuhl. Sogar eine Zehn-Kilogramm-Gasflasche mit einem Kocher stand in der Ecke. Die Holzwände waren zugekleistert mit selbstgemalten Bildern und Postern mit esoterischen Motiven. Auf einer umgedrehten Apfelkiste, die mit einem Stück Stoff mit Paisley-Muster verschönert worden war, war ein kleiner Altar aufgebaut. Zwischen dicken Kerzen standen Engel, Elfenfiguren und indische Gottheiten. Davor lagen Schmuck und Amulette. Lena entdeckte zudem einen Stapel Tarotkarten. An der Decke hingen an einem dünnen Faden tibetanische Gebetsfahnen in unterschiedlichen Farben, zudem diverse größere und kleinere Traumfänger. Ihrer Mutter hätte es hier sehr gut gefallen.

»Mein Versteck, wenn ich mal niemanden sehen möchte«, erklärte Astrid. »Und ich will, dass es so bleibt.«

Lena konnte sich daran erinnern, dass sie als kleines Mädchen auch ein Geheimversteck gehabt hatte. Auf dem Dachboden, hinter einem alten Schrank. Aber im Gegensatz zu ihr damals war Astrid über zwanzig.

»Ich habe über alles noch mal nachgedacht«, sagte Astrid. »Ich traue ihr nicht mehr.«

»Wem, Ebba?«, fragte Lena überrascht.

»Ja, Ebba. Du hast mich doch vorhin gefragt, wie es sein konnte, dass die Polizei euch so schnell entdeckte. Und du hast recht. Trotz der beiden Polizisten vom Festland hat mein Vater gerade wirklich Wichtigeres zu tun, als ständig das umliegende Meer zu überwachen. Du hast gesagt, dass außer Loke und dir nur Ebba und Maja Bescheid wussten. Loke selbst wird wohl kaum dafür gesorgt haben, dass er im Gefängnis landet. Maja ebenfalls nicht. Bleibt nur Ebba.«

»Oder jemand hat uns beobachtet. Das habe ich schon die ganze Zeit im Gefühl. Habe ich dir von dem Aufmarsch vor dem Laborcontainer erzählt?«

»Ich weiß nicht …« Astrid hatte jetzt wieder diesen Blick, mit dem sie wirkte, als könne sie in eine andere Welt sehen.

»Ein Verfolger, der euch beobachten hätte können, wäre euch doch um die Uhrzeit heute morgen aufgefallen. Aber Ebba? Ich habe mich gefragt, ob es nicht sein könnte, dass Ebba gar nicht möchte, dass wir Nebenwirkungen von *Insovital* entdecken?«

»Warum hat sie mich dann auf die Insel geholt? Und was will sie damit erreichen?«, fragte Lena.

Astrid ging zu dem Altar und zündete die Kerzen und ein Räucherstäbchen an. Der Geruch nach Patchouli begann den Raum zu füllen, ein Geruch, den Lena von ihrer Mutter kannte und der daher nicht gerade gute Erinnerungen in ihr weckte.

»Warum engagiert sie sich so für uns?«, warf Astrid auf. »Was hat sie mit der Sache zu tun? Weder ist sie selbst betroffen, noch hat sie eine Tochter, die betroffen ist. Und warum wollte sie, dass wir herumerzählen, dass mit *Insovital* alles in Ordnung ist?«

Ein wenig war das Lena auch seltsam vorgekommen. Aber es gab eine gute Begründung. »Sie wollte das tun, um mich zu schützen.«

»Und warum hat sie so darauf beharrt, dass *Insovital* nicht an unseren niedrigen Transcortinwerten schuld sein kann?«

»Der Einwand war durchaus berechtigt«, verteidigte Lena Ebba. »Es war mein Fehler, dass ich nicht sofort darauf gekommen bin, dass die normalen Werte bei euren Müttern wahrscheinlich daher stammen, dass Transcortin in *Insovital* enthalten ist.«

»Von mir aus, aber gepasst hat ihr das definitiv nicht. Und dann wollte sie nicht, dass Loke damit auf die Presse zugeht.«

»Weil das unseriös gewesen wäre. Ich war selbst auch dagegen.«

»Aus deiner Sicht kann ich das auch verstehen. Aber aus Ebbas? Endlich ein deutliches Indiz gegen Rehabitex, also genau das, wonach wir gesucht haben, und dann will sie es verheimlichen? Und was ist mit der Quarantäne? Die wird mitten in der Nacht beschlossen, obwohl die Hühner schon seit zwei Tagen tot sind. Sie wird also zu einem Zeitpunkt beschlossen, nachdem dir eingefallen ist, dass *Insovital* doch Nebenwirkungen haben könnte, wenn auch andere, als wir vermuteten? Davon konnte doch sonst noch gar niemand wissen.«

»Ich weiß nicht«, sagte Lena, obwohl sie zugeben musste, dass Astrids Argumente gut waren.

Astrid drehte sich von ihr ab. Sie kniete sich vor den Altar und begann die Figuren neu auszurichten, als hätte sie jemand verschoben. »Klar. Es könnte auch anders sein. Granqvist könnte nervös geworden sein, nachdem er erfahren hat, dass du Blut abgenommen hast. Er könnte sich mit anderen Inselbewohnern oder mit Rehabitex abgesprochen haben und sich dann in seiner Verzweiflung diesen irren Plan mit der Vogelgrippe ausgedacht haben. Dennoch werde ich das Gefühl nicht los, dass Ebba mit Rehabitex unter einer Decke stecken könnte.«

»Aber warum?« Erst wurde Lena von den Frauen der Zusammenarbeit mit Rehabitex bezichtigt, jetzt war es Ebba. Astrid machte es sich eindeutig zu einfach. »Auf diese Frage hast du mir immer noch keine Antwort gegeben. Was sollte ihre Motivation sein?«

Astrid war endlich mit dem Neuarrangieren ihres Altars fertig. Vom Boden aus sah sie zu Lena empor. »Ihre Apotheke läuft beschissen. Sie hat sich mit der Übernahme komplett übernommen. Und sie will weg von hier. Das hat sie mir tausendmal erzählt. Aber sie kann nicht weg, weil sie es sich schlicht nicht leisten kann. Vielleicht wurde ihr Geld angeboten?«

Selbst wenn es stimmte, was sie sagte, machte eine Sache keinen Sinn. »Aber warum hat sie mich dann überhaupt beauftragt?«

»Weil Loke es sonst gemacht hätte. Und er hätte nach einem ganzen Spezialistenteam geschrien. Hat sie das auch getan? Außerdem, indem sie das Ganze in die Hand genommen hat, konnte sie es steuern. Als wir nach Experten suchten und auf dein Institut aufmerksam wurden, hat Ebba damals vorgeschlagen, dass wir auf dich zugehen sollten«, setzte Astrid fort. »Sie begründete das mit den Gerichtsprozessen, in denen du bisher aufgetreten bist. Das erschien mir logisch. Du wirkst wie jemand, der sich auch für die Geschädigten interessiert. Auf der anderen Seite beschäftigst du dich erst seit rund zwei Jahren mit Epigenetik. Du bist eigentlich Verhaltensforscherin, die sich für die diesbezüglichen epigenetischen Auswirkungen interessiert. Du bist niemand, der auf die Gründe einer Unfruchtbarkeit von Frauen spezialisiert ist. Könnte es nicht sein, dass sie dich ganz bewusst ausgesucht hat?«

»Du meinst also, ich kenne mich nicht aus?« Lena glaubte, nicht richtig gehört zu haben. Wenn sie eines nicht ausstehen konnte, dann Menschen, die ihr ihre Kompetenz absprachen. Es gab sicherlich Wissenschaftler oder Mediziner, die sich mit den Gründen für eine Unfruchtbarkeit besser auskannten. Und es gab auch Wissenschaftler, die sich länger mit Epigenetik beschäftigt hatten als sie. Das bedeutete jedoch gar nichts. Sie hatte unzählige Kongresse besucht und Nächte damit verbracht, sich in die Forschungen der letzten Jahrzehnte einzulesen, hatte sich mit etlichen Experten ausgetauscht. Ihre Untersuchungen hatten einige bahnbrechende Erkenntnisse geliefert. Außerdem hatte sie bereits Kollegen aus anderen Disziplinen in den Fall involviert, um eine umfassende Analyse zu erstellen.

»Du hättest fast die Verbindung von den niedrigen Transcortinwerten und *Insovital* übersehen«, legte Astrid nach. »Und es gibt da zwei Gerichtsprozesse …«

»Stopp!« Langsam wurde es Lena zu bunt. Wollte Astrid jetzt wirklich behaupten, dass Ebba sie ausgewählt hatte, weil sie sie für inkompetent hielt? Sie war in Prozessen immer nur als Sachverständige aufgetreten, die der Wahrheit verpflichtet war. Dass es für Kläger mit biochemischen Störungen schwierig war, ihre Prozesse zu gewinnen, lag an der immer wieder schwer zu beweisenden Kausalität einer epigenetischen Übertragung. »Was du da behauptest, ist eine Unverschämtheit!«

»Gib mir ein paar Stunden. Dann werde ich dir beweisen, dass Ebba da mit drinsteckt.«

»Nein!«, fuhr Lena Astrid an. »Wenn überhaupt, dann werden wir Ebba damit gemeinsam konfrontieren. Und zwar sofort.«

»Werden wir nicht!« Astrid stand auf und baute sich vor Lena auf. Sie sah sie ernst an. »Dir sollte inzwischen klar sein, dass die dich vielleicht nicht nur hinter Gittern wollen. Die wollen mit allen Mitteln verhindern, dass *Insovital* abgeschossen wird. Meinst du wirklich, Loke wird noch mal auftauchen?« Sie atmete tief durch. »Hier geht es um Leben und Tod, und zwar für sehr viele Menschen. Hast du das immer noch nicht begriffen? Und es geht um ein Pharmaunternehmen, das alles dafür tun wird, dass das Mittel jetzt endlich auf den Markt kommt und der geplante Börsengang nicht zu einem Desaster wird.«

Lena war überrascht, wie bestimmt und selbstherrlich Astrid plötzlich auftrat. Sie war nicht wiederzukennen.

Astrid ging in Richtung Tür. »Du bleibst hier, verstanden? Hier bist du in Sicherheit. In den Plastikkisten dort hinten gibt es Konserven und Kekse. Verhungern kannst du schon mal nicht. Und da in der Ecke steht ein Kanister mit Frischwasser. Zu trinken hast du daher auch genug.« Sie griff in ihre Tasche. »Und hier, mein Handy. Der Code ist: 886633. Falls es etwas Wichtiges gibt, ruf die Nummer von meinem Großvater an. Der ist unter *farfar* gespeichert.« Sie drückte die Tür auf. »Ich kläre das jetzt und komme dann so schnell wie möglich zu dir zurück.«

Bevor Lena noch etwas sagen konnte, hatte Astrid den Verschlag bereits verlassen und die Tür hinter sich zugezogen.

Lena ließ sich kopfschüttelnd auf die Matratze gleiten. Dann sollte Astrid eben versuchen, Ebba etwas anzuhängen. Und vielleicht war es wirklich das Beste, zunächst in dieser Hütte auszuharren.

Sie ließ sich müde auf den Rücken fallen. Sie war seit kurz vor fünf auf den Beinen und war seitdem nicht mal im Gefängnis zur Ruhe gekommen.

Ihr Blick glitt durch den Raum. Sie spürte, dass sie von dem Gespräch immer noch sehr erregt war. Astrid hatte einen wunden Punkt getroffen. Sie fühlte sich selbst nie gut genug, hatte ständig das Gefühl, der Welt beweisen zu müssen, was alles in ihr steckte.

Sie blickte zu den Postern mit den meditierenden Mönchen, zu dem Bild mit den über einen Teich tanzenden Feen. Dann zum Altar. Vieles erinnerte sie an ihre Mutter. Ihren Ansprüchen hatte sie auch nie genügen können, bis heute. Und auch ihre Mutter hatte sich ständig neuen Krimskrams für ihre seltsamen »Energiewelten« zugelegt. Ein halbes Vermögen hatte sie dafür ausgegeben. Für eine zweite Kugel Eis hingegen war nie genug übrig gewesen. Und dann dieser penetrante Duft nach Räucherstäbchen. Lena erinnerte sich noch, wie stark ihre Kleidung früher danach gerochen hatten, sie das aber immer erst gemerkt hatte, wenn sie von woanders wieder nach Hause kam. Wie unangenehm ihr das gewesen war.

Ihr Magen begann zu knurren, und als sie sich aufzurichten versuchte, wurde ihr leicht schwindelig. Wahrscheinlich war sie unterzuckert. Und dann dieser betäubende Geruch des Räucherstäbchens. Sie ging zu dem Altar hinüber und drückte es aus.

In einer der Plastikkisten fand sie neben drei Packungen Keksen eine Dose Erbsensuppe. Besser als nichts. In derselben Kiste gab es Besteck und einen kleinen Kochtopf. Nur nach einem Dosenöffner suchte sie vergeblich.

Sie versuchte es mit einem der Messer, das ebenfalls in der Kiste lag. Doch das war aus so billigem Metall, dass es sich sofort verbog. Lena stand auf und suchte in einer anderen Kiste. Irgendwo musste doch ein stabiles Messer oder ein Dosenöffner zu finden sein.

In einer Ecke entdeckte Lena schließlich Astrids schwarzen Rucksack, in dem sie am Vorabend die Flasche Whisky transportiert hatte. Um nicht lange zu kramen, schüttete sie den gesamten Inhalt aus. Auf dem Boden vor ihr lagen eine Taschenlampe und ein Notizbuch, das datierte Einträge hatte, vermutlich Astrids Tagebuch. Außerdem war ein langes Messer aus dem Rucksack gefallen, das in einer Plastikscheide steckte. Sie zog es heraus. Es war aus stabilem Stahl gefertigt, hatte an der einen Seite sogar eine Säge. Es war ein robustes Tauchermesser und damit genau das, wonach sie gesucht hatte.

Ein Tauchermesser, schoss es ihr durch den Kopf. Lena merkte, wie ihr Mund trocken wurde, sich ihre Glieder versteiften. Für einige Sekunden starrte sie einfach nur das Messer an. Dann griff sie zu dem Tagebuch.

45

Schon seit einer halben Stunde versuchte er sich auf den neuen Stone-Carson-Thriller zu konzentrieren, angeblich der Beste von allen. Gelingen wollte das Bürgermeister Granqvist jedoch nicht. Dafür war die Chipstüte schon wieder leer.

Wilma lag neben ihm auf dem Sofa. Sie war mit einem ihrer *100 Sudokus für 10 Kronen* beschäftigt.

»Was ist, Ole? Kann der neue Carson nichts?«

»Doch. Wieso?«

»Weil du seit einer halben Stunde auf dieselbe Seite starrst.«

»Ich weiß auch nicht. Ich komme irgendwie nicht ins Buch.«

»Oder ist es wegen der Quarantäne, die du verhängt hast?«

Natürlich war es wegen der Quarantäne. Aber nicht nur. »Na ja.«

»Was, na ja?«

»Du hast ja recht«, gab er zähneknirschend zu.

»Siehst du!« Wilma sah über den Rand ihrer Lesebrille hinweg, zufrieden mit der Welt und vor allem sich selbst, weil sie einmal mehr ihren Mann durchschaut zu haben glaubte. »Und ich sage dir, Ole: Das war übertrieben. Bei Oskar Norberg sterben ständig Hühner. Er hat einfach kein Händchen für die Viecher. Aber mit Hühnern ist es wie mit Blumen. Da braucht man mehr als nur einen großen Stall und Futter. Die Tiere brauchen auch ein wenig Liebe.«

»Ist ja gut.« Kam es ihm nur so vor, oder ging es Wilma gerade tatsächlich nur um Norbergs Hühner, oder nicht auch ein wenig um sich selbst?

Nachdem Granqvist davon erfahren hatte, dass Finn Nyström Loke und die Expertin gefasst hatte, hatte er Loke umgehend in sein Büro bringen lassen. Loke im Gefängnis roch verdammt nach Ärger. Und auf weiteren Ärger wollte Granqvist gern verzichten. Er hatte vor allem Angst, dass die Frauen sich ohne Lokes Führung zusammenrotten und am Ende auf blöde Ideen kommen könnten. Sie könnten die Presse oder Anwälte informieren, in den sozialen Medien Alarm schlagen. Zudem war sich Granqvist sicher, Loke davon überzeugen zu können, dass es für alle das Beste wäre, wenn er zumindest noch bis nach dem Börsengang die Hände stillhielt – auch für Loke selbst. Es ging ja nur noch um ein paar Tage.

Aber Loke hatte sich nicht so einfach überzeugen lassen. Er regte sich endlos auf, brüllte, schlug ständig mit der Faust auf den Schreibtisch, drohte mit Klagen.

»Nur dass du es weißt«, hatte er gedroht. »Sie hat etwas rausgefunden. Wir haben Rehabitex jetzt an den Eiern.«

»Wegen der Unfruchtbarkeit?«

»Nein.«

»Was denn?«

»Den jungen Frauen fehlt ein bestimmter Stoff im Blut. Und das führt zu Depressionen.«

»Ging es euch nicht um die Unfruchtbarkeit?«

»Ja. Aber jetzt geht es uns um Depressionen. Klingelt es bei dir? Denk mal an Fricke Pålsson!«

Viele der unfruchtbaren Frauen waren in Therapie, das war ihm zu Ohren gekommen. Aber wer war das heutzutage nicht? Bisher hatte man ihre Schwermütigkeit auf die Trauer über ihre Unfruchtbarkeit geschoben. Doch Granqvist wollte nicht ausschließen, dass Loke mit seiner Anschuldigung am Ende sogar recht hatte. Es wäre zumindest aufgrund der Häufigkeit keine ganz unlogische Erklärung.

»Gut, Loke. Das müssen wir dann natürlich mit den Leuten von Rehabitex klären. Und wenn es stimmt, was du sagst, dann ziehen die Vertragsklauseln mit dem Entschädigungsfond. Aber sei so schlau und behalte das wenigstens die paar Tage bis nach dem Börsengang noch für dich.«

»Warum sollte ich?«

»Weil es hier um eine Menge Geld geht.«

»Und gerade deshalb werde ich diese Information so schnell wie möglich verbreiten. Außerdem macht es überhaupt keinen Sinn, dass Rehabitex an die Börse geht, wenn sie ihren Laden dann ohnehin dichtmachen können.« Loke grinste breit und dreckig.

Andere hätte das provoziert. Andere hätten jetzt vielleicht sogar zugeschlagen. Doch abgesehen davon, dass er gegen Loke keine Chance hatte, war Granqvist Politiker. Er hatte gelernt, mit Unverschämtheiten umzugehen, vor allem, wenn er wusste, dass er recht behalten würde. »Damit ihr am Ende mit leeren Händen dasteht?«

Loke sah ihn mit großen Augen an. Verstand der Holzkopf immer noch nicht? »Wieso mit leeren Händen?«, fragte er dümmlich.

»Ihr habt etwas gefunden. Schön. Dann verklagt sie. Holt jede einzelne Krone aus ihren Taschen. Aber seid so klug und macht es, nachdem die Kriegskassen der Firma mit frischem Geld voll gefüllt sind. Macht es nach dem Börsengang. Vorher vertreibt ihr nur die Investoren und treibt Rehabitex in die Insolvenz. Dann seht ihr keinen Penny.«

Loke schüttelte wild den Kopf. »Sorry, Ole, aber mir geht es nicht ums Geld. Ich bin anders als du. Mir geht es darum, diese Firma zu ruinieren, ihre Manager sollen bluten. Sie sollen den Dreck selbst fressen, den sie uns vor die Füße geworfen haben. Verstehst du denn nicht, was sie uns angetan haben?«

»Willst du das wirklich?« Granqvist machte bewusst eine längere Pause, damit Loke Zeit hatte nachzudenken. »Du willst Rehabitex in den Ruin treiben, dafür sorgen, dass die ganzen Alten hier auf der Insel wegsterben wie die Fliegen? Vielleicht wurden ihnen schon genug Jahre geschenkt, mich inklusive. Doch außer der Befriedigung deiner Rachegelüste hätte am Ende niemand was davon. Nicht mal deine Maja. Willst du nicht, dass sie wenigstens für das entschädigt wird, was man ihr vielleicht angetan hat?«

Loke kam ins Grübeln, das sah ihm Granqvist an. Der gesetzte Samen begann zu keimen.

»Tu mir einen Gefallen«, sagte Granqvist. »Bevor du weitere Schritte unternimmst, die du später bereust, rede mit Lars Åberg. Er kennt sich auf der Insel am besten mit solchen Dingen aus.«

»Åberg?« Gerade noch hatte Loke überzeugt gewirkt. Jetzt schien er wieder alles in Frage zu stellen.

»Er ist kein einfacher Mensch«, sagte Granqvist. »Wir alle wissen das. Aber wenn es darum geht, Leuten die Hosen auszuziehen und ihnen ihr Geld abzuknöpfen, dann ist er verdammt gut.«

Loke hatte ohne ein weiteres Wort Granqvists Büro verlassen. Ob er ihn verstanden hatte, da war sich Granqvist zu diesem Zeitpunkt nicht sicher gewesen.

»Gib mir doch mal die Chipstüte rüber!«, bat Wilma.

»Leer.«

»Ach?!« Sie zog eine ihrer buschigen Augenbrauen nach oben. Es gab Zeiten, da hatte sie die gezupft. »Leer? Na, wie wäre es dann, wenn du aufstehst und uns eine neue Tüte holst?«

»Ist ja gut.« Widerwillig drückte sich Granqvist aus dem Sessel in den Stand. Dann schlenderte er langsam in die Küche.

Vor einer Stunde hatte er von Åberg erfahren, dass Loke ihn tatsächlich aufgesucht hatte. Åberg hatte versucht, ihm die Situation zu erklären und dann auch noch eine Menge Geld angeboten. Loke hatte zunächst abgelehnt, doch dann, als ihm Åberg ein noch besseres Angebot unterbreitet hatte, wollte er mit Maja darüber sprechen. Am Ende würden sie ihre Klappe halten, davon war Granqvist überzeugt. Es ging nur um ein paar Tage. Alle waren käuflich. Es kam nur auf den Preis an und auf das, was man zu verlieren hatte. Und verloren hatten die Frauen bereits.

Doch leider war das Problem damit immer noch nicht ganz vom Tisch. Finn Nyström hatte ihn von der Wache aus angerufen und berichtet, dass nun auch die Biologin auf freiem Fuß war. Nyströms dummer Göre war doch tatsächlich nichts Besseres eingefallen, als sie aus der Ausnüchterungszelle zu befreien. Und so lief diese Wissenschaftlerin wie eine tickende Zeitbombe über die Insel, die jederzeit die Presse informieren konnte.

46

Lena blätterte auf die letzten beschriebenen Seiten und dann zu dem Datum, an dem sie Astrid bei Gericht begegnet war. Der 19. Oktober. Sie nahm sich Astrids Handy und suchte einen Online-Translator. Astrid beschrieb ihre erste Begegnung mit Lena im Gericht. Sie war ganz angetan von ihr gewesen, was Lena, zugegebenermaßen, einmal mehr schmeichelte.

Sie blätterte weiter. Der nächste Eintrag stammte vom 25. Oktober, Lenas Ankunft auf der Insel. Einen Absatz musste Lena ein weiteres Mal lesen: *... fremde Menschen hinterlassen kleine Puzzleteile. Großvater sagt immer: Nur mit Hilfe dieser Teile kann man sein eigenes Puzzle lösen.*

Lena beschlich eine dunkle Vorahnung. Der nächste Eintrag war vom 26. Oktober. Sie tippte die Worte in das Handy, zum Glück wurde die Übersetzung sofort angezeigt, und sie musste nicht lange warten. Ungeduldig flog sie über Passagen, in denen es nicht um sie ging. Und dann – die Worte, nach denen sie gesucht hatte: *Mir ist es tatsächlich gelungen, ihre Abreise zu verzögern. Fast hätte mich Loke dabei erwischt. Er kam den Schotterweg herunter. Als er in meine Richtung sah, dachte ich schon, er hätte mich entdeckt. Doch dann ging er zielstrebig auf die Verandatür zu und verschwand im Haus. Erst dann habe ich das Messer aus dem zweiten Reifen gezogen und bin abgehauen. Was Loke wohl in Ebbas Haus wollte? Die Lichter waren bereits aus. Hat er was mit ihr? Es gibt einige auf der Insel, die das behaupten. Dabei ist Ebba viel zu schlau für ihn.*

Lena blätterte weiter, zum 27. Oktober.

Ich bin todmüde, aber ich kann nicht schlafen. Ich sitze auf Opas selbstgebauter Empore in einem der Sessel, das Tagebuch in der Hand, und blicke aufs Meer. Die Sonne muss bald aufgehen. Ich sehe sie immerzu vor mir, wie sie neben mir liegt, mich anlächelt. Ich spüre, wie sie mich beißt. Meine Lippe ist immer noch geschwollen. Ich wollte nicht gehen, hätte ewig neben ihr liegen können. Doch ich wollte auch keinen Abschied unter den kritischen Blicken von Ebba. Sich von Lena zu trennen fühlt sich an wie eine Amputation. Das erste Puzzleteil hat sie mir bereits überreicht. Weitere werden folgen.

Lena ließ das Buch fallen. Astrid. Nie wäre sie darauf gekommen, dass sie es gewesen war, die die Reifen aufgestochen hatte. Aus Liebe? Nein, wohl eher aus Besessenheit. Oder Wahn. Was war das für ein Mensch, der Reifen zerstach, nur damit sie nicht abreisen konnte, anstatt einfach mit ihr darüber zu reden? Oder gab es jemanden im Hintergrund, der sie dazu beauftragt, sie zu eigenen Zwecken instrumentalisiert hatte?

Doch Astrid konnte unmöglich hinter der Geschichte mit der Vogelgrippe stecken. Vielleicht aber hinter etwas anderem. Warum war Lena nicht schon viel früher darauf gekommen? Der Erker im Haus von Astrids Großvater war genau auf die Stelle im Meer gerichtet, an der sie mit Loke die Insel umrundet hatte. Astrid hatte dort mit ihrem Tagebuch in der Hand gesessen und sie gesehen. Aus Angst davor, dass ihre »große Liebe«, die ihr noch so viele »Puzzleteile« schenken sollte, einfach so verschwand, hatte sie ihren Vater informiert, und damit ein weiteres Mal verhindert, dass Lena die Insel verließ. Deshalb hatte sie von Lenas Inhaftierung gewusst, und nicht, weil ihr Vater es ihr erzählt hatte. Sie wollte mehr Zeit mit ihr verbringen, ihr »Puzzle« lösen, ungeachtet dessen, was Lena wollte oder für sie empfand. Sie hatte Lenas Hilflosigkeit und Angst schamlos ausgenutzt.

Lenas Fassungslosigkeit über das, was sie gerade herausgefunden hatte, wich einer unglaublichen Wut und Enttäuschung. Wie hatte sie sich nur so in einem Menschen täuschen können? Sie hatte Astrid von Anfang an gemocht, ihr vertraut, und die hatte sie hinters Licht geführt.

Sie starrte die Bilder mit den esoterischen Motiven an der Wand an, den schrecklichen Altar, die Traumfänger an der Decke.

Die Art und Weise, wie Astrid nach Sinn und Wahrheit suchte, war unerträglich. Sie kannte es von ihrer Mutter, »der Götzenanbeterin«. Häufig hatte sie sie so beschimpft. Wenn ihr das Arrangieren ihrer Figuren und Kristalle mal wieder nicht gereicht hatte, war sie auf »Retreats« und »Workshops« gefahren, auf denen selbst ernannte Gurus den verirrten Seelen mit billigen Taschenspielertricks das Geld aus der Tasche zogen. Der Ablauf war immer der gleiche gewesen: Faszination, gottgleiche Anbetung und am Ende der enttäuschte Thronsturz, wenn die Propheten nicht mehr die Aura des Neuen und Mystischen versprühten, weil sie zu durchschaubar geworden waren. Dann wurde sich jemand Neues gesucht.

Astrid tickte genau wie ihre Mutter. Wie hatte Lena das nicht sehen können? Nur dass Lena weder ein Guru war, noch einer sein wollte. Doch das war Astrid egal. Sie projizierte ihre Erwartungen einfach auf Lena. Wie so häufig rechtfertigte das Ziel die Mittel. Es galt schließlich, das große »Puzzle« ihres Lebens zu lösen.

Ihre Wut und Frustration darüber, Astrid nicht schon früher durchschaut zu haben, mischte sich mit ihrer immer wieder aufflammenden Frustration über ihre Mutter, und Lena begann, wie eine wildgewordene Furie die Plakate und Bilder von den Wänden und die Traumfänger von der Decke zu reißen, als wäre sie Moses bei der Zerstörung des Goldenen Kalbs.

Was hatte Astrid eigentlich noch vor? Arbeitete sie für Rehabitex, die ihr Geld dafür gaben, was sie tat? Oder für Åberg, diesen Wahnsinnigen? Egal, wohin sie sich wandte, niemandem war zu trauen, alle schienen verborgene Motive zu haben, eine eigene Agenda, der sie um jeden Preis folgten. Lena konnte keinen klaren Gedanken mehr fassen, nichts passte zusammen, hinter jeder gedanklichen Kurve verbarg sich eine neue Abzweigung, die ins Nichts führte.

Plötzlich nahm Lena den Geruch von Rauch wahr. Dieses Mal war es kein Patchouli. Es roch rußig, nach verbranntem Stoff oder Papier. Als sie sich umdrehte, sah sie, dass einer der Traumfänger, den sie von der Decke gerissen hatte, auf die Kerzen von Astrids »Altar« gefallen war. Er hatte Feuer gefangen, kleine züngelnde Flammen waren bereits auf die bunte Tischdecke übergesprungen. Auch eines der heruntergerissenen Poster brannte.

Lena stürmte zu dem Wasserkanister. Sie schraubte den Deckel ab. Wertvolle Sekunden verstrichen. Und das wenige Wasser, das aus der Öffnung spritzte, bewirkte kaum etwas, sondern verdampfte sofort. Jetzt hatte auch noch die Decke auf der alten Matratze Feuer gefangen. Lena griff in Panik zu Astrids Rucksack und begann auf die Flammen einzuschlagen.

Zunächst hatte sie das Gefühl, dass sie damit Erfolg hatte. Allerdings flogen nun immer mehr Funken und Papierfetzen wie kleine brennende Vögel durch den Raum. Ein weiterer Traumfänger brannte jetzt lichterloh, dann das Poster mit den

Elfen und nun auch die alte Matratze. Der Rauch wurde immer stärker. Lena ergriff den Kanister und schleuderte ihn aufs Bett. Wie erhofft, brannte das Feuer ein Loch in das Plastik, doch das auslaufende Wasser sorgte nur für noch mehr Qualm.

Lena sah sich erneut nach etwas um, mit dem sie das Feuer löschen könnte. Beißender Rauch stieg ihr in die Augen. Sie hatte das Gefühl, kaum noch etwas zu sehen. Sie musste husten, wodurch immer mehr Rauch in ihre Lungen kam. Ihr wurde schlecht. Für einen Moment meinte sie ohnmächtig zu werden.

Hustend kämpfte sie sich zur Tür. Es gelang ihr gerade noch, ihren Mantel vom Türhaken zu reißen. Dann stieß sie die Tür auf, stolperte ins Freie.

Endlich frische Luft. Dennoch musste sie so stark husten, dass sie sich fast übergab. Sie drehte sich um, sah in die Hütte. Das Feuer war noch größer geworden. Der Blick ins Innere wie in eine rote Hölle, in deren Mitte der kleine Altar mit den Figuren stand. Gegen diesen Brand war sie chancenlos. Ihr fiel die Gasflasche unter dem Herd und die Autobatterie ein.

Ohne auch nur eine weitere Sekunde zu verlieren, rannte sie in Richtung des nahegelegenen Walds. Noch bevor sie ihn erreichte, hörte sie die Explosion. Sie warf sich zu Boden. Dann stand sie wieder auf, rannte weiter und weiter, bis sie irgendwann endlich die Landstraße erreichte, die die Insel durchquerte.

47

An der Art, wie Maja Lena anstarrte, war zu erkennen, wie sie aussehen musste. Die Augen weit aufgerissen hielt sie sich beide Hände vor den Mund.

Lena war restlos erschöpft. Ihre Haare hingen überall, nur nicht da, wo sie sollten. Ihr Mantel, zerrissen und verschmutzt.

Weite Teile der Strecke war sie gerannt, hatte sich nur hinter Bäumen oder Buschwerk versteckt, wenn ein Auto sich näherte.

»Was ist passiert?«, fragte Maja. Sie hatte verquollene Augen, so, als hätte sie lange geweint. Doch Lena hatte dafür gerade keinen Sinn.

»Ist Loke da?«

»Nein. Aber komm erst mal rein.«

Maja führte Lena in die Küche. Es hatte sich nichts verändert. Das Chaos war immer noch dasselbe.

Lena sah an sich herab. Ihre beige Hose war voller schwarzer Flecken, ihre Schuhe komplett ramponiert, ihre Hände waren voller Ruß. Sie entdeckte auch ein paar kleine Brandwunden, die zum Glück jedoch kaum schmerzten.

»Was ist denn passiert?«, fragte Maja ein weiteres Mal.

»Astrid«, flüsterte Lena. Sie konnte nicht weitersprechen. Sie fühlte sich völlig erschöpft und wie ein Bündel freigelegter Nerven, die schutzlos jedem Reiz ausgeliefert waren. Als Maja sie leicht am Arm berührte, war es, als zöge jemand den Stöpsel aus einer Wanne. Tränen flossen ihr über die Wangen. Sie begann bitterlich zu schluchzen. Das alles war zu viel für sie.

»Was ist mit Astrid?«, fragte Maja gefühlvoll. Sie nahm Lenas Hand, streichelte sie vorsichtig. »Willst du was trinken? Oder dich ausruhen? Wir können auch später reden.«

»Trinken, ja. Ausruhen, nein.«

Lena setzte sich an den Tisch. Neben einem Brett mit Käsebroten stand eine Holzkiste, auf der zwei Briefbogen lagen.

Maja holte ihr ein Glas mit frischem Wasser.

Nach ein paar Schlucken ging es Lena zumindest ein wenig besser, so dass sie ihre Tränen wieder unter Kontrolle bekam.

»Sie ist verrückt«, murmelte sie.

»Vielleicht einen Tee?«, fragte Maja. Lena nickte.

Eine ganze Weile konnte sie nicht sprechen. Dann, mit der warmen Teetasse in der Hand, begann sie Maja zu erzählen, was passiert war. Sie berichtete von den aufgestochenen Reifen, der Nacht, in der Astrid bei ihr gewesen war, dann, wie Astrid sie zunächst an ihren Vater verraten hatte, um sie dann später wieder als große »Retterin« aus dem Gefängnis zu befreien. Und dann auch von dem Versteck.

Maja schüttelte immer wieder den Kopf. »Sie war schon immer anders. Aber das ist wirklich verrückt.« Sie stand auf und holte Lena ein Handtuch, mit dem sie sich den verrußten Schweiß von der Stirn wischen konnte. »Liebe …«, hauchte Maja auf ihre elfenhafte, leicht entrückte Art. Sie drehte die Augen so weit nach oben, dass man fast nur noch das Weiß ihres Augapfels sehen konnte. Dabei drehte sie ihre Finger in ihre filzigen Haare. »Es heißt immer, sie ist zu so viel Gutem in der Lage. Aber sie kann auch Bestien aus uns machen. Grausame Bestien«, bestätigte sie noch einmal. Sie schob Lena einen der Briefbogen zu, die auf der kleinen Holzkiste lagen. »Schau! Ein Brief von Loke.«

»Loke?« Wo war er überhaupt? Und was hatte dieser Brief zu bedeuten? »Was steht drin?«

Maja nahm den Brief wieder an sich und übersetzte:

Liebe Ebba,
Du hast mir den Kopf verdreht. Komplett. Als Du auf die Insel kamst, gab es für mich nur noch Dich. Ich wollte mit Dir zusammen sein, mit Dir zusammen glücklich, ein besserer Mensch werden.
Alles, was passiert ist, kann ich nur darauf schieben. Es tut mir leid. Ich habe es nicht gewollt. Ich weiß, dass Du das weißt. Ich hatte mich nicht unter Kontrolle. Es wird nie wieder passieren, das will ich Dir versprechen.
Bitte verzeih! Dann will auch ich Dir verzeihen. Denn auch Du bist nicht ohne Schuld. Nicht nur Fäuste hinterlassen Spuren. Du hast mich vielleicht nicht mit Händen, dafür aber mit Worten geschlagen.
Es war nicht richtig, das Kind wegmachen zu lassen. Vor allem ohne mich zu fragen! Auf dieser Insel wäre es etwas ganz Besonderes gewesen. Wir hätten eine Familie sein können. Das war es, was ich mir immer gewünscht habe. Lass uns einander verzeihen. Bitte!
Und dann lass uns weg von hier! Das willst Du doch. Lass uns ein neues Leben in einem anderen Land aufbauen, eine Familie gründen. Lass uns zusammen glücklich sein.
Bitte, melde dich.
LH

»Unglaublich«, murmelte Lena. Wirklich wunderte sie sich aber nicht. Sie hatte von Anfang an das Gefühl gehabt, dass das zwischen Ebba und Loke mehr war als nur eine oberflächliche Bekanntschaft.

Sie sahen sich länger an.

»Und jetzt ist er weg«, sagte Maja. »Verstehst du?«

»Bei Ebba?«

Maja zuckte mit den Schultern.

»Aber woher hast du den Brief?«

Maja zeigte auf die Box. Erst jetzt erkannte sie Lena wieder. Es war die kleine Schatulle, die auf der Kommode in Ebbas Wohnzimmer gestanden hatte, die Holzkiste, die sie so fasziniert hatte und die sie nicht hatte öffnen können.

»Loke und ich haben sie Ebba mal zum Geburtstag geschenkt«, sagte Maja. »Ein tolles Ding. Sie stammt aus Japan. Es gibt einen geheimen Mechanismus. Man muss unterschiedliche Hölzer verschieben, um sie zu öffnen.«

»Und warum ist die Kiste jetzt bei dir?«

»Ebba hat sie mir vorhin gebracht. Sollte sie sich die nächsten Tage nicht mehr melden, soll ich sie öffnen, hat sie gesagt. Sie war sehr aufgeregt, wollte sofort weiter. Auch nach dir hat sie gefragt. Sie hat dich gesucht.«

»Und du hast die Kiste sofort geöffnet«, stellte Lena fest.

Maja zuckte mit den Schultern.

Lena trank von ihrem Tee. Ebba und Loke hatten eine Affäre gehabt. Sie war schwanger von ihm gewesen. Dann wurde er gewalttätig. Wahrscheinlich mehrfach. Lena ging davon aus, dass sich Ebba vielleicht deshalb gegen das Kind entschieden hatte. Er bat um Entschuldigung. Sie ging darauf nicht ein. Zumindest zunächst, doch wirklich los kam sie von ihm nicht. Es ging ihr wie so vielen Frauen, die trotz der Gewalttätigkeiten von Männern nicht aufhören konnten, Gefühle für sie zu empfinden. »Du meinst also, sie haben immer noch was miteinander?«

Maja verdrehte wieder ihre Augen. »Natürlich. Loke hatte mit sehr vielen Frauen auf der Insel etwas. Ebba lebt hier schon seit einigen Jahren. Ich habe es immer geahnt, und das ist der Beweis. Sie müssen zusammen gewesen sein, bevor ich zurückkam. Das glaube ich zumindest. Ich hatte anfangs auch nie das Gefühl, dass er mich betrügen würde.« Majas Augenbrauen zogen sich zusammen, und ihr schien jetzt der pure Zorn auf die Stirn geschrieben. »Doch er führte ein Doppelleben.« Sie stockte. »Von verbotenen Früchten zu naschen ist einfach zu schön. Sie konnten die Finger eben doch nicht voneinander lassen. Ist dir nicht aufgefallen, wie sie miteinander umgehen?« Sie stockte erneut, sah auf den Brief. »Die Diagnose hat was ihm gemacht, also dass mit mir nicht alles in Ordnung ist. Sie kann Kinder bekommen, ich nicht. Sie ist immer gut drauf, ich nicht. Er hat sich mit mir sicherlich was anderes vorgestellt. Und natürlich traut er sich nicht, mir die Wahrheit zu sagen. Loke hat es nicht so mit der Wahrheit.«

Aber warum brachte Ebba Maja die Kiste? Weil sie wollte, dass Maja die Wahrheit erfährt, wenn Loke es nicht selbst zustande brachte? So ganz machte das für Lena noch keinen Sinn.

»Ich verstehe das noch nicht. Du meinst also, Ebba wollte dir ihre Affäre beichten, indem sie dir die Kiste mit dem Brief brachte? Aber warum sollst du sie dann erst öffnen, wenn du mehrere Tage nichts von ihr hörst?«

»Ich glaube, die beiden wollen zusammen weg, woanders neu anfangen. Und Ebba hat deswegen ein schlechtes Gewissen. Sie ist ein besserer Mensch als Loke«, sagte Maja. »Vielleicht hat die Sache mit der Verhaftung was in ihm ausgelöst, eine Art Sinneswandel, und er ist direkt zu ihr.«

Maja begann jämmerlich zu schluchzen. Als sie ihren Kopf wieder in Lenas Richtung drehte, glänzte ihre Haut von den Tränen, die ihr die Wangen herunterliefen. »Dieses Schwein!«, schimpfte sie. Ihr Gesicht glich jetzt anstelle einer Elfe dem eines wütenden Kobolds. »Er kann einfach nicht von anderen Frauen lassen«, schimpfte sie weiter. »Alle haben sie das gesagt. Auch das mit Ebba. Vor und hinter meinem Rücken. Aber ich habe ihn immer verteidigt.« Majas Schluchzen steigerte sich zu einem Heulkrampf. Ihr Köper begann zu zittern. Lena stand auf und nahm sie in den Arm. Erst nach längerer Zeit fing sich Maja wieder.

Lena musste an das Gespräch am ersten Abend mit Ebba auf der Veranda denken, das, was sie über »nette« und »böse« Männer gesagt hatte. »Bei Gewalt hört bei mir der Spaß auf«, hatte sie gesagt. Lena meinte jetzt zu verstehen, woran Ebba dabei gedacht hatte. Doch gehandelt hatte sie nicht nach ihrer eigenen Prämisse. Warum es Frauen gab, die es nicht schafften, sich von gewalttätigen Männern loszusagen, war wahrscheinlich nur zu begreifen, wenn man selbst in dieser Situation gefangen war.

Und Loke? Lena selbst hatte den Eindruck gehabt, dass zwischen ihm und Maja etwas nicht stimmte, und dass da womöglich etwas zwischen ihm und Ebba war. Und ja, er hatte eindeutig seine dunklen Seiten. Aber Maja einfach ohne ein Wort zu verlassen, das schien ihr nicht zu dem Bild zu passen, das sie sich von ihm gemacht hatte. Er war ein schwieriger Mensch, neigte zu Gewalt. Doch am Ende stand er zu dem, was er getan hatte. Davon hatte er Lena selbst überzeugt. Dazu passte einfach nicht, dass er verschwand, ohne Maja zu erklären, warum.

»Ich kann mir nicht vorstellen, dass dich Loke einfach so verlässt. Ohne ein letztes Lebewohl?«, fragte Lena.

Auch war der Zeitpunkt seltsam. Die Sache mit der Einsicht im Gefängnis erschien Lena wenig schlüssig. Wenn er dort wochenlang geschmort hätte, dann vielleicht, doch man hatte ihn bereits keine Stunde später wieder entlassen. Lena wurde das Gefühl nicht los, dass Lokes Verschwinden einen anderen Grund haben musste, irgendetwas, das mit *Insovital* zu tun hatte. Vielleicht waren Astrids Überlegungen dazu gar nicht so falsch gewesen.

»Wie läuft eigentlich die Apotheke von Ebba?«

»Wieso fragst du?« Maja hatte sich wieder ein wenig beruhigt.

»Nur so.«

»Nicht gut. Das sagen zumindest die Leute. Warum?«

»Das hat auch Astrid behauptet.«

Lena überlegte. Ebba brauchte Geld, sie wollte weg von der Insel. Loke wollte Ebba. Man entließ ihn nach kurzer Zeit wieder aus dem Gefängnis. Doch warum? Am wahrscheinlichsten war doch, dass er sich auf einen Deal eingelassen hatte. Er bekam seine Freiheit und genügend Geld geboten, um sich mit Ebba zusammen irgendwo auf der Welt einen Neuanfang zu finanzieren. Wenn er dafür seinen Mund hielt.

»Was denkst du?«, fragte Maja.

Lena wurde ganz anders. Denn sollte es stimmen, was sie sich gerade zusammenreimte, dann wäre sie nicht nur für die Inselbewohner und Rehabitex eine Gefahr, sondern jetzt auch für Loke, Ebba und ihre mögliche gemeinsame Zukunft.

»Und Loke ist sicher bei Ebba?«

Maja zuckte mit den Schultern. »Wo soll er sonst sein?«

War Ebba deshalb so interessiert an dem Versteck gewesen, das Astrid ihr nicht verraten wollte? Hatte sie deshalb so aggressiv reagiert? Und hatte sie sich deshalb bei Maja nach ihr erkundigt?

»Ich muss weg hier. Sofort!«, sagte Lena.

»Warum?«

»Weil ich befürchte, dass mir Ebba und dein Mann etwas antun könnten. Oder sie könnten andere informieren, damit sie es tun.« Es würde nicht lange dauern, bis die beiden herausfinden würden, dass Lena nicht mehr in dem Versteck war, in das sie Astrid gesteckt hatte. Nicht auf dieser Insel. Es musste schließlich ein Brand gelöscht werden. Und wenn Ebba und Loke erfuhren, dass Lena weder in dem Versteck noch bei Astrid war, wo würden sie dann suchen?

»Wie kommst du darauf?«, fragte Maja.

»Weil ich glaube, dass sie sich von Rehabitex schmieren lassen.«

Maja wirkte nicht, als könnte sie Lenas Gedanken nachvollziehen. Nur hatte Lena leider auch nicht die Zeit, ihr alles genau zu erklären.

»Hast du ein Zelt? Vielleicht einen Schlafsack. Ich werde mich im Wald verstecken.«

»Klar.« Maja stand auf. »In der Garage. Aber warum nimmst du nicht mein Stand-up-Paddle-Board?«

»Um was damit zu tun?«

»Du könntest dich direkt aufs Festland absetzen. Von der richtigen Stelle aus ist es nicht weit, und du müsstest dich hier nicht verstecken.«

Die Idee war gut. Dass das Polizeiboot nachts patrouillierte, war äußerst unwahrscheinlich. Zudem würde man ein solches Board mit einem Radar nur schwer sichten können. »Du würdest es mir leihen?«

»Klar.«

»Gut. Dann lass uns los.«

48

Obwohl kein offenes Feuer mehr zu sehen war, richtete ein Mann immer noch den Löschschlauch auf den Verschlag – oder besser gesagt auf das, was von ihm übrig geblieben war: ein schwarzes, rauchendes Gerüst aus eingefallenen Holzbalken. Es roch nach verbranntem Holz und Plastik.

Astrid stand mit ihrem Vater ein Stück davon entfernt und betrachtete die dicke Rauchwolke, die in den Himmel zog. Die Männer hatten den Brand schnell in den Griff bekommen. Da der Verschlag auf gerodetem Gelände stand, hatte sich das Feuer zum Glück nicht auf den nahe gelegenen Wald ausbreiten können.

»Warum hast du mir nicht vertraut?«, fragte Finn, ohne sie anzusehen. Es war ihm schon immer schwergefallen, ihr in die Augen zu sehen, wenn er etwas Ernstes zu bereden hatte. »Im Gefängnis wäre sie gut aufgehoben gewesen.«

»Es geht nicht um dich, Vater.«

»Um was dann?«

»Um die Leute auf der Insel. Sie war in Gefahr.«

»Gefahr? Du warst in Gefahr! Du wolltest ihr helfen, versteckst sie in diesem Verschlag. Und sie fackelt die Hütte einfach ab.«

Weil sie das Tagebuch gefunden hat, dachte Astrid. Sie hatte zu spät bemerkt, dass sie ihren Rucksack in der Hütte vergessen hatte. Und in dem Tagebuch stand alles, selbst das mit den Reifen. Doch das konnte sie ihrem Vater unmöglich auch noch beichten.

»Was ist das überhaupt für eine Wissenschaftlerin, die gegen offizielle Quarantäneregeln verstößt und dann ein Feuer legt? Was, wenn es auf den Wald übergesprungen wäre? Sie hätte die ganze Insel in Gefahr bringen können. Diese Frau ist verrückt!«

Ist sie nicht, da war sich Astrid sicher. Zumindest nicht so verrückt, wie ihr Vater meinte. Sie wusste nur nicht mehr, wem sie noch trauen konnte. Und wer konnte ihr das verdenken?

»Wo, meinst du, wird sie sich jetzt verstecken?«, fragte ihr Vater.

Bei Ebba, vielleicht auch bei Loke. Das waren die einzigen beiden Personen auf der Insel, die sie außer Astrid kannte. Oder bei keinem von beiden, weil sie wirklich niemandem mehr vertraute.

»Was wirst du mit ihr machen, wenn du sie findest?«

»Mitnehmen und einsperren. Das mit der Quarantäne hätte sich bestimmt schnell geklärt. Da hätte ich auch ein Auge zugedrückt. Aber das hier …« Er zeigte auf den schwarzen, qualmenden Haufen, der von Astrids Rückzugsort übrig geblieben war. »Das hier hat Konsequenzen.«

Sein Handy klingelte. »Ole? Ja … Ja, alles im Griff … Es war die Biologin. Keine Ahnung, wie … Nein, sie ist dabei nicht umgekommen. Mir scheint eher, sie hat das Feuer selbst gelegt … Ja … Auf jeden Fall … Genau, nicht alle Murmeln beieinander, das habe ich auch schon zu Astrid gesagt … Natürlich wird die Brücke ständig überwacht … Ob wir sie heute Nacht noch finden werden, bei unserer Ausstattung … Aber wir werden weiter nach ihr suchen … Ja, dir auch. Und schöne Grüße an Wilma.« Er legte auf. »War Ole Granqvist«, sagte ihr Vater, als ob sie schwerhörig wäre. Abgesehen davon, dass er ihn mit seinem Vornamen angesprochen hatte, hatte Granqvist so laut gesprochen, dass es völlig unmöglich gewesen wäre, ihn nicht zu erkennen. »Er meinte übrigens, dass es gut wäre, sie zu finden, bevor sie weitere Dummheiten anstellt. Und da gebe ich ihm recht. Ich verspreche dir, dass ich persönlich auf sie aufpassen werde. Ihr wird niemand etwas antun.«

Astrid sah zu ihrem Vater auf. Sie wusste, dass er die Wahrheit sagte. Er würde sein Bestes dafür tun. Aber sie wusste auch, wer sonst noch auf der Insel lebte.

»Also, wo, meinst du, steckt sie?«, fragte er sie noch einmal.

»Bei Ebba«, sagte Astrid, die hoffte, ihr damit etwas Zeit zu verschaffen.

49

Die Wolken vom Nachmittag hatten sich verzogen, und der Himmel war sternenklar. Der Vollmond war so hell, dass man sogar ohne Taschenlampe auf dem weißen Sandstrand gut sehen konnte. Maja erzählte Lena, dass die kleine Bucht im Sommer oft von Badegästen und Touristen aufgesucht wurde. Auch die Jugend der Insel nutzte sie gerne für nächtliche Treffen und Trinkgelage.

Das Stand-up-Paddle-Board lag bereits halb aufgepumpt vor ihr im Sand. Sie wechselten sich ab, und während Maja jetzt pumpte, nutzte Lena die Zeit, um sich auszuziehen und in Majas Neoprenanzug zu zwängen. Das Wasser der Ostsee war zu dieser Jahreszeit so weit nördlich keine zehn Grad warm. Da Lena nicht vorhatte, im Stehen zu paddeln – sie hatte noch nie auf so einem Ding gestanden, außerdem wollte sie vermeiden, dass ein Radargerät sie erfasste –, würde es hoffentlich eine nicht zu nasse Angelegenheit werden. Ihre Kleidung und etwas Geld, das sie sich von Maja geliehen hatte, stopfte sie in einen wasserdichten Sack. Lenas Koffer, ihre Wertsachen, ihr Laptop und ihr Handy befanden sich leider immer noch auf der Wache. Aber das war ihr jetzt egal. Nur weg von dieser Insel, von diesen Verrückten. Alles Weitere ließ sich später organisieren.

»Du willst das Paddle wirklich nicht nutzen?«, vergewisserte sich Maja ein letztes Mal. Sie war mit dem Aufpumpen fertig.

»Nein. Ich rudere mit den Armen. Ich will auf keinen Fall, dass mich jemand entdeckt. Und ich bin nicht scharf darauf, ins Wasser zu fallen.«

Maja half Lena dabei, die Finne zu befestigen.

»Ich melde mich, sobald ich kann und in Sicherheit bin«, sagte Lena.

»Alles klar.«

Das Board war startklar. Maja zeigte ihr, wie man es am besten trug.

»Lass das Ding einfach beim Parkplatz in der Nähe des Damms im Gebüsch liegen. Ich hole es, sobald die Quarantäne aufgehoben ist.«

»Und das Taxi?«

»Ich rufe den Fahrdienst gleich an. Er wird auf dem Parkplatz auf dich warten.«

Sie verabschiedeten sich. Lena hob das aufgepumpte Board an dem dafür angebrachten Riemen auf. Es war leichter, als sie gedacht hatte. Sie trug es ins Meer, bis das Wasser tief genug für die Finne war. Dann legte sie sich darauf und begann loszupaddeln.

Das Board gewann schnell an Fahrt. Leise glitt es über das fast wellenfreie Wasser. Nur das leise Plätschern, wenn sie mit den Händen in das Wasser tauchte, war zu hören. Nach rund fünfzig Metern drehte sich Lena noch einmal um. Sie sah im Mondlicht, wie Maja am Strand stand. Ihre rechte Hand hatte sie am Ohr und telefonierte. Hoffentlich informierte sie wirklich nur den Fahrdienst, dachte Lena.

50

Sie wollte nicht nach Hause. Sie wollte weg, weit weg, an einen Ort, an dem sie niemand kannte, vor allem weg von der Insel. Über der Insel lag ein Fluch. Er war mit *Insovital* gekommen und würde erst wieder gehen, wenn sich niemand mehr das Zeug spritzte. Der Bürgermeister, ihre Eltern, alle, die *Insovital* genommen hatten, waren einen Pakt mit dem Teufel eingegangen. Ein längeres Leben für die Abhängigkeit von Rehabitex. Ein längeres Leben aber vor allem zu Lasten ihrer Kinder.

Am liebsten wäre sie sofort in Richtung Süden gefahren, nach Deutschland, in die Schweiz, nach Italien. Irgendwie würde sie schon durchkommen. Sie war nicht unattraktiv. Das war vielleicht ihr einziges Kapital. Aber richtig eingesetzt ließ sich damit etwas aufbauen.

Sie bog in den Schotterweg ein, der zu ihrem Haus führte. Bereits von Weitem sah sie im Licht der Außenbeleuchtung des Hauses einen fremden Wagen. Es war der fette Truck von Åberg. Er selbst saß auf den Holzstufen, die zur Haustür führten.

Wollte er etwa ein weiteres Mal versuchen, Loke davon zu überzeugen, dass er seine Klappe hielt? Da konnte er direkt wieder fahren. Loke war anders. Loke ging es nicht ums Geld.

Sie parkte den Wagen vor der Garage, stieg aus. Alle hatten sie Angst von Åberg. Er war groß und stark und wenn ihm etwas nicht passte, konnte er ganz schön ausrasten. Auch Maja hatte Angst vor ihm. Aber nicht heute. Heute war ihr alles egal.

»Hi Lars. Kann ich dir helfen?«

»Wo ist Loke?«

»Weiß ich nicht«, log Maja.

»Und die Wissenschaftlerin? Die ist nicht zufällig bei euch?«

Maja stieg an ihm vorbei die Stufen empor. Dann schloss sie die Tür auf. »Nein. Wieso?«

»Hast du eine Minute?«

Sie zog den Schlüssel wieder aus dem Schloss. Auf keinen Fall wollte sie ihn ins Haus lassen. Daher setzte sich sich neben ihn auf die Stufen.

»Maja, ich habe es Loke bereits versucht zu erklären. Aber du weißt, er ist ein alter Sturkopf. Er denkt nur an sich, an den Moment, nie an die Zukunft.«

»Ich weiß.«

»Gut. Ich will ehrlich mit dir sein, Kind. Schon allein, weil ich deine Eltern sehr schätze. Du weißt, das Haus, in dem sie wohnen, das habe ich gebaut?«

Sie nickte brav, als wäre sie ihm deshalb irgendetwas schuldig. Dabei war es das Haus ihrer Eltern. Sie hatte damit nichts zu tun. Und ihre Eltern hatten ihn für seine Leistungen bezahlt.

»Das mit *Insovital* ist eine dumme Sache. Wir dachten, es hätte nur Vorteile. Und die hat es ja auch. Es hat etliche Vorteile. Deine Eltern wären sonst vielleicht schon tot. Deine Großmutter ganz sicherlich. Aber ich habe gehört, dass diese sogenannte Expertin herausgefunden hat, dass es Nebenwirkungen gibt. Das stimmt doch?«

Maja hatte ihm gar nicht wirklich zugehört. »Was?«

»Ich wollte wissen, ob sie rausgefunden hat, dass *Insovital* Nebenwirkungen hat.«

»Ja. Es ist wahrscheinlich für unsere Depressionen verantwortlich.«

»Was für eine Schweinerei!«, regte sich Åberg auf. Aber sein Ärger war natürlich nur gespielt, als ob er Maja etwas vormachen könnte. »Wir werden sie dafür drankriegen«, setzte Åberg nach und hob zwei Finger wie zum Schwur. »Das verspreche ich dir.«

»Prima.« Maja nickte.

»Aber dafür müssen wir geschickt vorgehen. Ich habe es Loke bereits versucht zu erklären. Rehabitex entwickelt jetzt seit fast dreißig Jahren dieses Präparat. Und das Zeug ist gut. Wenn es auf den Markt kommt, dann wird es eine Sensation. Es ist der Jungbrunnen, von dem die Menschheit schon immer träumt. Da steckt eine Menge Geld drin, verstehst du? Tonnen an Geld. Nächste Woche gehen sie an die Börse. Und dann sind die Kassen voll.«

»Warum erzählst du mir das, Lars?«

»Weil du ein kluges Mädchen bist, Maja. Wir müssen jetzt schlau sein. Wir müssen nur noch ein paar Tage die Füße stillhalten. Besser wäre eine Woche. Dann können wir sie uns vorknöpfen und ausquetschen wie eine reife Orange. Verstehst du?«

»Du willst, dass niemand die Presse vor dem Börsengang informiert. Richtig?« Das hatte ihr doch alles Loke schon erzählt. Was Åberg ihr jedoch im Gegensatz zu Loke verheimlichte, war, dass es Åberg vor allem um seinen eigenen Vorteil ging. Er war einer der Ersten, die in Rehabitex investiert hatten, entsprechend groß war der Hebel seiner Anteile.

»Ganz richtig, Maja. Ich wusste, dass du ein kluges Mädchen bist. Denn wenn wir schon jetzt zur Presse gehen würden, würde der Plan nicht aufgehen. Kein Börsengang mehr.

Die Investoren würden abspringen. Rehabitex ginge in die Insolvenz. Und Maja, meinst du, es macht Sinn, einen Bettler zu verklagen?«

Die Art, wie Åberg mit ihr redete, hätte sie normalerweise rasend gemacht. Sie war doch kein kleines Kind mehr. Doch heute waren seine Worte für sie nur ein akustisches Meer aus Watte, das sie irgendwie umgab. Sie nahm ihn wahr, verstand, was er sagte. Nur löste das, was er sagte, keinerlei Emotionen in ihr aus.

»Was willst du von mir, Lars?« Sie wollte, dass er endlich ging. Sie wollte ihre Ruhe.

»Ich will, dass du deinen Mann davon überzeugst, dass er noch für ein paar Tage stillhält.«

»Das ist alles?«

Åberg zückte seine Geldbörse. Er war einer von denen, die immer Unmengen an Bargeld bei sich hatten. Er zählte Scheine ab, so viele, dass Maja den Überblick verlor. Irgendwas zwischen zwanzig- und vierzigtausend Kronen. Das abgezählte Geld drückte er ihr in die Hand.

»Und ich will, dass du mir sagst, wo diese Wissenschaftlerin steckt. Auch sie muss die Klappe halten. Ich denke aber«, er wedelte mit seiner Geldbörse, »es sollte kein Problem werden, auch sie zu überzeugen.« Er grinste dreckig. Genau für dieses Grinsen hasste sie ihn.

»Lena? Die wirst du wohl nicht mehr aufhalten.«

»Wieso?« Åberg richtete sich auf. »Hat sie schon mit der Presse gesprochen? Ihre Ergebnisse weitergegeben?«

»Ich weiß nicht. Aber sie ist nicht mehr auf der Insel.«

»Wie meinst du das?« Åbergs Gesichtsausdruck verfinsterte sich. »Trotz der Quarantäne?«

Maja zuckte mit den Schultern. Ihr war das alles komplett egal. Sie wollte einfach nur ihre Ruhe.

»Aber sie war doch gerade noch in dem Verschlag, in dem sie Astrid versteckt hat!«, stellte Åberg erregt fest. »Ole hat mir erzählt, dass sie dort ein Feuer gelegt hat. Weißt du das überhaupt? Sie hat riskiert, die gesamte Insel abzufackeln. Die Frau ist nicht ganz normal!«

Maja zuckte erneut mit den Schultern.

»Verdammt noch mal!«, fluchte Åberg. »Wie kann sie dann auf dem Festland sein?« Er stand auf. »Keine Krone werden wir sehen! Vor allem ihr Frauen nicht.« Er sah zu Majas Auto. »Wo kommst du eigentlich her?«

Maja antwortete nicht.

Er ging zu ihrem Auto. Auf der Rückbank lag das Paddle.

Åberg begann höhnisch zu lachen. »Verstehe.« Er kam langsam zu ihr zurück, beugte sich zu ihr vor und stellte sein Lachen ein. »Sie versucht, mit einem dieser Boards zu flüchten. Stimmt's?«

»Und wenn schon«, murmelte Maja. Lena hatte bestimmt schon die Hälfte des Weges hinter sich. Die holte keiner mehr ein. Sollte er doch versuchen, sie zu erwischen und zu überzeugen, mit Geld, mit Fäusten, was auch immer. Was kümmerte es sie. Sie wollte einfach nur ihre Ruhe.

»Du hast sie zur Bucht gebracht. Von dort aus ist es zum Festland nicht so weit. Ist es so?«

Maja antwortete nicht.

»Ich sehe es dir an. Ich habe recht!«

Maja kam es vor, als wollte Åberg noch etwas sagen, was er sich dann jedoch verkniff.

Er überlegte kurz. »Zu dumm. Dann kann ich wohl auch nichts mehr machen.«

»Wahrscheinlich nicht.«

»Aber auf dich kann ich mich verlassen? Du redest noch mal mit Loke?« Er zeigte auf das Geld in ihrer Hand.

Sie nickte müde.

»Gut. Auf dich wird er hören.«

Endlich drehte er sich um und ging zu seinem Auto.

Maja stand auf und ging zur Tür. Kaum hatte sie das Haus betreten, ließ sie sich auf den Boden gleiten. Sie hörte, wie der Motor von Åbergs Auto aufheulte. Sie blickte auf das Geld in ihrer Hand. Ganz langsam ließ sie einen Schein nach dem anderen wie trockenes Laub auf den Boden fallen. Einige Scheine fielen herab wie Steine, andere schaukelten gemächlich hin und her.

Das Geld sollte fürs Erste reichen, den Zug, ein Hotel. Nur nicht in den ersten Stock gehen, beschwor sie sich immer wieder. Nur nicht in den ersten Stock.

51

Schneller als erwartet wurde das Paddeln mit den Armen zur Qual. Ihre Finger waren eiskalt, ihre Schultern schmerzten, und Lena gelang es kaum mehr, den Kopf zu heben. Sie legte ihn mal auf die linke, mal auf die rechte Seite ab, hob ihn nur, um zu sehen, ob sie noch auf Kurs war. Hätte sie doch das Paddle mitgenommen!

Nach rund einer halben Stunde legte sie eine Pause ein. Sie musste um die beiden vorgelagerten Inseln herum. Die erste hatte sie erreicht und damit wahrscheinlich die Hälfte des Weges hinter sich.

Sie stemmte sich auf die Knie und setzte sich auf das Board. Die weitere vorgelagerte Insel konnte sie im Mondlicht bereits gut sehen. Und auch das Festland war als schwarze Silhouette schon erkennbar. Irgendwo dort musste sich der Parkplatz befinden, wo Lena und Astrid vor ihrer Ankunft haltgemacht hatten.

»Und weiter!«, motivierte sich Lena. Anstatt im Liegen versuchte sie es jetzt auf ihren Knien. Das stellte sich als weniger anstrengend heraus, auch wenn sie den Eindruck hatte, im Liegen mehr Fahrt gemacht zu haben.

Der Fahrdienst wartete hoffentlich bereits auf sie. Sie würde sich von ihm in ein Hotel bringen lassen, irgendeine billige Absteige, in der man nicht direkt nach ihren Papieren fragte. Von dort aus ließ sich dann alles Weitere organisieren. Sie würde Michael anrufen, und er würde sich um alles kümmern. Und sie könnte sich endlich ausruhen.

52

Barg hatte die Rückenlehne des Polizeiautos fast komplett nach hinten gefahren. Trotz der geschlossenen Scheiben konnte Åberg seinen Cousin schnarchen hören. Erst nachdem er mehrfach gegen die Scheibe geklopft hatte, zuckte der erschrocken zusammen.

Bargs erster Griff war der zu seiner Waffe, die neben ihm auf dem Beifahrersitz lag. Dann zog sich ein breites Grinsen über sein Gesicht. Er setzte sich auf und öffnete die Scheibe.

»Mensch, Lars, hast du mich erschreckt.« Er sah auf seine Uhr. »Es ist kurz vor zehn. Was machst du hier?«

»Auftrag vom Chef. Ich muss aufs Festland.«

»Wie, vom Chef? Nyström oder Granqvist?«

»Granqvist. Lässt du mich durch?«

»Darf ich das überhaupt?«, fragte Barg lachend. »Du weißt, auf der Insel herrscht eine üble Epidemie.« Man hörte ihm deutlich an, wie wenig ernst er die Situation nahm.

»Barg, ich habe es eilig.«

»Ist ja gut.«

Sein Cousin drückte auf einen Knopf neben dem Sitz, und die Rückenlehne fuhr nach oben. »Warte. Ich stell den Wagen schnell zur Seite. Wenn du mir dann bei der Sperre hilfst.«

Kurz darauf saß Åberg wieder in seinem Truck und raste über die Brücke in Richtung der beiden vorgelagerten Inseln. Schon bald hatte er das Festland erreicht.

Und jetzt?

Ausgehend von dem Zeitpunkt, an dem der Verschlag gebrannt hatte und die Biologin daher noch am anderen Ende der Insel gewesen sein musste, konnte sie noch nicht weit sein. Zudem war Maja gerade erst zurückgekehrt, vielleicht hatte diese Bondroit das Festland also noch gar nicht erreicht. Åberg beschloss dennoch, zunächst die Landstraße ein Stück weiter entlangzufahren, um dort nach ihr Ausschau zu halten. Irgendwo würde er sie schon finden. Dieses Miststück. Es reichte nicht, dass sie ihre Nase in Dinge steckte, die sie nichts angingen. Sie hätte fast auch noch die ganze Insel abgefackelt.

Ein Auto kam ihm entgegen, eher untypisch um diese Uhrzeit auf dieser Straße. Auf der Seite stand die Nummer eines Fahrdienstes. Åberg machte eine Vollbremsung, dann eine Dreipunktdrehung. Bald hatte er das Fahrzeug eingeholt, das in den Seitenweg einbog, der zu einem Parkplatz direkt am Meer in der Nähe des Damms führte. Er betätigte mehrfach die Lichthupe, bis der Fahrer endlich verstand und anhielt. Dann stieg Åberg aus. Der Fahrer hatte die Scheibe bereits heruntergefahren.

»Hast du den Fahrdienst gerufen?«, fragte der ausländische Fahrer in sehr gebrochenem Schwedisch.

»Ja. Tut mir leid, aber die Fahrt hat sich erledigt.« Åberg zückte seine Geldbörse. »Was bin ich schuldig?«

Der Fahrer überlegte. »Die Frau am Telefon sagt, die Fahrt geht bis Umeå.«

Es gab Momente, da lohnte es sich, um die letzte Krone zu feilschen. Dieser gehörte eindeutig nicht dazu. Åberg zog fünftausend Kronen aus der Börse. »Hier. Passt das?«

Der Fahrer zählte die Scheine durch. Er wirkte zufrieden und nickte.

Nachdem das Auto vom Fahrdienst wieder verschwunden war, fuhr Åberg den engen Schotterweg bis zu dem Parkplatz. Dort angekommen holte er seine große, stahlummantelte Taschenlampe unter dem Fahrersitz hervor und ging die paar Schritte bis zum Meer. Im Schein des Vollmonds konnte man gut sehen. Eine Frau auf einem Stand-up-Paddle-Board entdeckte Åberg allerdings nicht.

War sie doch schon weiter, als er gedacht hatte? Aber für wen sonst war der Fahrdienst bestellt worden? Nein, sie war einfach noch nicht angekommen. Er musste nur Geduld haben.

Åberg setzte sich auf einen großen flachen Stein am Ufer. Jede halbe Minute sah er auf die Uhr. Warten war nicht gerade eine seiner Stärken.

Dann endlich, ein leises Plätschern. Er sah in die Richtung, aus der das Geräusch kam, etwas weiter rechts die Küste hinunter. Ein dunkler Schatten bewegte sich am Küstenrand auf ihn zu. Je näher er kam, umso besser konnte Åberg erkennen, dass es sich um eine Person auf einem Stand-up-Paddle-Board handelte. Sie kniete und paddelte mit beiden Händen – direkt in seine Arme.

53

»Warum macht keiner auf? Es brennt doch überall Licht?«

Finn Nyström und Astrid waren zunächst zu Ebba gefahren, die jedoch nicht zu Hause war. Astrid fragte sich, wo sie um diese Uhrzeit steckte. Doch auch bei den Henrikssons schien niemand zu Hause zu sein.

Astrid betätigte erneut den Klingelknopf. »Da stimmt was nicht!«

Ihr Vater klopfte mehrfach gegen die Tür. »Loke? Maja?« Er versuchte die Tür zu öffnen, aber es war abgesperrt.

»Du musst was tun!«, beschwor ihn Astrid nervös.

Finn sprang den Absatz hinunter und ging zum Auto. Mit einem dicken Schraubenzieher kam er zurück. Er setzte ihn an der Stelle an, an der sich das Schloss befinden musste. »Wenn du dich täuschst, zahlst du den Schaden.«

Astrid nickte. »Ja, Papa. Keine Sorge.«

Nach kurzem Hebeln sprang die Tür auf. Schwedische Türen waren nicht gerade für ihre Einbruchsicherheit bekannt.

Auf dem Boden im Flur lag jede Menge Geld. Was hatte das zu bedeuten? Astrid rannte in die Küche, die so unaufgeräumt und dreckig war wie immer. Niemand war da. Auf dem Tisch vor dem Fenster lag ein angebissenes Stück Brot, daneben stand ein aufgeklappter Laptop, eine kleine Holzschatulle, mehr nicht. Es roch leicht süßlich, nach verfaultem Obst und ranziger Butter.

»Ich gehe in den ersten Stock«, hörte sie ihren Vater rufen, kurz darauf das Knarren der Stufen, die in die obere Etage führten.

Astrid drückte auf eine Taste des Laptops. Der Bildschirm sprang an. Eine Internetseite eines Reiseanbieters leuchtete auf. Dann betrachtete sie die aus verschiedenen Holzarten gefertigte Kiste neben dem Computer. Ebba hatte genau die gleiche. Oder war das vielleicht sogar ihre? Neben der Kiste lagen zwei gefaltete Briefbogen. Astrid nahm den oberen. Der Brief war kurz, mit dem Computer geschrieben. Er ging sie nichts an, das wusste sie, aber sie konnte nicht anders.

Bereits nach den ersten Worten war ihr klar, dass der Brief für vieles eine Erklärung bieten konnte. »Papa!«, schrie sie. Hastig las sie die restlichen Zeilen. »Komm her! Schnell! Ich hab was entdeckt!«

Ihr Vater schien sie nicht zu hören, zumindest reagierte er nicht. Keine Schritte, kein Knarzen der Treppe. Astrid nahm den Brief und ging damit in den Flur.

»Papa!«, rief sie erneut. »Erinnerst du dich an die Sache von vor zwei Jahren? Ebba hatte so ausgesehen, als ob jemand sie übel zusammengeschlagen hatte.« Astrid begann die Stufen in den ersten Stock hinaufzusteigen. »Sie hatte gesagt, dass sie von der Leiter gestürzt ist. Aber du hattest schon immer den Verdacht, dass es mit Åberg zu tun hatte.«

Astrid war jetzt im Obergeschoss angekommen. Ihr Vater kam ihr entgegen. Der Schock war ihm ins Gesicht geschrieben.

»Hier!« Sie übergab ihm den Brief, den er kraftlos entgegennahm. Er würdigte ihn keines Blickes.

»L. H. – Lars Henrik. Würde doch passen.«

Ihr Vater reagierte immer noch nicht.

»Was ist los? Du hast es doch schon damals geahnt.«

Endlich schien er sich wieder zu fangen. Er drängte sie zurück in Richtung Treppe.

»Was?«, fragte Astrid.

»Geh runter.«

»Warum?«

»Wir verlassen jetzt sofort das Haus. Ich muss Barg anrufen.« Er überlegte. »Oder vielleicht besser direkt das Festland.«

»Was ist denn los, Papa?«

Er schob sie weiter in Richtung Treppe. Schweiß rann ihm über die Stirn, obwohl es im Haus eher kühl war.

»Wir brauchen die Spurensicherung«, murmelte er vor sich hin.

Astrid wurde ganz anders. »Ist Lena hier oben?«

Sie waren am Treppenabsatz angekommen.

»Jetzt sag schon!«, forderte sie.

»Nein.«

Etwas Schreckliches musste passiert sein. So hatte Astrid ihren Vater noch nie gesehen.

»Was ist passiert?«

Als er ihr immer noch keine Antwort gab, duckte sich Astrid blitzschnell unter seinen Armen durch. Er erwischte sie am Ärmel, aber es gelang ihr, sich loszureißen. Sie rannte den kurzen Flur bis zur offenen Schlafzimmertür.

»Geh da nicht rein!«, schrie ihr Vater ihr noch hinterher. Abgesehen davon, dass sie nicht auf ihn gehört hätte, war es dafür bereits zu spät.

Was ihr als Erstes auffiel, waren die vielen Daunenfedern, die wie kleine Wolken über den Boden schwebten.

54

Sie sah den Fahrer schon von Weitem. Er stand am Ufer und hielt Ausschau. Wahrscheinlich befürchtete er, dass man ihm einen üblen Scherz gespielt und er sich umsonst aus dem Bett gequält hatte. Als sie näherkam, winkte sie ihm. Er winkte kurz zurück. Dann ging er zu seinem Wagen, startete ihn und schaltete die Scheinwerfer an.

Lena kämpfte sich durch ein paar größere Steine die Böschung empor. Das Brett, das ihr zuvor so leicht vorgekommen war, fühlte sich jetzt an, als hätte es sein Gewicht verdoppelt. Lena legte es, wie mit Maja abgesprochen, in das nahe gelegene Gestrüpp.

»Einen Moment«, rief sie dem Fahrer zu. Sehen konnte sie weder ihn noch sein Fahrzeug, da die Scheinwerfer sie blendeten. »Ich muss mich noch umziehen.«

Sie ging zu einem Baum außerhalb des Scheinwerferkegels. Der Neoprenanzug fühlte sich an wie eine warme zweite Haut, die sie sich vom Körper zog. Er war von innen komplett durchnässt, allerdings nicht vom Wasser, sondern von Schweiß. Dafür fühlte sie ihre Hände kaum noch, so ausgekühlt waren sie.

Als sie den Verschluss des wasserdichten Sacks öffnete, um ihre Kleidung herauszuholen, kam ihr der Gestank von Rauch entgegen. Ihr wurde kurz übel, sie fing sich jedoch schnell wieder. Wie sie aussah, wie sie roch, war jetzt nicht von Bedeutung. Sie hatte das Festland unentdeckt erreicht, nur darauf kam es an. Noch ein paar Stunden, dann wäre sie in einem Hotel und dann hoffentlich ganz bald auch wieder in Deutschland.

Der Fahrer lehnte am Wagen. »Frau Bondroit?«

»Richtig.« Maja musste ihm ihren Namen verraten haben. Lena ging in seine Richtung. Je näher sie kam, desto besser konnte sie ihn und seinen Wagen erkennen. Es war ein großer Pick-up-Truck, und der Mann war ähnlich groß und stämmig wie Loke.

»Lars Åberg mein Name. Wir sind uns schon einmal an der Brücke begegnet«, stellte sich der Mann vor, bevor Lena ihn wiedererkannte.

Der »Baulöwe«, wie ihn Loke genannt hatte.

Lenas erster Impuls war Flucht. Doch wohin? Außerdem war sie erschöpft, ihre letzten Reserven aufgebraucht. Auch wenn Åberg älter war als sie, hätte sie keine Chance gegen ihn. Sie blieb in einiger Entfernung von ihm stehen. »Was wollen Sie?«

Åberg hob beide Hände wie zum Zeichen, dass er nichts Böses im Schilde führte. In der einen Hand hielt er seinen Autoschlüssel, in der anderen eine riesige, schwarze Taschenlampe. »Wenn es nach dem Chef der Insel ginge, dann würde ich Sie jetzt bitten, mit mir zurück auf die Insel zu kommen. Sie haben da ganz schön was angerichtet.«

»Wegen den Untersuchungen von *Insovital*?«

»Nein. Wegen des Brandes.«

»Das war ein Versehen.«

Er lachte. »Ein Versehen. Und warum haben Sie dann nicht die Polizei oder Feuerwehr informiert?«

Weil sie zu diesem Zeitpunkt ganz andere Sorgen hatte.

»Ich bin aber weder der Bürgermeister noch die Polizei. Mich interessiert der Brand nicht.«

»Was wollen Sie?«, fragte Lena erneut.

»Ihr Schweigen.«

»Wofür?« Sie meinte die Antwort bereits zu kennen.

»Bezüglich der Nebenwirkungen von *Insovital* natürlich. Nicht für immer. Vielleicht für eine, besser für zwei Wochen.«

Lena fragte sich, was Åberg damit bezwecken wollte. Er schien irgendwie anders in der Sache mit drinzustecken, als sie ursprünglich gedacht hatte. Warum sonst bat er nur um einen Aufschub für kurze Zeit? Würde es ihm um die weitere Versorgung der Inselbewohner mit dem Präparat gehen, hätte er eher ein grundsätzliches Schweigen gefordert.

»Eigentlich keine große Sache«, ergänzte er. »Sie werden Ihren Auftritt noch bekommen. Nur eben nicht sofort. Nach dem Börsengang.«

»Sie haben in Rehabitex investiert?«

»Nicht nur ich.«

»Und was sagt Loke dazu?« War es am Ende Åberg gewesen, der Loke gekauft hatte?

»Er ist einverstanden.« Soweit Lena es in der Dunkelheit erkennen konnte, grinste Åberg.

»Und Ebba?«

Åberg lachte auf. »Die sowieso.«

»Wie meinen Sie das? Hat sie selbst in Rehabitex investiert?«, fragte Lena erschüttert.

»Nicht ganz. Drücken wir es so aus: Sie ist auf eine andere Art von Rehabitex abhängig als die meisten Menschen auf der Insel. Und die Kohle, die die ihr zahlen, braucht sie dringend. Die Gute träumt davon, von hier abzuhauen. Das hat sie doch bestimmt erzählt.«

Lena war erschüttert. All diejenigen, die den Kampf gegen Rehabitex angestoßen hatten, steckten mit drin. Die armen Frauen, man hatte sie verkauft.

Lena überlegte, was sie jetzt noch tun könnte. Sie war am Ende ihrer Kräfte, wollte eine heiße Dusche, sich hinlegen, schlafen. Sie wollte Michael anrufen, damit er sie zusammen mit Jean abholte. Sie wollte nach Hause.

»Und?«, fragte Åberg.

Noch nie hatte sie sich kaufen lassen. Es entsprach nicht ihren Grundsätzen. Die Manager von Rehabitex würden sich ihre Taschen füllen, genau wie die Investoren, Menschen, die es nicht verdient hatten.

»Geben Sie sich einen Ruck. Ich denke, wir bekommen dann auch das mit der Brandstiftung vom Tisch. Ich habe ganz gute Kontakte.« Åberg kam langsam auf sie zu. »Was haben Sie zu verlieren?«

Ihre Moralvorstellungen. Ihre Grundsätze. Allerdings fühlte sie sich gerade nicht mehr in der Lage, dafür zu kämpfen. Sie war zu müde und ausgelaugt, als es hier und jetzt gegen eine Pharmafirma und all ihre Verbündeten aufzunehmen. Sie hatte gar keine andere Chance. Und wenn selbst Loke nachgegeben hatte! War das hier wirklich ihr Krieg?

»Ich sehe schon, Sie sind dabei«, stellte Åberg zufrieden fest. Er leuchtete ihren Körper ab, dann in ihr Gesicht. »Los, kommen Sie. Ich bringe Sie in ein Hotel. Sie sind sicher müde.«

Lena hielt sich die Hände vor die Augen. Geld würde sie keines annehmen. Aber sich darauf einlassen, zumindest vor dem Börsengang nichts zu unternehmen, war das vielleicht moralisch vertretbar? Sie müsste ihre Erkenntnisse ohnehin noch verifizieren. Außerdem: Wenn sie sich darauf einließe, würde ihr Åberg zumindest nichts tun. War das im Moment nicht das einzige, worauf es ankam?

Er ging weiter auf sie zu. Mit seiner linken Hand griff er in die Tasche seines Mantels. Er leuchtete auf eine dicke Rolle Geldscheine.

»Dreißigtausend Kronen. Das sind um die dreitausend Euro. Und Sie bekommen noch mehr, wenn die Woche rum ist und Sie sich an die Vereinbarung gehalten haben.«

Er war jetzt bei ihr angekommen, streckte ihr die Rolle entgegen.

»Ich will kein Geld«, sagte Lena. »Ich …«

Ich werde bis nach dem Börsengang niemanden informieren, wollte sie noch sagen. Doch da hatte ihr Åberg bereits die Taschenlampe über den Kopf gezogen. Ihr wurde schwarz vor Augen. Sie spürte, wie ihre Knie nachgaben und sie zu Boden sank.

55

Durch das spitz zulaufende Dach hatte das Zimmer etwas von einem Zelt, in dessen Mitte ein riesiges Doppelbett stand. Daneben zwei kleine Nachttische mit Leselampen. Die vertäfelten Seitenwände waren in einem hellen Grau gestrichen, die seitlichen Sparren und die Kehlbalken, die das Dach stabilisierten, in Weiß.

Es hatte etwas Unwirkliches, wie sie dahing. Ihr Kopf war leicht gesenkt. Die Arme hingen schlaff neben dem Körper, ihre langen roten Haare über dem Gesicht. Wie eine Marionette, die man wieder zum Leben erwecken konnte, wenn man an den richtigen Fäden zog.

Der feste Strick war an einem der Kehlbalken befestigt. Sie musste vom Bett gesprungen sein.

Unter ihr Federn. Überall.

Erst jetzt entdeckte Astrid Loke. Er lag im Bett, die Augen geschlossen. Seinem Gesichtsausdruck nach hätte man meinen können, er schlief, wäre da nicht das Loch in der Bettdecke gewesen, genau an der Stelle, an der sich sein Brustkorb befand. Um das blutgetränkte Loch noch mehr von den Daunen, die überall herumflogen.

Astrid merkte, wie ihr Magen rebellierte. Sie versuchte ihren Blick abzuwenden. Säure begann ihr die Kehle hochzusteigen, drang in den Mund. Vergeblich versuchte sie, den Brechreiz zu unterbinden.

»Astrid, nicht ...« Ihr Vater war bei ihr angekommen. Er legte seine Hand auf ihren Nacken, während sie sich übergab. »Warum musstest du …« Er redete nicht weiter, verkniff sich seinen Vorwurf.

Nachdem sie fertig gewürgt hatte, half er ihr auf und zog sie aus dem Raum. Dort brach sie erneut zusammen.

»Schau mich an!«, forderte sie ihr Vater auf. Er kniete sich vor sie, sah ihr in die Augen. Dieses Mal sah er nicht weg. »Vergiss, was du gesehen hast! Sofort!« Seine Worte, ein hilfloser Befehl. Wie könnte sie das gerade Gesehene jemals vergessen?

Astrid konnte nichts sagen. Ihre Kehle war gereizt von dem Erbrochenen. Ihre Augen trocken. Dabei wünschte sie sich nichts sehnlicher, als zu weinen. Sie wünschte, ihre Tränen könnten die Welt um sie herum verschwimmen und verschwinden lassen. Alles in ihr fühlte sich hohl an. Unwirklich. Seelenlos. Sie wünschte, es wäre nur ein Bühnenbild aus dünnem Holz und Papier, das gleich wieder verschwand und gegen eine Realität eingetauscht werden konnte, die weniger trostlos war. »Was … ist hier passiert?«, stotterte sie.

»Ich weiß es nicht«, flüsterte ihr Vater mit schwacher Stimme. Er griff sie unter den Achseln und zog sie erneut in den Stand. Erst als sie das Haus verlassen hatten, ließ er sie wieder los.

Kraftlos sanken sie nebeneinander auf die Stufen vor dem Hauseingang. Finn Nyström holte tief Luft. Er rieb sich sein Gesicht, als könnte er auf diese Weise alles ungesehen und damit ungeschehen machen. Dann drückte er sie an sich. »Ich wünschte, du hättest das nicht gesehen.«

Das wünschte sie sich auch. Der hängende Körper. Das Loch in der Bettdecke. Die weißen und roten Federn.

»Hat sie ihn erstochen?«

»Gut möglich«, murmelte er. »Aber vielleicht will uns das auch nur jemand glauben machen. Die Spurensicherung wird das hoffentlich klären.«

In der Ferne tauchten Scheinwerfer auf. Dann näherte sich ein Wagen. Es war Ebbas alter Toyota. Keine zwei Meter vor ihnen hielt sie an, stieg aus und rannte auf sie zu.

»Wo ist Lena?«, rief sie, noch bevor sie sie erreicht hatte. Sie wirkte sehr aufgeregt und beunruhigt. »Der Brand! War sie in dem Verschlag?«

Finn schüttelte den Kopf.

Ebba faltete die Hände wie zum Gebet. »Gott sei Dank. Aber wo ist sie? Ist sie verletzt?«

Keiner antwortete. Sie sahen sie einfach nur an, wie jemanden, den sie nicht kannten.

»Alles okay?«, fragte Ebba verunsichert.

Astrid konnte nicht antworten. Überhaupt hatte sie das Gefühl, nie wieder reden zu können. Ihrem Vater schien es ähnlich zu gehen. Zumindest antwortete auch er nicht.

»Und was ist mit Loke? Ist er wieder aufgetaucht?«

Astrid blickte zu Ebba. War sie wirklich so arglos, wie sie tat? Astrid wartete auf ein verräterisches Zucken um Ebbas Mund, ein Wandern der Augen, irgendetwas, das darauf hindeutete, dass sie mehr wusste, als sie vorgab.

»Was ist denn los?« Ebbas Blick wanderte zwischen Astrid und ihrem Vater hin und her. »Warum sitzt ihr hier?«

»Wir denken nach«, sagte Finn. Er schien sich gefangen zu haben, stand auf und baute sich vor ihr auf. Er machte das gut, baute Druck auf, ohne große Gesten oder Worte. Astrid hatte ihren Vater nie für einen guten Polizisten gehalten. Vielleicht hatte sie ihm unrecht getan.

»Worüber?«, fragte Ebba.

»Was geht hier eigentlich vor sich? Was weißt du?«, fragte er ruhig.

»Wie bitte?« Ebba machte einen Schritt zurück. Endlich eine Reaktion. Sie begann nervös an den Ringen an ihren Fingern zu spielen.

»Hast du uns was zu sagen?«, fragte er sie jetzt.

Ebbas Gesichtszüge fielen auseinander, sie hielt dem Blick von Finn nicht länger stand. Sie sah zu Astrid, verzweifelt, fast flehend, um Vergebung bittend. Dann schlug sie die Hände vor ihrem Gesicht zusammen.

56

Seine erste große Liebe war Brigitte gewesen. Sie war nicht gerade das hübscheste Mädchen der Insel, dazu war sie ein wenig zu dick, ihre Nase zu groß. Auch zu viele Pickel hatte sie damals gehabt. Aber das war ihm egal. Er hatte sie nicht nur geliebt, angebetet hatte er sie. Jeden Wunsch hatte er versucht, ihr von den Lippen abzulesen, sie mit Geschenken überhäuft, sie hofiert. Und vor allem hatte er gewartet, so wie sie es sich gewünscht hatte. »Kein Problem, sag mir einfach, wann du dazu bereit bist.«

Sie waren zelten gewesen, zusammen mit Nils und Oskar. Er verlor beim Würfeln. Also war er es, den sie abends losschickten, um noch mehr Chips und Getränke zu holen. Fast eine halbe Stunde Fahrt mit dem Fahrrad bis zur nächsten Tankstelle, mindestens, für zwei Tüten Chips, Cola – und Bier, wenn sie es an ihn rausrückten. Aber verloren war verloren.

Nach zehn Minuten Fahrt war der Vorderreifen platt. Er musste über etwas Spitzes gefahren sein. Åberg kehrte daher wieder um.

Irgendwie wunderte es ihn gar nicht, dass nur noch Oskar am Feuer saß. Seit er mit Brigitte zusammen war, gab es da diesen kleinen Teufel auf seiner Schulter, der ihm immer wieder zuflüsterte, dass er nicht gut genug für sie war. Und dieser kleine Wicht begann nun auf seinem Kopf Freudentänze zu tanzen.

Oskar wollte ihn noch aufhalten, doch er schubste ihn einfach zur Seite und öffnete das Zelt.

Diese Schlampe!

Ihn hatte sie immer wieder hingehalten, aber mit dem »schönen« Nils war es plötzlich sofort möglich. Er zerrte ihn an seinen nackten Beinen aus dem Zelt, trat und schlug auf ihn ein. Hätten ihn Brigitte und Oskar nicht von ihm gerissen, hätte er ihn vielleicht totgeschlagen. Seine Wut hätte dafür zumindest ausgereicht.

Später war ihm klar geworden, dass der wirkliche Fehler gar nicht bei Nils gelegen hatte. Die ständigen Fragen von Brigitte, ob auch seine Freunde mitkämen, wenn sie etwas unternahmen, ihr frigides Gehabe. Jetzt machte es plötzlich Sinn. Åberg war nur die billige Trittleiter gewesen, nichts als ein stinkender Köder, den sie ausgeworfen hatte, um über ihn an die dicken Fische zu gelangen.

Åberg hatte seine Lektion gelernt.

Während seine Freunde weiter Spaß gehabt hatten, fing er in seiner Jugend bereits damit an, seinem Vater auf den Baustellen zu helfen. Er hatte schwere Balken getragen, Zementsäcke geschleppt, Mörtel gerührt und im Büro ausgeholfen. Während seine Kumpel jede verdiente Krone sofort auf den Kopf hauten, hatte er gespart, gespart und noch mal gespart, um es ihnen irgendwann allen zu zeigen. Vielleicht auch für die Frau seines Lebens.

Sein Plan war in gewisser Weise sogar aufgegangen. Schon mit Mitte zwanzig übernahm er den Betrieb seines Vaters und war damit, im Gegensatz zu den meisten jungen Männern, die auf der Insel geblieben waren, ein gemachter und gefragter Mann. Immer mehr Frauen begannen sich trotz seiner »Bauernfresse«, wie sie in der Schule gerne gesagt hatten, für ihn zu interessieren. Die meisten von ihnen hatte er sofort durchschaut. Brigitte war es um Nils gegangen – den späteren Frauen um sein Geld. Aber jetzt war zumindest er es, der sich nach ein paar Wochen von ihnen trennte.

Dann kam Ebba.

Bei Ebba hatte er das erste Mal das Gefühl gehabt, dass es anders sein könnte. Sie war neu auf der Insel, kannte nicht die Geschichten über ihn, die wahren und die Lügen. Sie wusste nicht, wie wohlhabend er war, dass er mit der Vermietung von Maschinen und mit den Baustellen eine Menge Geld verdiente und dank seiner Sparsamkeit ein ordentliches Sümmchen auf dem Konto hatte, ganz abgesehen von seinen Investitionen bei Rehabitex, die ihn früher oder später zum mehrfachen Millionär machen würden. Für sie war er nicht der Goldesel, der nur »mitspielen« durfte, wenn er eine Runde schmiss.

Er hatte sich sofort verliebt. Natürlich auch in ihr Äußeres, ihre langen dunklen Haare, die feinen Gesichtszüge, ihre grazile Gestalt. Vor allem aber in die Art, wie sie ihn ansah, unvoreingenommen, freundlich, ohne Hintergedanken.

»Du bist neu hier?«, hatte er gefragt, als er wegen eines Hustenmittels ihre Apotheke aufgesucht hatte. Dabei kannte er die Antwort bereits. Es hatte sich herumgesprochen, dass die Apotheke verkauft worden war, an eine junge Frau vom Festland.

»Ja.«

»Woher kommst du?« Er wollte ein Gespräch führen, ein möglichst langes, am liebsten die Apotheke niemals mehr verlassen.

»Aus Stockholm. Nicht ursprünglich. Aber ich habe dort studiert.«

»Und dann kommst du hierher, auf unsere kleine Insel?«

»Mein Traum war immer eine eigene Apotheke. Hier gab es ein gutes Angebot.«

In der Tat ein »unschlagbares Angebot«, wenn es sich um eine Apotheke auf dem Festland gehandelt hätte. Dagegen ein eher schlechtes für die Insel. Jeder wusste, dass die Apotheke hier nicht mehr gut lief. Es gab nur noch einen Arzt vor Ort, außerdem bestellten viele inzwischen bei Online-Apotheken. Doch das war nicht der Hauptgrund. Der entscheidende Faktor war, dass der *Insovital*-Effekt bereits zugeschlagen hatte.

»Und du? Bist du von der Insel?«

»Ja.« Er starrte sie an, hypnotisiert von ihrer Schönheit. Weitere Fragen fielen ihm nicht ein, so sehr er auch danach suchte.

Als die Stille unangenehm wurde, begann er sich in den Regalen nach etwas umzusehen, was er noch kaufen könnte, nur um einen Grund zu haben, länger in der Apotheke zu stehen.

Auch sie sah sich verunsichert um. »Kann ich noch etwas für dich tun? Pflaster, Vitamintabletten?« Sie ging das Regal hinter der Theke durch. »Hustenbonbons, Taschentücher, eine besonders gute Hautcreme.« Sie lachte vorsichtig.

Er lachte auch, mehr aus Verlegenheit als über ihren Witz. »Danke. Aber …« Er nahm seinen ganzen Mut zusammen. »Vielleicht …«

»Ja?«

»Ich suche jemanden, der mir am Samstag beim Hummeressen Gesellschaft leistet. Bei Björn Anders. Nicht der Fraß hier auf der Insel. Ein wirklich gutes Lokal auf dem Festland, kurz vor der finnischen Grenze.«

Sie hatte verlegen auf die Kasse geblickt. Dann in seine Augen. Er hatte gemeint, ein Funkeln wahrzunehmen. »Warum eigentlich nicht.«

Ihre Beziehung hatte nicht lange gehalten. Sie hatte ihm nie einen Grund genannt, warum sie sich von ihm getrennt hatte. War es der Altersunterschied? Oder langweilte sie das, was er zu erzählen hatte, im Wesentlichen Probleme von den Baustellen? Vielleicht hatte sie sich auch nur in einen anderen verliebt? Es hatte zumindest nicht lange gedauert, bis sie sich mit anderen Männern traf. Etwas Langes war daraus nie geworden. Das hatte ihm Hoffnung gemacht.

Eines Abends war er dann zu ihr gefahren. Sie war gut gelaunt, schien sich über seinen spontanen Besuch zu freuen. Sie roch nach Wein, das bemerkte er sofort.

»Hi Lars. Auch Lust auf ein Glas?«

Da die Sonne schien, setzten sie sich in die Korbstühle auf der Veranda. Ebba trug ein knappes Sommerkleid. Im Sitzen schlug sie die Beine streng übereinander, doch wenn sie aufstand oder die Position wechselte, dann gewährte sie ihm, ungewollt vielleicht, aber das war ihm egal, einen kurzen Blick auf ihren Slip. Das hatte ihn fast wahnsinnig gemacht.

Sie war in Erzähllaune, berichtete von der Apotheke, den neuen Ideen, die sie hatte, um das Geschäft zu optimieren. Obwohl immer weniger Inselbewohner Medikamente bei ihr bezogen, war sie guter Dinge, dass sie es trotzdem schaffen würde, mit selbst zusammengerührten Hautcremes und Seifen. Außerdem hatte Rehabitex ihr ein großzügiges Angebot gemacht, wenn sie dazu bereit wäre, die Verteilung von *Insovital* an die Inselbewohner zu übernehmen, was der Firma ermöglichte, ihren letzten Mitarbeiter abzuziehen.

Er ließ sie reden, lachte an den Stellen, wo er es für angebracht hielt, nickte, wenn er meinte, dass Zustimmung die richtige Reaktion war. Doch insgeheim träumte er nur davon, wie es wäre, sich ein letztes Mal auf sie zu stürzen, um mit ihr zu schlafen. Seine Fantasien gingen immer mehr mit ihm durch.

Dann kippte die gute Stimmung plötzlich, ohne dass er wusste, warum. Sie bot ihm kein weiteres Glas Wein an, sondern meinte, dass sie jetzt Zeit für sich bräuchte und es besser wäre, wenn er gehe.

»Schon?«

»Ich bin müde, Lars.«

»Du findest mich langweilig.«

Sie schüttelte den Kopf. »Nein, Lars. Ich hatte einfach nur einen langen Tag.«

»Warum können wir es nicht noch mal miteinander versuchen?« Zumindest noch einmal Sex, ein letztes Mal, hatte er gedacht.

»Nein.«

Das Nein schmerzte. Es hatte etwas Unverhandelbares, zeigte ihm seine Grenzen und die Grenzen seines Geldes, erinnerte ihn an Brigitte, an damals.

Auch er war aufgestanden. Gegangen war er nicht.

Die Biologin aus Deutschland lag regungslos vor ihm auf dem Boden. Ob sie tot war? Vielleicht war es keine gute Idee gewesen. Doch er hatte keine Lust auf Diskussionen. Die mit Loke hatte ihm gereicht. Scheiß Moralisten. Zudem war er sich nicht sicher, ob er ihr hätte vertrauen können. Sehr wahrscheinlich hätte sie ihn verraten, wie alle Frauen ihn verraten hatten, schon immer. Noch bevor er den Hotelparkplatz verlassen hätte, hätte sie die Presse informiert. Und damit hätte sie nicht nur ihm geschadet, sondern der gesamten Insel. Was verstand sie schon davon, wie *Insovital* alles verändert hatte? Was verstand sie überhaupt von der Insel?

Diese Frau war gekommen wie die Gutmenschen der Dritte-Welt-Organisationen, die in Afrika helfen wollten, indem sie Wäsche brachten, aber nicht merkten, dass sie damit alles nur noch schlimmer machten. Sie hatte kein Gefühl für die Insel, die Menschen, die Ängste, die Sorgen, für das, wohin sich die Insel mit *Insovital* entwickelt hatte.

Das hier machte er nicht nur für sich.

Hinten im Truck lagen Zementsäcke. Zwei davon mit einem Seil an ihre Füße geschnürt sollten reichen. Und dann ab über die Brücke.

Er ging zu dem Gebüsch, in dem das Board lag. Mit seinem Taschenmesser stach er ein winziges Loch in den Mantel. Dann schmiss er es ins Wasser. Später würde man es irgendwo an Land geschwemmt finden. Alles würde aussehen wie ein Unfall: Sie hatte flüchten wollen, aber das Loch im Board, das kalte Wasser, die Erschöpfung.

Erst jetzt fiel Åberg der Mann vom Fahrdienst ein. Er war ein gewisses Risiko, vor allem dann, wenn sie den Fall durch die Gazetten jagten. Aber würden sie das? Und wenn ja, wann? Wahrscheinlich würden Tage vergehen, bis nach ihr öffentlich gesucht wurde. Und hatte ein ausländischer Fahrer nichts Besseres zu tun, als zur Polizei zu laufen und Vermutungen anzustellen, die ihn am Ende noch selbst verdächtig machen konnten? Oder würde er sein Geld zählen und lieber den Mund halten?

Åberg ergriff beherzt die Beine von Bondroit und zog sie über den Boden zum Heck seines Wagens. Nachdem er die Laderampe geöffnet hatte, beugte er sich zu ihr herab. Sie war hübsch, erinnerte ihn der dunklen Haare wegen ein wenig an Ebba. Eine Hand schob er ihr unter die Achseln, die andere unter die Kniekehlen. Als er sie hochgehoben hatte, bemerkte er, dass sich ihr Brustkorb leicht hob und senkte.

Doch noch nicht tot?!

Dass sie auf der Fahrt erwachte und sich am Ende aus dem Staub machte, war wirklich das Letzte, was er brauchte. Das galt es zu verhindern.

Er legte sie auf den Boden zurück, eigentlich viel zu sanft für das, was er als Nächstes vorhatte. Dann griff er in seine Manteltasche, in die er die Taschenlampe gesteckt hatte. Einmal mit aller Kraft auf die Stirnhöhle. Das sollte reichen.

57

Sie wussten es. Ebba hatte keine Ahnung, wie sie es herausgefunden hatten, aber sie wussten es, das spürte sie. Und selbst wenn sie es nicht wussten – sie hielt es nicht länger aus. Das ganze letzte Jahr, eine einzige Lüge. Eine Frau war gestorben. Und wenn das so weiterging, würden noch mehr Menschen sterben. Das durfte sie nicht zulassen.

Anfangs noch, da hatte sie sich nichts dabei gedacht. Rehabitex wollte das Labor auf der Insel schließen. Man sprach sie an, ob sie nicht die Verteilung des Wirkstoffs übernehmen könnte, natürlich gegen eine gute Provision. Warum hätte sie dieses Angebot ablehnen sollen? Das Geschäft mit der Apotheke lief katastrophal, nicht zuletzt *wegen* Rehabitex. Die Alten brauchten kaum noch Medikamente. Blutdrucktabletten, Cholesterinbinder, Rheumamittel, Thrombosespritzen, unterschiedlichste Vitamine, Insulin, all das brauchte sie gar nicht mehr bestellen, da es ohnehin keine Abnehmer fand. Hinzu kam, dass sie mit den Preisen der Online-Apotheken kaum mithalten konnte. Sie hatte sich für den Kauf der Apotheke hoch verschuldet. Da konnte eine regelmäßige Einnahmequelle nicht schaden.

Dann bekam das Management von Rehabitex von Lokes Aktionen Wind. Er begann herumzuerzählen, dass *Insovital* an der Unfruchtbarkeit von Maja schuld sei. So ein Quatsch, hatte Ebba gedacht. In dem Mittel steckte jahrzehntelange Entwicklungsarbeit. Alle Zulassungsbehörden stuften es für gesundheitlich unbedenklich ein, das allein war doch Gegenbeweis genug. Doch dann begannen sich die Fälle von unfruchtbaren Frauen zu häufen.

Ein Vertreter von Rehabitex kam auf die Insel. Er bat um einen Termin, angeblich für den Abgleich der Abgabezahlen. *Insovital* durfte nur an Inselbewohner ausgehändigt werden, die einen Probandenvertrag mit der Firma unterschrieben hatten. Das wurde regelmäßig kontrolliert. Doch dann fragte er sie, ganz beiläufig, ob sie nicht ein wenig die Augen offenhalten könnte. Man habe gehört, dass es Inselbewohner gebe, deren Ziel es sei, die Markteinführung von *Insovital* zu unterminieren.

Sie hatte zunächst abgelehnt. Dann sprach sie Granqvist darauf an. Ihm gefiel nicht, was da um Loke herum passierte. Und er machte Ebba immer wieder klar, was es für die Insel bedeuten würde, wenn man Rehabitex verärgerte. Er verwies auf die Verträge, die Haftungsklauseln, die vielen alten Menschen, bei denen das Absetzen von *Insovital* den baldigen Tod bedeuten würde. Sie müsse nicht gegen ihre moralischen Vorstellungen handeln, hatte er gesagt, nur die Gruppe um Loke im Auge behalten. Vielleicht könne sie auch das ein oder andere mäßigende Wort fallen lassen, natürlich nur wenn es nötig wäre. Sie sei ein vernünftiger Mensch, gehöre keinem der Lager der Insel an und wäre daher perfekt für diese, wie er fand, »ehrenwerte« Rolle. Dem hatte sie zugestimmt.

Ein paar Tage später überbrachte er ihr persönlich den Vorschlag von Rehabitex, die Abgabe von *Insovital* zusätzlich zu entlohnen und eine Extraprämie zu bezahlen, wenn Ebba dafür ein wenig Ruhe und »Objektivität« in die Gruppe brachte. Und auch dem hatte sie dann zugestimmt.

Es war nicht schwer gewesen, sich der Gruppe anzuschließen. Loke hatte keine Ahnung, wie man einen Brief an Behörden aufsetzte, und war dankbar für jede Hilfe. Wie eine Erzieherin hatte sie sich gefühlt, die eine Gruppe Kinder beaufsichtigte, die Angst vor einer bösen Hexe hatten, die es gar nicht gab. Das war leicht verdientes Geld.

Nur ließ Loke nicht locker. Er steigerte sich immer weiter hinein, konstruierte die ganz große Verschwörung, erzählte den Frauen, sie seien die Versuchskaninchen für ein Projekt zur Eindämmung des Wachstums der Weltbevölkerung.

Darüber konnten viele nur lachen. Doch er begann sich immer stärker einzulesen, recherchierte im Internet. Dadurch stieß er auf aktuelle Beiträge zu Erkenntnissen der Epigenetik. Er erfuhr, dass auch unsere Ernährungsgewohnheiten und unser Verhalten zu epigenetischen Anpassungen führen und sich diese sogar vererben können. Er bestand auf einem eigenen Gutachten, das er zusammen mit den betroffenen Frauen in Auftrag geben wollte.

Ebba informierte ihre Verbindungsperson bei Rehabitex. Obwohl das Management immer wieder beteuerte, dass es nichts gab, was vertuscht werden müsste, machte Lokes Plan sie dennoch nervös. Das lag vor allem an dem bevorstehenden Börsengang, mit dem das Management – aber auch die Investoren – nach einer langen Zeit und etlichen Investitionsrunden endlich vorhatten, Kasse zu machen.

Dann starb Fricke Pålsson. Angeblich war es Selbstmord. Sie hatte sich von einem Felsen gestürzt. Spuren von anderen Beteiligten fand man nicht.

Fricke hatte ihre Lebensaufgabe darin gefunden, Rehabitex das Leben schwer zu machen. Sie war eine derjenigen, die durch Loke Aufwind bekamen. Sie war nicht mehr zu halten. Ständig veröffentlichte sie neue Posts in den sozialen Medien, in denen sie Rehabitex beschuldigte, für ihre Unfruchtbarkeit verantwortlich zu sein, ein Mittel zur Eindämmung des Bevölkerungswachstums zu entwickeln, mit der Regierung bei dieser Sache unter einer Decke zu stecken. Es gab Stimmen, die einen Selbstmord in Frage stellten. Und auch Ebba war sich nicht sicher. Denn Fricke hatte ihr erzählt, dass sie anonyme Drohungen erhalten habe. Sie fasste das sogar in einem Brief zusammen.

Derweil machten die Manager von Rehabitex Ebba unmissverständlich klar, nicht mehr mit ihr zusammenzuarbeiten, wenn sie nicht sicherstellte, die Gruppe bis mindestens nach dem Börsengang im Griff zu haben. Man bot ihr eine weitere hübsche Summe an.

Ebba begann sich die Situation schönzureden. *Insovital* war fast dreißig Jahre lang getestet worden und daher sicher, das sagte sie sich immer wieder. Es wäre also nicht unangemessen, zu versuchen, die Gruppe zu mäßigen.

Loke hatte sich bereits auf die Suche nach Epigenetikexperten gemacht. Ihn davon abzuhalten wäre ein Eingeständnis gewesen, auf der Seite von Rehabitex zu stehen. Es hätte für zu großes Misstrauen gesorgt. Dann hätte sie gar keinen Einfluss mehr auf irgendwas gehabt. Ebba hatte daher einen anderen Plan: ein letztes Gutachten von einem unabhängigen Institut, allein auf die Inhaltsstoffe von *Insovital* bezogen. Damit wäre hoffentlich endlich Ruhe im Stall. Sie besprach ihre Idee mit Rehabitex, und die stimmten zu.

Fast wäre der Plan aufgegangen. Doch dann wollte es Lena, die sie gemeinsam mit Loke aufgrund ihrer Gerichtsprozesse ausgesucht hatte, nicht nur bei der Untersuchung von *Insovital* belassen. Sie begann sich mehr für den Fall zu interessieren, wollte nach Schweden kommen, das Blut analysieren, zum Glück zunächst allein und ohne Team.

Da Ebba das Gefühl hatte, Lenas Angebot abzulehnen könnte Misstrauen auslösen, stimmte sie dem Besuch zu. Gleichzeitig erklärte sie sich dazu bereit, alles zu organisieren, was für die Abnahme und den Transport nötig war. Auf diese Weise hatte sie es in der Hand, wann das Blut Lenas Institut erreichen würde. Somit wäre ein reibungsloser Börsengang gesichert.

Zunächst spielte Ebba das Schicksal in die Hände. Aufgrund der Verfolgung durch Åberg und des Eklats in der Scheune beschloss Lena, überstürzt und unverrichteter Dinge abzureisen. Dann machten ihr jedoch die zwei platten Reifen einen Strich durch die Rechnung.

Ebba täuschte weiterhin Kooperation vor, hauptsächlich um Loke zu beruhigen. Wie hätte sie ahnen können, dass Loke Lena vorschlagen würde, den Laborcontainer von Rehabitex zu nutzen?

Ab diesem Moment verlor Ebba die Kontrolle. Denn zu allem Überfluss entdeckte Lena tatsächlich eine mögliche Nebenfolge, auch wenn sie den Zusammenhang zunächst nicht bemerkte. Aber Ebba war jetzt klar, dass Lena keine Ruhe mehr geben würde. Ihr wissenschaftlicher Jagdtrieb hatte übernommen.

Ebba telefonierte mit Granqvist, der mit Rehabitex sprach. Der Zug, die mögliche Nebenwirkung zu verheimlichen, war so gut wie abgefahren, dazu wussten bereits zu viele Menschen Bescheid. Man einigte sich darauf, dafür zu sorgen, zumindest die Kommunikation bis nach dem Börsengang hinauszuzögern. Granqvist kam dann aufgrund von ein paar toten Hühnern auf die Idee mit der »Seuche«. Auf diese Weise, so sein Plan, ließe sich ein kleines Durcheinander auf der Insel erzeugen, was Lenas Besuch und ihre neuen Erkenntnisse überschatten würde. Vor allem aber würde es Lenas Abfahrt verzögern. Hier spielte Lenas Forschermentalität Ebba zum Glück in die Hände: Sie würde keine unverifizierten Ergebnisse an die Presse geben. Und hoffentlich auch Loke davon überzeugen, es nicht zu tun. So wäre zumindest der Börsengang gesichert und damit das Einspielen von dringend benötigtem Geld über die Bühne.

Doch Loke wurde zu einem immer größeren Problem. Er wollte die Presse informieren, koste es, was es wolle. Und Ebba fürchtete, auch über Lenas Einwände hinweg. Ebba musste improvisieren. Eine vereitelte Flucht, an deren Ende Loke und Lena für ein paar Tage im Gefängnis sitzen würden, erschien ihr eine gute Lösung. Ihr war nicht ganz wohl dabei. Sie mochte Lena und ehrlich gesagt auch Loke. Doch was waren ein paar Tage Knast gegen die saftige Belohnung, die ihr von Rehabitex versprochen worden war, und das Gefühl, dem Unternehmen keinen Gefallen mehr schuldig zu sein. Die impliziten Drohungen nahm Ebba nämlich durchaus ernst.

Alles lief nach Plan. Leider nur hatte Granqvist, mit dem sie ihre spontane Idee nicht mehr hatte absprechen können, seinen eigenen Kopf. Dass Lena im Gefängnis gelandet war, befand er für gut und sinnvoll. So hatte man sie unter Kontrolle. Loke hingegen würde man auf diese Weise nicht aufhalten können, so seine Annahme. Er würde mit Maja telefonieren und sie im schlimmsten Fall anweisen, die Ergebnisse ins Netz zu stellen. Außerdem würde er sich einen Anwalt nehmen, dann würde das ganze Komplott am Ende noch aufgedeckt. Zudem war sich Granqvist, der viel zu sehr auf seine Überzeugungskünste vertraute, sicher, dass er Loke davon überzeugen könnte, seine Finger zumindest noch für ein paar Tage stillzuhalten. »Loke lebt schon seit Jahren auf der Insel. Er betreibt hier sein Geschäft. Er weiß, wie sehr die Menschen von *Insovital* abhängig sind. Auf die paar Tage wird es ihm nicht ankommen, vor allem, wenn Lars ihm ein nettes Sümmchen verspricht.« Åberg war einer der wenigen gewesen, der von Anfang an das Potenzial von Rehabitex erkannt hatte. Als Investor der ersten Stunde waren seine damals billig gekauften Anteile inzwischen einen zweistelligen Millionenbetrag wert – vorausgesetzt, der Börsengang verlief ohne Probleme.

Doch dann befreite Astrid Lena aus dem Gefängnis. Und Loke war spurlos verschwunden.

Ebba bekam es mit der Angst zu tun. Loke war laut Granqvist zuletzt bei Lars Åberg gewesen. Und Åberg traute sie alles zu. Wenn sich Lars etwas in den Kopf gesetzt hatte, dann zog er es durch, erst recht, wenn sein Geld in Gefahr war, das ihm Ansehen und Kontrolle verlieh. Diese Bestie.

Dann hatten sich die Ereignisse überschlagen. Ebba hatte von Bürgermeister Granqvist erfahren, dass die Hütte, in der Astrid Lena versteckt hatte, abgebrannt war. Auch von ihr fehlte plötzlich jede Spur. Man war sich zunächst unsicher, ob Lena nicht vielleicht doch in der Hütte umgekommen war.

Für Ebba gab es für all das nur eine Erklärung: Åberg. Er drehte jetzt komplett durch, ob von Rehabitex beauftragt oder aus eigener Motivation. Die Früchte seiner Investitionen würde er sich nicht nehmen lassen. Von niemandem. Oft hatte er vor ihr geprahlt, wie viel ihm ein Börsengang einbringen würde, nur war der immer wieder verschoben worden. Wenn er das Gefühl bekam, sie stand seinem Geld im Wege, wäre selbst sie nicht mehr vor ihm sicher. Seine dunkle Seite hatte sie weiß Gott genug kennengelernt. Sie musste etwas tun, zu lange war sie auf der falschen Seite gestanden.

In der Hoffnung, dass Loke inzwischen zu Hause war, war sie zu seinem Haus gefahren. Doch da war nur Maja. Sie hatte ihr die Schatulle mit den Briefen übergeben, von Åberg und von Fricke, eine letzte Lebensversicherung, für den Fall, dass Åberg sie bedrohte. Für den Fall, dass sie plötzlich verschwand, sollte Maja die Schatulle öffnen und die Briefe Astrids Vater übergeben. Dann begann Ebba sich auf die Suche nach Lena zu machen.

Wie hätte sie ahnen können, dass die Geschichte ein derartiges Ausmaß annehmen würde? Sie hätte die Reißleine ziehen müssen, schon viel früher, hätte den Sumpf dieser Insel nie betreten dürfen. Die Apotheke zu dem Schnäppchenpreis! Warum war sie nicht schon damals skeptischer gewesen. Geschenke bekam man nie ohne Hintergedanken. Sie hatte gedacht, sie sei besonders schlau, und die Leute von der Insel hätten keine Ahnung. Wie sie sich getäuscht hatte. Das alles musste ein Ende finden. Sofort!

»Dann warst es also du, die Granqvist darüber informiert hat, dass Lena und Loke die Insel mit dem Boot verlassen wollten?«, stellte Astrid fest, nachdem sie sich Ebbas Beichte angehört hatte.

»Ja«, seufzte Ebba. Für eine ganze Weile herrschte Stille. »Finn, du musst Lars festnehmen«, sagte sie nach einiger Zeit. »Du musst ihn befragen. Du musst herausfinden, was er mit Lena und Loke gemacht hat. Und auch mit Fricke. Ich habe das Gefühl, dass er auch an ihrem Tod schuld ist.«

Astrid und ihr Vater steckten ihre Köpfe zusammen. Sie wussten etwas, was sie ihr nicht sagen wollten, das sah sie ihnen an.

»Was ist denn? Jetzt sprecht doch endlich!«

58

Blut. Zu beiden Seiten floss es die Schläfen herunter und bahnte sich seinen Weg durch das Haar. Bei Fischen hatte er es Hunderte Male gemacht. Knüppel, einen Hammer oder einen Stein über den Kopf, manchmal auch ein zweites Mal, so dass man sicher sein konnte, dass man den Schädel ruiniert und das Gehirn zerquetscht hatte.

Er griff nach dem Handgelenk und fühlte nach dem Puls. Nichts. Er griff an den Hals. Auch dort kein Pochen mehr.

Jetzt war er ein Mörder. Einer, der in Notwehr für jemand anderen gehandelt hatte, das würde man ihm hoffentlich anrechnen. Er hatte es schließlich getan, um ein Leben zu retten, wenn es überhaupt noch zu retten war.

Ihr Leben.

Varg Nyström wandte sich von Åberg ab und beugte sich über Lena, die direkt neben ihm lag. Auch ihr legte er seine Finger an den Hals. Auch ihren Puls fühlte er nicht. Dann kniete er sich nieder. Er legte sein Ohr auf ihren Brustkorb, auch wenn er sich dabei vorkam wie ein alter Lüstling. Ihr Mantel roch nach Rauch und einem teuren Parfüm. Er meinte, ein leichtes Zucken um ihre Mundwinkel wahrzunehmen. Oder hatte er sich getäuscht?

Zitternd fummelte Varg sein Handy aus der Tasche.

Finn nahm zum Glück sofort ab. »Vater?«

»Ja. Ich bin's.«

»Was ist los? Ich habe gerade wirklich keine Zeit.«

»Ich auch nicht. Und ich bitte dich nicht gerne um Hilfe, das weißt du. Aber dieses Mal muss ich es tun. Ich bin auf dem Festland. Ein Krankenwagen wäre gut. Besser ein Hubschrauber. Und wenn du ebenfalls herkommen könntest, würde das auch nicht schaden.«

»Was machst du verdammt noch mal auf dem Festland? Und wieso brauchst du einen Krankenwagen?«, begann sein Sohn sofort aufgeregt loszupreschen. »Einen Hubschrauber? Was ist denn passiert?«

Varg seufzte. Wo sollte er anfangen? »Ich war fischen. Es ist Vollmond, da beißen sie am besten. Und du kennst meine Stellen. Die sind nun mal in der Nähe vom Festland. Ich bin mit dem Boot raus und …«

»Vater!«, unterbrach ihn Finn. »Ich will nicht die ganze Geschichte. Bist du verletzt? Hast du dir was gebrochen?«

»Ich habe mir nichts gebrochen.« Er musste schlucken. Die nächsten Worte kamen ihm nur schwer über die Lippen. All die Jahre hatte er sich nie etwas zuschulden kommen lassen. Und jetzt das. »Ich habe jemand anderem etwas gebrochen«, sprach er endlich weiter. »Dem Lars Åberg. Und zwar seinen Schädel.«

»Lars? Er ist bei dir?«

»Er wollte die Biologin töten. Die Deutsche. Du weißt schon. Lena Bondroit. Da blieb mir nichts anderes übrig. Das musst du mir glauben. Wirklich. Aber ihr geht es auch nicht gut. Wenn sie überhaupt noch lebt. Deshalb …«

»Vater!«

»Ja?«

»Wo bist du genau?«

»Auf dem Parkplatz hinter dem Damm.«

»Bleib dort und rühr dich nicht vom Fleck, hörst du.« Sein Sohn legte auf.

59

Als sie die Augen öffnete, sah sie in Astrids Gesicht. Es schwebte so nah über ihr, dass ihre langen, blonden Haare sie fast berührten. Sie betrachtete sie liebevoll – doch ihre stahlblauen Augen wirkten seltsam wach und konzentriert, so als würde sie sie beobachten.

»Sie wacht auf«, hörte sie Astrid sagen.

Nahm dieser Albtraum denn gar kein Ende! Wo hatte sie sie diesmal hin verschleppt? Oder war Lena noch immer in dem Verschlag? Hatte sie alles nur geträumt?

Sie sah sich um. Weiße Decken. Ein großes Fenster. Der Geruch nach Desinfektionsmittel. Über ihr baumelte ein graues Plastikdreieck. Kein Traumfänger, keine Plakate …

Sie hatte wahnsinnige Kopfschmerzen. Als sie ihre Hand an den Kopf legte, merkte sie, dass er einbandagiert war. Panik ergriff sie.

»Wo bin ich?«

»Im Krankenhaus«, flüsterte Astrid mit sanfter Stimme. »Du bist in Sicherheit. Alles wird gut.« Sie strich ihr zärtlich über den Arm.

»Was ist passiert?« Lena konnte sich an kaum etwas erinnern. Astrid hatte sie in dem Verschlag versteckt. Es war zu einem Brand gekommen. Dann war sie zu Maja gerannt. An mehr konnte sie sich nicht erinnern.

»Åberg wollte dich umbringen. Großvater konnte es in letzter Sekunde verhindern.«

»Åberg? Dein Großvater?« Jetzt erinnerte sich Lena an die Flucht mit dem Board. Sie hatte es bis aufs Festland geschafft. Und dann?

»Ich erzähle dir alles später«, sagte Astrid. »Ruh dich erst einmal aus. Du hast einen leichten Bruch am hinteren Schädel. Aber die Ärzte sagen, alles wird gut.«

Als sie das nächste Mal aufwachte, war Astrid mit ihrem Vater da.

»Besser?«, fragte Astrid.

»Ein bisschen.« Lena versuchte sich aufzurichten.

»Moment!« Astrid drückte auf einen Knopf, und die Rückenlehne des Bettes fuhr nach oben. »Mach langsam.«

»Hallo Ms Bondroit, schön, dass es Ihnen besser geht.« Astrids Vater ging einen Schritt näher auf das Bett zu. Seine Hände hatte er hinter seinem Rücken.

»Bin ich festgenommen?«, fragte Lena.

»Nein.« Astrid musste lachen. »Er möchte sich entschuldigen. Persönlich. Aber auch als offizieller Vertreter der Insel beziehungsweise derzeitiger Vertreter von Ole Granqvist. Der sitzt nämlich – wie auch Ebba – in Untersuchungshaft.«

Lena verstand gar nichts.

»Ja, das möchte ich in der Tat«, nahm Finn Nyström den Ball auf. Er zauberte einen großen Blumenstrauß hinter seinem Rücken hervor. Er wollte ihn Lena überreichen, merkte dann jedoch, dass das aufgrund ihres Zustands eine schlechte Idee war. Daher behielt er ihn einfach in der Hand. »Es ist schlimm, was da passiert ist. Wir stehen alle in Ihrer Schuld.«

Lena atmete auf. Endlich. Der Moment war gekommen, in dem sich alles klärte. Sie hatte nicht mehr daran geglaubt.

Nyström atmete tief durch. Dann begann er zu berichten, von Anfang an. Er begann mit Ebba und wie sie in den Fall verwickelt war. Dann erzählte er von Granqvist und Åberg.

»Und Loke?«, fragte Lena. Es wurde seltsam still. Astrid und ihr Vater sahen sich an.

»Er hat mit Ebba gemeinsame Sache gemacht, richtig?«

Erneut wurden vielsagende Blicke zwischen Astrid und ihrem Vater ausgetauscht. »Wie kommst du darauf?«

»Na ja. Wegen dem Brief, den Ebba Maja übergeben hat. Seine Liebesschwüre.«

»Welcher Brief?«, fragte Nyström überrascht.

»In dem er sie um Verzeihung bat, dass er gewalttätig geworden ist. Und dass er eine gemeinsame Zukunft mit ihr möchte. Habt ihr denn noch nicht mit Maja gesprochen? Das kann doch nicht sein. Oder hat sie ihn euch vorenthalten? In dem steht auch, dass Ebba schwanger von ihm war.«

»Das erklärt einiges«, sagte Astrid. Sie wandte sich an ihren Vater: »Ein neues Teil in unserem Puzzle.«

»In der Tat«, stimmte er ihr zu. Er blickte zu Lena. »Ging Maja davon aus, dass der Brief von Loke stammte?«

Lena nickte.

»Verstehe.« Nyström seufzte. »Dann macht das, was passiert ist, natürlich noch mehr Sinn.«

Nyström erzählte Lena, wie er Maja und Loke vorgefunden hatte: Loke erstochen in seinem Bett, Maja aufgehängt an einem Balken. »Sie war schon immer krankhaft eifersüchtig.« Lena war schockiert. Niemals hätte sie sich vorstellen können, dass Maja dazu in der Lage wäre. Sie hatte sie unterschätzt.

»Aber von wem war der Brief denn dann?«, fragte Lena. »Loke hatte ihn doch unterzeichnet?« Sie verstand immer noch nicht ganz.

»Nicht ganz«, korrigierte Astrid. »Der Brief war mit L. H. unterzeichnet. Lars Henrik. So heißt Åberg mit vollem Vornamen. In einem solchen Brief seinen Nachnamen anzufügen wäre auch eher ungewöhnlich.«

Lena schluckte. Astrid hatte natürlich recht. Sie hatte Majas These gar nicht mehr hinterfragt.

»Die Untersuchungen laufen noch. Aber wenn Maja davon ausging, dass der Brief von Loke war, dann macht die These vom Mord und Selbstmord sogar noch mehr Sinn«, stellte Nyström nüchtern fest. »Aber es wurden bisher auch keine Spuren gefunden, die für einen anderen Tathergang sprechen würden.«

Lena erinnerte sich, wie Maja auf Ebba reagiert hatte. Und wie sie ausgesehen hatte, als sie bei ihr ankam. Dann der plötzliche Heulkrampf aus heiterem Himmel. Lena hatte es darauf geschoben, dass Maja herausgefunden hatte, dass Loke sie betrogen hatte. Aber vermutlich hatte Maja Loke zu diesem Zeitpunkt bereits getötet.

»Welcher Tag ist heute?«, fragte sie dann.

»Mittwoch«, sagte Nyström. »Man hat Sie wegen der Schädelfraktur und der inneren Blutungen für drei Tage in ein künstliches Koma versetzt.«

»Rehabitex ist also an der Börse?«

Astrid schüttelte den Kopf. »Nein. Ich habe bereits am Samstag das *Aftonbladet* informiert. Am Sonntag kamen ein Reporter, ein Kameramann und ein Fotograf mit einem Helikopter auf die Insel. Der totale Wahnsinn. Die haben sich allerdings fast noch mehr für Granqvists Aktion mit der Vogelgrippe interessiert als für die möglichen Nebenwirkungen von *Insovital.* Auch der Fall mit Fricke Pålsson wird noch einmal neu aufgerollt. In der Schatulle, die Ebba Maja übergab, war nämlich noch ein weiterer Brief. Er war von Fricke. Sie bat Ebba um ihre Unterstützung. Sie schrieb darin, dass sie anonyme Drohungen erhielt und davon ausging, dass diese von Granqvist und Åberg stammten. Es steht jetzt im Raum, ob nicht vielleicht doch einer der beiden Fricke von dem Felsen gestoßen hat.«

»Vor allem Åberg trauen wir das zu«, ergänzte Nyström. »Doch den werden wir leider nicht mehr befragen können. Wie ich Ihnen schon erzählt habe, hat ihn mein Vater in Nothilfe getötet.« Er kratzte sich seinen Kopf. »Aber selbst wenn Åberg es nicht getan hat, die Drohungen allein könnten sie in den Freitod getrieben haben. Und diesbezüglich wird es ein Verfahren geben.«

»Und Rehabitex?«, fragte Lena.

»Gegen die gibt es auch Ermittlungen. Die Top-Manager sind ebenfalls in Untersuchungshaft. Hier waren die deutschen Behörden schneller als im Wirecard-Skandal vor vielen Jahren. Rehabitex hat aufgrund der ›aktuellen Entwicklungen‹ – wie es auf der Internetseite der Firma heißt – den Börsengang kurzfristig auf unbestimmte Zeit verschoben. In einem Statement gab die Firma bekannt, dass sie die Bedenken bezüglich möglicher Nebenwirkungen, die die Folgegeneration betreffen, sehr ernst nehmen und eine umfangreiche Untersuchung angeordnet haben«, ergänzte Nyström. »Vorher halten sie einen Börsengang für unseriös und nicht angemessen.«

Die Zimmertür sprang auf, und ein kleiner Junge rannte auf ihr Bett zu. Jean! Ihr Liebling. Und dann kam auch Michael durch die Tür.

»Wir gehen dann mal«, sagte Finn Nyström. Er schob Astrid aus dem Zimmer.

»Moment«, hielt Lena sie auf. »Also keine Belieferung der Insel mit *Insovital* mehr?«

»Doch. Zumindest für die Bewohner, bei denen das Absetzen den sicheren Tod bedeuten würde, das wurde aufgrund einer behördlichen Anordnung sichergestellt. Ansonsten darf es nicht weiter abgegeben geschweige denn vertrieben werden. Die Zulassungsbehörden haben ihre Zulassungen bereits wieder kassiert und weitere Untersuchungsmaßnahmen angekündigt.«

Lena konnte nur den Kopf schütteln.

Jean war ungeduldig geworden. Er riss sich von Michael los und sprang zu ihr aufs Bett. Sofort drückte er sich eng an sie heran. Er hatte ein kleines rundes, flaches Päckchen dabei, das er Lena übergab.

»Langsam, Jean«, mahnte Michael. »Deine Mama unterhält sich noch. Und sie ist krank. Wir wollen doch, dass sie ganz schnell wieder gesund wird.«

»Klarolago«, sagte Jean strahlend. »Aber dazu muss ich sie doch ganz doll knuddeln!«

Er presste sich erneut an sie. Dann zeigte er auf sein Geschenk. »Los, Mama. Pack aus!«

Lena riss an dem Paketband, das um das Geschenkpapier gewickelt war. Dann entfernte sie vorsichtig den Tesafilm und klappte das Papier zur Seite.

»Selbst gebastelt«, juchzte Jean. »So ein Ding, wie sie Oma überall hängen hat. Ein Traumfänger.«

60

Zwei Jahre später
Köln

Ihre Forschungen zur epigenetischen Übertragung von Traumata und Depressionen waren gut vorangekommen. Und das, was sie immer wieder vermutet hatten, schien sich zu bewahrheiten. Lena blickte zufrieden in das Becken mit den Mäusen. »Depressive« Mäuse waren lethargischer, konnten mit Stress weniger gut umgehen und wirkten auf den ersten Blick »schicksalsergebener«, so würde man es wohl bei Menschen bezeichnen. Doch ein Körper verändert sich nicht nur zum Nachteil – er passt sich auch an. Es lohnte sich daher immer, genauer hinzusehen.

Das hatten sie getan und dabei eine interessante Entdeckung gemacht: Die depressiven Mäuse waren der Kontrollgruppe bezüglich ihrer Lösungskompetenz ein wenig überlegen. Das zeigte einmal mehr das gerade durchgeführte Experiment, in dem die depressiven Mäuse fast alle die ihnen gestellten Aufgaben bereits gelöst hatten, während die Kontrollgruppe noch hektisch und hungrig durch das Becken sauste.

»Wir sollten dennoch ein paar weitere Versuche durchführen, bevor wir das Papier veröffentlichen«, mahnte Lena.

»Warum?« Dennis schien nicht sonderlich begeistert. Lena wusste, dass er den Artikel schon fertig verfasst hatte und nur noch auf den Ausgang dieses Experiments wartete.

»Weißt du noch, wie du die Mäuse in die Wanne mit Wasser geworfen hast, um zu identifizieren, welche depressiv sind und welche nicht?«, fragte sie ihn.

»Klar. Aber was hat das mit diesem Experiment zu tun?«

»Das Experiment hier zeigt, dass unsere damalige Interpretation wahrscheinlich falsch war. Wir sehen nur das, was wir kennen. Alles sortieren wir in uns bekannte Raster. Was nicht reinpasst, fällt einfach durch, ohne dass wir es bemerken. Leider hat die Verhaltensforschung schon immer an unserem eingeschränkten menschlichen Blick gekrankt. Es ist wichtig, dass wir unseren Blick nie zu früh einengen. Man muss für alternative Erklärungsversuche offenbleiben.« Lena zeigte auf die Mäuse mit dem roten Punkt. »Was war damals die Erklärung für unsere Schlussfolgerung?«

»Traumatisierte Mäuse sind schneller bereit aufzugeben«, sprudelte es sofort aus Dennis heraus, als wäre es gestern gewesen.

»Genau«, sagte Lena. »Und welchen Fehler haben wir gemacht?«

Dennis wog den Kopf hin und her. »Wenn du mich schon so fragst, dann wahrscheinlich, dass wir das Verhalten vermenschlicht haben.«

»Ganz richtig«, bestätigte Lena. »Was wir nämlich eigentlich nur beobachtet haben, war, dass sie sich nicht mehr bewegt haben und sich treiben ließen. Sie haben ihre Versuche eingestellt, aus dem Wasser zu kommen. Wir wissen aber nicht, ob sie aufgegeben haben. Wer weiß, vielleicht wollten sie auch bewusst ihre Kräfte schonen, anstatt in ziellosen Aktionismus zu verfallen. Vielleicht dachten sie über eine Lösung nach.«

»Das ist es!«, merkte Dennis enthusiastisch an. »Sie sind schlauer. Also verzichten sie auf unnötige Energieverschwendung.«

Lena hob ihre Hand. »Vorsicht!«

»Ja, ja.« Dennis nickte. Er wirkte ein wenig genervt. »Es ist nur eine von vielen möglichen Interpretationen«, spulte er mechanisch herunter.

Lena musste grinsen. »Macht dich über die Regeln einer seriösen Forschung ruhig lustig«, sagte sie. »Natürlich steht für uns am Ende immer auch die Frage nach dem Warum. Doch diese Frage solltest du nie zu früh und ohne weitere Belege beantworten.«

»Und manche Fragen beantwortet man auch nie«, merkte Dennis an, der damit wohl auf die Unfruchtbarkeit der Frauen auf der schwedischen Insel ansprechen wollte. Er wusste, dass es Lena wurmte, dem Geheimnis nie auf die Spur gekommen zu sein. Ihr ganzes biologisches Wissen hatte sie nicht weitergebracht.

Zurück in ihrem Büro betrachtete Lena den Traumfänger von Jean, der in der Nähe des Fensters baumelte. Das mit der Forschung war keine einfache Sache. Oft hatte sie das Gefühl, dass mit jedem gelösten fünf neue Probleme auftraten. Und diese »Unendlichkeit« machte sie mit zunehmendem Alter empfänglicher, sich an bestimmte Glaubenssätze zu halten, statt schwer zu führende Beweise anzutreten. Doch wie ihre Mutter würde sie hoffentlich nie enden.

Sie pustete kurz, so dass sich der Traumfänger zu drehen begann. Dann widmete sie sich ihren E-Mails. Eine sprang ihr sofort ins Auge. Sie war von Astrid. Immer wenn sie Mails von ihr bekam, musste sie an die schrecklichen drei Tage auf der

Insel denken. Granqvist hatte man am Ende zu einer Bewährungsstrafe und einem saftigen Bußgeld wegen der Geschichte mit der Vogelgrippe verurteilt. Einen Mord an Fricke Pålsson hatte man ihm nicht nachweisen können. Vielmehr war es seiner Aussage vor Gericht zufolge vor allem Åberg gewesen, dessen Drohungen die junge Frau in den Freitod getrieben haben könnten. Auch Ebba hatte man wegen Beihilfe bestraft. Ihrer glaubhaften Reue hatte sie ein eher mildes Urteil zu verdanken. Rehabitex selbst meldete kurz nach dem Skandal Konkurs an. Die Patentrechte wurden an einen internationalen Pharmariesen verkauft, der in der Zwischenzeit eine Zulassung von *Insovital* mit Einschränkungen erwirken konnte; keine Abgabe an Menschen unter fünfzig. Zudem enthält der Beipackzettel einen sehr deutlichen Hinweis auf die übertragbaren Nebenwirkungen auf kommende Generationen. Da die Kausalität der Schädigungen der jungen Frauen, im Gegensatz zu dem »Trauma-Prozess«, aufgrund des Laborcharakters der Insel eindeutig nachweisbar war, war der neue Produzent dazu bereit gewesen, einen Entschädigungsfonds für die betroffenen Frauen aufzulegen. Es ging dem Unternehmen wohl darum, schlechte Presse zu vermeiden und sich, während man mit *Insovital* Milliarden scheffelte, ein halbwegs gutes Gewissen zu erkaufen.

Astrid hatte in Stockholm angefangen Biologie zu studieren. Sie schrieb Lena recht regelmäßig und hielt sie auf dem Laufenden. Ihr schien es an der Uni gut zu gehen. Sie interessierte sich vor allem für die Forschung. Neben ihrem Studium jobbte sie bereits in einem an die Universität angeschlossenen Institut.

Die Mail, die Lena heute erhalten hatte, war kurz. Im Wesentlichen ging es Astrid darum, sie auf einen Zeitungsartikel aufmerksam zu machen, den sie als pdf-Datei der Mail angehängt hatte. In dem Artikel war von einem Pestizid die Rede, das genetisch in Roggensamen eingebaut war und das im Verdacht stand, unfruchtbar zu machen. Unter den Artikel hatte Astrid folgende Worte geschrieben: »Nicht weil, sondern gerade deswegen.«

Was wollte sie ihr mit dieser kryptischen Aussage mitteilen?

Lena wandte ihren Blick vom Monitor ab und beobachtete für eine Weile den sich langsam drehenden Traumfänger. Dann sah sie in den wolkenlosen Himmel. Sie musste an Astrid denken, ihren Blick in die Ferne, diese Momente, in denen Lena das Gefühl gehabt hatte, Astrid könne in eine andere Welt sehen. Und als wäre plötzlich ein unsichtbares Band zwischen ihnen entstanden, hatte sie den Eindruck zu verstehen.

61

Tagebuch, 24.08.2031

Ein wenig habe ich ein schlechtes Gewissen, dass ich Lena noch nicht davon erzählt habe. Aber sie hat mir in unseren Mails immer wieder gesagt, wie wichtig es ist, die eigenen Thesen zu falsifizieren. Obwohl ich mir sicher bin, dass ich den Grund für meine Unfruchtbarkeit gefunden habe, sind meine Versuche mit den Ratten noch nicht zu Ende. Und nur weil es bei den ersten Ratten funktioniert hat, muss es nicht bei allen funktionieren.

Auf die Erklärung brachte mich ein Artikel in einem Fachjournal. In ihm war von Roggen aus Russland die Rede, dessen genetisch eingebautes Pestizid im Verdacht steht, unfruchtbar zu machen. Der Vertrieb des Roggens wurde daher in Europa verboten.

Wir haben in Schweden früher viel von diesem russischen Roggen konsumiert. Mein erster Gedanke war daher, dass vielleicht der Roggen für unsere Unfruchtbarkeit verantwortlich sein könnte. Doch wenn es der Roggen allein gewesen wäre, dann hätte es ähnlich hohe Schädigungsraten auch im restlichen Schweden geben müssen. Und wie in ganz Europa gibt es zwar auch in Schweden immer mehr unfruchtbare Frauen, doch nicht in der gleichen Anhäufung wie auf der Insel. Und immer noch bleibt der merkwürdige Zufall, dass nur die Töchter der Frauen unfruchtbar sind, die Insovital genommen haben.

Dann kam mir eine andere Idee. Was, wenn wir aufgrund der durch Insovital verursachten Veränderungen in unseren Körpern empfindlicher gegenüber bestimmten Schadstoffen wurden? Das Spritzen von Insovital hatte nachweislich nicht nur Vorteile. Da der Körper meiner Mutter bestimmte Stoffe zur Genüge über das »junge Blut« bekam, musste er sie nicht mehr selbst produzieren. Ihr Körper lernte und übertrug diese Informationen auf mich. Was, wenn das Fehlen dieser Stoffe nun bei mir dazu geführt hat, dass die Pestizide meine Eizellen einfacher schädigen konnten?

Der endgültige Beweis steht noch aus. Doch die Versuche mit den Ratten deuten darauf hin, dass meine These stimmen könnte. Insovital macht nicht unfruchtbar – aber es macht die nächste Generation empfindlicher gegenüber bestimmten Schadstoffen.

Loke hatte also vielleicht recht mit dem, was er gesagt hat: Nicht nur die Generation unserer Mütter ist von Insovital abhängig geworden; durch die Vererbung ihrer körperlichen Reaktionen auf den Wirkstoff sind wir es auch.

Sobald ich den endgültigen Beweis habe, werde ich Lena davon berichten. Das ist zumindest der Plan. Auf der anderen Seite mag ich, dass sie ganzheitlichen Erklärungen gegenüber offener zu werden scheint. Sie lernt zu verstehen, dass es vielleicht nicht für alles eine wissenschaftliche Erklärung gibt.

Wir werden sehen. Einen ersten Hinweis habe ich ihr zumindest schon geschickt. Und wie ich Lena kenne, wird sie ihn schnell zu deuten wissen.

Nachwort

Sind wir freie autonome Wesen oder ist unser Verhalten, sind unsere Stimmungen und zum Teil sogar unser Denken nur durch epigenetische und andere biologische Faktoren vorherbestimmt?

Bereits während ich das Buch *Homo Lupus* (der zweite Band um Lena Bondroit) schrieb, wurde mir klar, dass die moderne Verhaltensforschung nicht an den neuesten Erkenntnissen der Epigenetik vorbeikommt – und damit auch die Verhaltensforscherin Lena Bondroit. Dafür war ich Lena sehr dankbar, denn so hatte ich auch für mich einen Grund gefunden, mich mit diesem Thema eingehender zu beschäftigen.

Ich begann zu recherchieren und stieß auf die Untersuchungen von Överkalix und andere Erkenntnisse der Epigenetik. Was ich hier erfuhr, war für mich eine kleine Offenbarung. Nicht nur unsere recht starren Gene werden auf die nächste Generation übertragen. Auch unser sonstiges Verhalten, das keinen Einfluss auf die Gene direkt hat – egal ob das Essen betreffend, Sport, den Umgang mit Traumata etc. –, kann über epigenetische Faktoren Einfluss auf die nächste Generation haben. Zuvor hatte man generationsübergreifende ähnliche Verhaltensweisen, wenn nicht genetisch vererbbar, ausschließlich über Lernprozesse und Sozialisierungseffekte zu erklären versucht. Doch dem ist nicht allein so. Wir geben unseren Kindern bereits mit der Geburt ein großes Päckchen unseres eigenen Lebens mit.

Für diejenigen, die Kinder bekommen wollen, wird das zu einer noch größeren Verantwortung. Schon lange ist bekannt, dass sich Rauchen oder Alkoholkonsum auf die Folgegenerationen auswirken kann. Die Liste lässt sich dank der neusten Erkenntnisse der Epigenetik auf sehr viele Bereiche ausweiten.

Bei der Frage, welche Stoffe unsere Epigenetik verändern könnten, stieß ich auf das Thema, das in den Medien unter dem Schlagwort »Junges Blut« behandelt wird. Da die Untersuchungen von Överkalix zeigten, wie sich eine veränderte Ernährung auf bestimmte Blutwerte und dies wiederum auf unsere Epigenetik auswirkt, war ein neuer wichtiger Baustein für dieses Buch gefunden.

Während meiner Recherchen stolperte ich über eine Firma mit dem Namen *Ambrosia Plasma*, die auf ihrer Internetseite Blut von jungen Spendern für horrende Summen (5500 Dollar pro Liter) anbot (wie in dem Zitat zu Beginn des Buches zu lesen ist). Entgegen meiner Annahme, in dem Buch ein Zukunftsszenario zu beschreiben, wurde mir klar, dass diese Zukunft längst begonnen hatte. Als ich die Internetseite von *Ambrosia Plasma* später erneut aufsuchen wollte, war sie verschwunden. Die Firma hatte in der Zwischenzeit ihre Aktivitäten eingestellt. Aber sind damit die Menschen verschwunden, die dieses Produkt anboten? Oder deren Kunden? Die Geschichte dieser Firma ist wahrscheinlich allein einen Thriller wert.

Ein weiteres Unternehmen, das mir bei meiner Recherche begegnete – mit dem Namen *Alkahest* (www.alkahest.com) –, forscht zur Bekämpfung von Alzheimer schon seit Jahren an spezifischen Proteinen, die in »Jungem Blut« vorhanden sind. Ich bin davon überzeugt, dass die Geschichte von *Ambrosia Plasma* oder Nachahmern noch lange nicht zu Ende ist.

Die in diesem Buch beschriebene Methode zur Identifizierung von traumatisierten bzw. depressiven Mäusen – indem man sie ins Wasser schmeißt – gibt es übrigens tatsächlich. Die Interpretation, dass die Inaktivität der traumatisierten Mäuse auch für eine höhere Intelligenz sprechen könnte, stammt dahingegen allein von mir. Ganz unwahrscheinlich ist sie nicht, denn in der Wissenschaft wird immer wieder der Zusammenhang von Depressionen und einer erhöhten Intelligenz diskutiert. Ein finaler Beweis ist schwer und steht noch aus. Unzweifelhaft wird jedoch den negativen Folgen einer Depression mehr Aufmerksamkeit geschenkt als möglichen positiven Effekten.

Ähnlich wie der Polizist, der einen Krimi liest, oder der Jurist, der sich eines Justizdramas annimmt, mag der eine oder andere Molekularbiologe in diesem Buch über Stellen stolpern, die nicht hundertprozentig der Realität entsprechen. Ich bin kein Biologe, schon gar kein Epigenetikforscher. Die erzählte Geschichte erhebt daher auch nicht den Anspruch, jedem Urteil eines Molekularbiologen standzuhalten. Trotz umfangreicher Recherchen und Gesprächen mit Experten wird das nicht zu vermeiden sein, zumal ein Buch auch immer dramaturgischen Gesichtspunkten Rechnung tragen muss. Man möge mir das verzeihen.

Am Ende möchte ich trotz der kritischen Töne in diesem Buch betonen, dass aus meiner Sicht die modernen Medikamente und die Schulmedizin ein Segen für uns Menschen sind. Die Gratwanderung, ein Unternehmen zu betreiben, in dem die wirtschaftlichen Interessen sehr genau mit der moralischen Verantwortung und der Verantwortung den Folgegenerationen gegenüber in Einklang gebracht werden müssen, ist keine einfache Aufgabe. Den Menschen, die sich dieser Aufgabe vollumfänglich und mit Weitblick annehmen, gilt mein Respekt.

Danksagung

Obwohl in diesem Buch (fast) keine Kinder vorkommen, geht es auch um sie: vor allem um die, die zu Frauen heranwuchsen, die selbst nie Kinder bekommen werden. Und die, die leider nicht geboren werden konnten.

Deshalb möchte ich meine Danksagung auch mit meinen Kindern beginnen:

Danke Laura und Felix. Ihr seid die tollsten Kinder, die ich mir vorstellen kann. Danke, dass ihr eurem Vater immer wieder die Zeit und Ruhe gebt, seine Bücher zu schreiben. Danke für euer Verständnis, wenn ich manchmal noch meinen Gedanken nachhänge, obwohl es längst um euch gehen sollte, weil ihr mir gerade so Spannendes aus euren Leben erzählt. Und danke dafür, dass ihr mich immer wieder erinnert, dass die Realität außerhalb von Büchern stattfindet: nämlich mit euch.

Wie an jedem Buch waren auch an diesem Buch viele mir sehr liebe Menschen beteiligt. Diese möchte ich gerne in der Reihenfolge der Entstehungsgeschichte aufzählen:

Danke an meine Agentin Elisabeth Ruge und aus ihrem Team vor allem Katharina Vogel für die tolle Betreuung und Beratung. Danke Julia Krug-Zickgraf, für die ersten spannenden Diskussionen zum Buch und den Austausch über Cover und Inhalt. Danke Katrin Trometer, meiner Lektorin – ich könnte mir keine bessere vorstellen. Danke aber auch dem gesamten Benevento Verlag – einem Team, das ich persönlich sehr ins Herz geschlossen habe – für sein Vertrauen in mich und meine Bücher. Danke Dani, für die Gespräche zur lesbischen Liebe, Evelyn für die biologische Beratung, meinen Testlesern Guido, Theresa, Thorsten und Ulla für all die hilfreichen Anmerkungen und all den Freunden und Freundinnen, die in schwierigen Schreibphasen nicht müde werden, mich zu motivieren. Ihr alle habt mir geholfen, das Buch zu dem zu machen, was es jetzt ist.

Besonderer Dank gilt auch meinen Lesern. Als Autor will man Geschichten erzählen. Aber Geschichten ohne Leser sind wie Noten ohne Musiker. Man muss Noten spielen, damit sie in die Welt getragen werden und das auslösen können, was sich der Komponist vielleicht dabei gedacht hat.

Köln, im Oktober 2022
Thomas Kiehl

DIE MACHT DER ANGST

Lena Bondroit, eine angesehene Ameisenforscherin, wird Zeugin eines kaltblütigen Mordes – und gerät dadurch ins Visier einer undurchsichtigen Organisation. Diese scheint die Bevölkerung im großen Stil zu manipulieren und sie in Angst zu versetzen. Kann Bondroit mit Hilfe ihres biologischen Wissens Licht in den Fall bringen? Ein hochbrisanter Thriller um das bestimmende Gesellschaftsphänomen unserer Zeit: die Angst. Wird sie gezielt geschürt? Wer profitiert davon? Und können wir uns wehren?

THOMAS KIEHL
DIE AMEISENFRAU
416 Seiten · 13,5×20,5 cm
Klappenbroschur
ISBN: 978-3-7109-0082-2 · € 18,00

DER WOLF IN UNS

Ein Männerbund, der nach absoluter Macht strebt, antidemokratische Kräfte, die die bevorstehenden Wahlen beeinflussen, und ein berüchtigter libanesischer Familienclan, der einen Anschlag im Herzen Berlins plant. Verhaltensbiologin Lena Bondroit soll mit ihrem Wissen aus der Wolfsforschung helfen, den Clan zu stoppen und den Anschlag zu verhindern. Doch bald schon gerät sie selbst ins Fadenkreuz undurchsichtiger, intrigierender Kräfte.

Ein packender Politthriller um den gnadenlosen Kampf der Alpha-Tiere und das Recht des Stärkeren um jeden Preis!

THOMAS KIEHL
HOMO LUPUS
400 Seiten · 13,5 × 20,5 cm
ISBN: 978-3-7109-0108-9
Klappenbroschur · € 18,00